将军县的红色记忆

安徽金寨干部学院
中共金寨县委党史和地方志研究室 编著

国家行政学院出版社
NATIONAL ACADEMY OF GOVERNANCE PRESS
·北京·

图书在版编目（CIP）数据

将军县的红色记忆/安徽金寨干部学院，中共金寨县委党史和地方志研究室编著．—北京：国家行政学院出版社，2021.6（2022.11 重印）
ISBN 978-7-5150-2545-2

Ⅰ.①将… Ⅱ.①安… ②中… Ⅲ.①革命回忆录—中国—当代
Ⅳ.①I251

中国版本图书馆 CIP 数据核字(2022)第 203202 号

书　　名	将军县的红色记忆 JIANGJUNXIAN DE HONGSE JIYI
作　　者	安徽金寨干部学院　中共金寨县委党史和地方志研究室　编著
责任编辑	陆夏
出版发行	国家行政学院出版社 (北京市海淀区长春桥路 6 号，100089)
综 合 办	(010)68928903
发 行 部	(010)68928866
经　　销	新华书店
印　　刷	北京九州迅驰传媒文化有限公司
版　　次	2021 年 6 月北京第 1 版
印　　次	2022 年 11 月北京第 2 次印刷
开　　本	170 毫米×240 毫米　1/16
印　　张	11
字　　数	201 千字
定　　价	65.00 元

本书如有印装问题，可联系调换，联系电话：(010)68929022

本书编写委员会（按姓氏笔画排序）

主　编　胡遵远

副主编：马贤钧　乐登高（常务）

沈雁明　郑贤杰　胡本昌

委　员：王亚丽　冯立军　李　燕

吴　刚　郭　庆

序　言

金寨县，是中国革命的重要策源地、人民军队的重要发源地。土地革命战争时期，境内先后爆发了立夏节起义和六霍起义，相继建立了中国工农红军第十一军第三十二师、第三十三师等12支主力红军队伍。

金寨县是中国工农红军第一县、全国第二将军县，被誉为“红军的摇篮、将军的故乡”。在长期的革命斗争中，金寨人民在中国共产党的领导下，前仆后继、英勇奋斗，为中国革命胜利作出了巨大贡献。在这块红色的土地上，先后有10万英雄儿女参加革命，被追认为革命烈士的有一万多人，占安徽省烈士总数的1/5。新中国成立后，在全国各地工作的金寨籍老红军中，有省军级领导干部151位，地师级领导干部400多位。

2016年4月24日，中共中央总书记、国家主席、中央军委主席习近平来金寨视察时，饱含深情地说，一寸山河一寸血，一抔热土一抔魂。回想过去的烽火岁月，金寨人民以大无畏的牺牲精神，为中国革命事业建立了彪炳史册的功勋。我们要沿着革命前辈的足迹继续前行，把红色江山世世代代传下去。

2021年是中国共产党的百年华诞。时光荏苒，沧桑巨变。英雄的足迹不能随着时间的流逝湮灭，红色的记忆不能在历史的长河中褪色。为了铭记金寨的光辉历史、传承丰富的红色基因，我们编纂了《将军县的红色记忆》一书。该书收录了许多老红军、老将军鲜为人知、感人至深的革命故事，读者可以从中重温革命战争年代那波澜壮阔、可歌可泣的峥嵘岁月，深刻体会“红色政权是怎么来的、新中国是怎么来的、今天的幸福生活是怎么来的”，永远怀念革命先烈、牢记光辉历史。

该书的出版，得到了金寨籍老红军、老将军后代的大力支持和帮助，在此表示衷心地感谢！

主编　胡遵远

2021年5月

目　录

第一篇

徐向前率红军围点打援破“围剿”

徐向前（1901—1990），伟大的无产阶级革命家，军事家，中国人民解放军创建人和领导人之一，中华人民共和国开国元勋。原名徐象谦，字子敬，山西五台人。

徐向前 1924 年 4 月考入黄埔军校第一期。毕业后留校任排长。1925 年春，他参加讨伐军阀陈炯明的第一次东征。后到国民军第二军第六混成旅任教官、参谋、团副等职。1926 年 11 月到武汉后，任南湖学兵团指导员。1927 年 3 月加入中国共产党。土地革命时期，徐向前先后任武汉中央军事政治学校队长，工人赤卫队第六联队队长，工农革命军第四师第十团党代表，第四师参谋长，师长，中国工农红军第三十一师副师长，中共鄂豫边特委委员，鄂豫边革命委员会军事委员会主席，第一军副军长兼第一师师长，第四军参谋长、军长，第四方面军总指挥兼第四军军长，中华苏维埃共和国中央执行委员、红军前敌总指挥部总指挥，中共中央西北局委员，西路军军政委员会副主席兼西路军总指挥等职。抗日战争时期，先后任中共中央革命军事委员会委员，八路军第一二九师副师长，八路军第一纵队司令员，陕甘宁晋绥联防军副司令员，抗日军政大学代理校长等职。解放战争时期，先后任晋冀鲁豫军区副司令员，华北军区副司令员兼第一兵团（后改为人民解放军第十八兵团）司令员兼政治委员等职。

中华人民共和国成立后，徐向前任人民解放军总参谋长。1954 年起，任中央人民政府人民革命军事委员会副主席，国防委员会副主席。1955 年，被授予中华人民共和国元帅军衔和一级八一勋章、一级独立自由勋章、一级解放勋章。1965 年起，任第三届、第四届全国人大常委会副委员长。1966—1987 年任中央军委副主席。1978—1980 年，任国务院副总理兼国防部部长。1983 年 6 月—1988 年 4 月任中央军委副主席。他是中共第七至第十二届中央委员，第八届（十一中全会补选）、第十一届、第十二届中央政治局委员。1990 年 9 月 21 日，徐向前在北京逝世。

1931年11月，蒋介石调集重兵，向鄂豫皖革命根据地发起第三次“围剿”，兵败黄安、商城后，又于1932年3月集合重兵进驻皖西苏家埠、麻埠等地，企图继续进攻革命根据地。红四方面军总指挥徐向前认为，敌军防区辽阔、兵力分散，淠河一线后方空隙很大。于是果断决定红军东出皖西，采取围点打援的战法，吸引敌人守军出援后予以各个歼灭。

1932年3月21日晚，红四方面军的第十、第十一、第七十三师和部分地方武装悄悄渡过淠河，于22日拂晓突然对青山店、苏家埠、韩摆渡3个敌军据点发起围攻。担负围困任务的各部队在当地人民群众的支援下，构筑了环绕青山店、苏家埠、韩摆渡据点的交通壕、盖沟、掩体等工事，迫使守军坐待救援。23日，国民党第四十六师以2个团的兵力从六安出发，沿淠河南下增援苏家埠，当其进至韩摆渡附近时遭红军伏击，1部被歼，其余四处逃窜。

3月31日，国民党第四十六师出动六安和霍山4个团的兵力同时出援，先头2个团向红十一师阻援阵地冲击，并一度突破该师防御。在此紧要关头，红四方面军立即将总预备队投入战斗，顿挫敌军进攻锐势，形成钳形夹击态势，将敌大部歼灭。青山店据点的国民党守军听说援军已到，跑出工事企图突围，结果反被红军消灭。

战斗结束后，徐向前判断敌人援军应该来自合肥。于是，他留一部分兵力继续围困苏家埠、韩摆渡据点，将主力部队转移到陡拔河两岸，准备在这里伏击合肥援敌。

果然不出徐向前所料。4月下旬，蚌埠的国民党军第七师师长厉式鼎被蒋介石任命为皖西“剿共”总指挥，率部2万多“援军”由合肥西进。5月1日，红军诱敌分队与援兵先头部队第七师第十九旅接触，并按预定计划边打边向后撤。厉式鼎见状，以为红军“不堪一击”，当即命令部下“乘胜追击”。2日拂晓，红军正面阻击部队发起迅猛反击，敌军仓皇回撤、溃不成军，后续敌军慌忙抢占高地、凭险顽抗。红四方面军采取迂回包抄的方式，向敌猛烈穿插、分割围歼，一举捣毁敌军总指挥部，活捉了厉式鼎。

苏家埠、韩摆渡的国民党军得到消息后发动数次突围，均被红军击退。在红军的强大军事压力和政治攻势下，5月8日，两处守敌全部投降。至此，历时48天的苏家埠战役胜利结束。此次战役，红军共歼敌3万余人，生俘敌总指挥厉式鼎和5个旅长、12个团长及营以下官兵1.8万余人，缴获枪支1.5万支、机枪250挺、山炮4门、电台5部，击落飞机1架，淠河以东的广大地区被开辟为新的根据地。蒋介石对鄂豫皖苏区发动的第三次“围剿”被彻底粉碎。

（作者：胡遵远，原载《人民政协报》2020年11月26日）

第二篇

许继慎：为党为国捐躯的红军杰出将领

2020年是中国工农红军第一军（简称红一军）诞生90周年。红一军是1930年由中国工农红军第十一军第三十一师、三十二师、三十三师改编而成的。它是大别山地区组建的第一支由我党统一领导、统一指挥的成军建制的红军队伍（之前的红十一军虽然都是按照统一的番号命名的，但是没有军部，并且分属鄂豫皖3省党组织领导），也是第一支中央军委直属的红军队伍。当时，红一军军长为许继慎，政治委员为曹大骏，副军长为徐向前，参谋主任为朱亚伦，政治部主任为熊受暄，下设3个师、1个独立旅。红一军的成立，标志着鄂豫皖边区的革命斗争进入了一个新阶段。

许继慎，1901年出生，安徽六安人。1924年5月考入黄埔军校第一期，同年转入中国共产党，参加了第一、第二次东征，是中国工农红军早期杰出将领。1988年11月被中央军委确定为中国人民解放军33位军事家（后增至36位）之一；2009年9月被评为100位为新中国成立作出突出贡献的英雄模范人物之一。

光辉的人生足迹

许继慎1920年考入安徽省立第一甲种工业学校。不久，转入安徽省立第一师范学校。1921年加入中国社会主义青年团，成为安徽早期的社会主义青年团成员之一。1922年秋，他当选为安徽省学生联合会常务委员兼联络部部长，先后参加和领导了以安徽学联为主体的安庆“六二”学潮、驱逐六安知县骆通和反对曹锟贿选等一系列反帝、反封建的革命运动。1923年10月，他遭到反动当局的通缉，被迫逃亡上海，进入上海大学旁听学习。

1924年5月许继慎考入黄埔学校，成为第一期学员。入校不久，通过结识蒋先云，他先后阅读了《共产党宣言》《阶级争斗》《唯物史观》以及《马克思主义十讲》等著作，成为军校“青年军人联合会”的主要领导人之一。同年 9 月，许继慎认识周恩来，并在周恩来的直接领导和亲切教诲下，从事革命活动。毕业后，他被分配在军校新编教导第二排任排长。由于第一次东征时作战英勇、成绩显著，被提升为连党代表。棉湖战役后，调任连长。第二次东征时，升任第七团党代表办公室少校干事、代理团党代表。1926 年他调至干部训练班第二中队担任中队长。“中山舰事件”后，黄埔学校和军中的中共党员被迫离职，他乘隙回乡探亲。1926 年 7 月参加北伐战争，担任叶挺独立团第二营营长。同年冬任由叶挺独立团扩编的第四军第二十五师七十三团参谋长。1927 年春，许继慎调任叶挺第十一军第二十四师第七十二团团长。5 月，夏斗寅发动叛乱，进袭武汉，他率部英勇阻击，配合其他各部平定了叛乱，为保卫武汉立下大功。后至上海养伤，未及参加南昌起义。9 月他受党中央派遣回皖西组建革命武装。不久，由于被人告密，他遭通缉而被迫离开皖西，再度赴上海，在中央军委直接领导下从事革命活动。1929 年 1 月，中央军事部部长、组织部部长周恩来在处理中共六霍县委与中共安徽省临委之间的分歧时，许继慎奉命秘密开展统战工作。

1930 年 3 月，中央决定将鄂东北、豫东南、皖西北的 3 支红军队伍合编为中国工农红军第一军，派许继慎任红一军军长。4—5 月，他到达鄂豫皖边区，与曹大骏、徐向前一起，胜利完成红军的整编组建工作。6 月，他率红一军向六安、霍山地区的反动据点发起进攻，先后收复流波疃、麻埠等地，同时攻克霍山县城，歼敌地方武装千余人，继而又攻克英山、罗田等城镇，壮大了红军，巩固和扩大了鄂豫皖根据地。8 月，红一军与鄂豫皖边特委联合组成“京汉特区行动委员会”，奉命出击平汉线，进攻中心城市，途中因敌固守未克受阻。10 月中旬，红一军攻克光山后改选前委，因军内错误认为许继慎在平汉线上“作战不力”，故未选他为前委委员。12 月，国民党反动派对鄂豫皖根据地发动了第一次大规模的“围剿”，他率红军东出皖西，获得了东、西香火岭战斗的胜利，取得了第一次反“围剿”的成功。

1931 年 1 月，红一军与红十五军合编为红四军，许继慎改任第四军第十一师师长。2 月下旬，他率红十一师向信阳以南的平汉铁路进逼，先后袭占了李家集和柳林车站，接着在孝感双桥战斗中，全歼敌第三十四师。4 月，张国焘作为六届四中全会后的中央代表，到鄂豫皖根据地主持中共鄂豫皖中央分局工作，“改选”了当地的党和红军的领导。许继慎被调任红十二师师长兼皖西军分会主席。因其坚决反对和抵制张国焘强令推行的“左”倾冒险主义错误政策，而遭到张国焘的忌恨。9 月，被张国焘非法逮捕并进行严刑逼供。11 月，张国焘以“改组派”“第三党”“AB 团”等莫须有的罪名将他秘密杀害于河南光山白雀园。

英雄的战斗传奇

许继慎自幼聪明好学、才思敏捷、知书达礼，深受老师和同学们的喜爱。他的一生虽然短暂，但是留下了很多传奇故事。

1926 年 7 月，国民革命军誓师北伐。此时，许继慎任叶挺独立团第二营营长，上任后的第一次战斗就是强渡汨罗江、攻打湖南平江。战斗中，许继慎带领全营官兵向敌人发起猛烈攻势，摧毁敌人的城郊堡垒；接着又在平江城下消灭了守城的预备队，冲进城直捣敌军司令部，守军头目陆法自杀，敌军群龙无首，平江不攻自破。在攻打湖北汀泗桥和贺胜桥的战斗中，独立团以铁军的姿态猛烈进击，打通了通往武汉的“大门”，许继慎领导的第二营在战斗中发挥了巨大作用。贺胜桥之战担当正面攻击的是叶挺独立团。军阀吴佩孚亲自督战，调集数万重兵，构筑了三道防线和环形工事。战前，叶挺把独立团机枪连调给二营，并对营长许继慎说：“许营长，我把全部家当都交给你了，你要小心，要勇敢。”许继慎率领独立团二营勇猛冲锋，连破敌军几个阵地。在猛烈攻击中，突然一颗子弹击中许继慎的右膀，子弹穿进胸部，再从左膀穿出，顿时鲜血染透了衣服。几个战士要把他抬下战场，许继慎坚持重伤不下火线，即使坐在担架上，也要坚持指挥战斗。战士们被他的战斗精神所感动，更加勇猛冲杀，最终胜利占领贺胜桥。作战结束后，连长卢德铭兴奋地跑来向许继慎报告：“营长，我们胜利了，通往武昌的最后一道大门打开了！”可是，许继慎却没有出声回答，卢德铭走上前一看，才发现许继慎已经昏死过去了。战后，叶挺含着热泪对许继慎勇敢作战的行为倍加称赞。

1927 年春，许继慎调任叶挺领导下的第二十四师第七十二团团长。5 月，在蒋介石的唆使下，夏斗寅率部发动叛乱，进攻武汉。当时，毛泽东、周恩来等中共领导都在武汉城内，夏斗寅妄图把武汉城内的共产党人一网打尽。为保卫武汉，许继慎率部抗击三倍于己的敌军。在战斗中，许继慎先是腿部受伤，他用绷带简单地包扎一下，继续冲锋指挥，接着，一颗子弹穿透他的左肋，然后又一颗子弹击中他的右肋，鲜血流了一地。许继慎虽然身受重伤，但是仍然坚守阵地指挥战斗，最终以一个团的兵力打退了敌人一个师的进攻，立下了首功。当叶挺看到许继慎时，许继慎躺在担架上，浑身裹满了绷带，气若游丝。经过很长时间的抢救，他才终于醒了过来。

1930 年 6 月，许继慎率领刚刚组建的红一军两个师向六安、霍山等地进攻，取得了连战连捷的辉煌胜利，特别是英山之战歼敌一个整编旅，这是鄂豫皖红军前所未有的大捷和最新纪录。

1931 年 1 月，许继慎率领的红军与蔡申熙带领的红十五军合编为红四军，蔡申熙和许继慎分别改任红十师和红十二师师长（许兼任中共皖西军委分会主席）。合编后，许继慎率部先后袭击了李家集和柳林车站，歼灭国民党军第十二师守敌 1 个营，击溃 2 个团，击毙旅长侯镇华。3 月，许继慎和蔡申熙密切配合，在湖北广水双桥镇地区全歼国民党第三十四师，生俘师长岳维峻以下官兵 5000 余人，缴获各种枪炮 6000 余支（门），这是红军历史上第一次取得歼敌一个整编师的辉煌胜利，许继慎再一次刷新了红军的歼敌纪录。

许继慎的一生为革命建立了两大功勋。一是亲自组建和直接领导了英雄的红一军。他带出来的红一军是一支兵强马壮的部队，人数有一万多，是当时全国主力红军之一。二是积极参与、全力支持鄂豫皖革命根据地建设与发展。在许继慎的积极参与和艰辛努力下，鄂豫皖革命根据地最终连为一体，形成了东西长 300 多里、南北宽约 150 里，拥有近 250 万人口的苏区。

坚定的政治立场

许继慎在担任红一军军长期间，以极大的政治勇气抵制了“立三路线”的错误。1930 年，在“左”倾冒险主义指导下的中央和长江局不断发布命令，要求红一军切断平汉路、进逼武汉，提出“打到武汉过中秋”的口号。前委在开会讨论时，许继慎尖锐地指出：“要攻克武汉这样的大城市，没有几个军是不行的。”9 月中旬，红一军在进攻广水、信阳两次攻坚战中伤亡惨重，未能成功。为避免更大损失，许继慎从实际出发、灵活作战，率部离开铁路沿线，南返根据地附近作战。一路上他选择弱敌、出其不意，消灭了好几股地方武装，帮助地方建立游击队、扩充部队。11 月，他率部奔袭新洲，以迅雷不及掩耳之势，将国民党郭汝栋第二混成旅“包了饺子”，缴获大批枪支和军需物资。12 月初，国民党反动派对鄂豫皖根据地发动了第一次大规模的“围剿”，许继慎断然决定回师皖西，先后恢复金家寨、麻埠、叶集等根据地，取得了一个又一个胜利。

1931 年 11 月，红四军军中弥漫着“肃反狂潮”，张国焘中了敌人的反间计，逮捕了许继慎，审讯中施以酷刑，把许继慎折磨得遍体鳞伤。两个多月的时间内，就有 2500 多名红军官兵受到许继慎的牵连惨遭杀害。得知这些情况后，这位在战火中成长起来的铁将军再也控制不住，失声痛哭：“闹革命还有谁怕死？天下哪有自己人杀自己人的道理啊？这是替反动派杀红军呀！”在张国焘亲自主持召开的“公审”大会上，许继慎忍着剧痛，十分艰难地从担架上坐起来，痛斥张国焘：“我许继慎对党对革命问心无愧。我相信，总有一天，党会对我作出公正结论的，你张国焘是代表不了党的!”张国焘在“公审”后下令将许继慎秘密杀害。

1945年党的七大会议上，中共中央为许继慎平反昭雪，并恢复他的党籍，追认他为革命烈士。在延安时期编纂的革命烈士名录里，许继慎排在第一位。1981年，胡耀邦同志在纪念中国共产党成立60周年大会上称许继慎是“早年为党为国捐躯的人民军队的杰出将领”。

（作者：胡遵远，原载《祖国》2020年第9期）

第三篇

徐海东：英雄传奇永远留在大别山

徐海东（1900—1970），湖北省大悟县人。1925 年加入中国共产党，土地革命战争时期，历任中国工农红军第四方面军独立师师长、红二十五军军长和红二十八军军长、红十五军团军团长等职。中华人民共和国成立后，担任人民革命军事委员会委员等职。1955 年被授予大将军衔，是中国工农红军及中国人民解放军主要领导人之一，卓越的军事家。

徐海东自 1927 年参加黄麻起义之后，长期在大别山区领导革命斗争。1932 年 5 月以后，分别任红四方面军独立师师长、红九军二十七师师长、红二十七军七十九师师长、红二十五军副军长兼七十四师师长等职。1933 年 10 月，红二十五军由皖西向鄂东转移时，途中被敌人切断，徐海东率七十四师一部折回皖西。随后，任重建的红二十八军军长，在皖西地区坚持斗争。1934 年 4 月，与吴焕先率领的红二十五军在商城县豹子岩胡氏祠（今属金寨县汤家汇镇）会师，合编为新的红二十五军，徐海东任军长，吴焕先任政委。1934 年 11 月，根据中央指示，为准备长征，徐海东与吴焕先率领红二十五军突破敌人 4 道封锁线，从皖西转移到鄂东北。1934 年 11 月 16 日，省委遵照党中央指示，决定红二十五军以中国工农红军北上抗日第二先遣队名义开始长征。徐海东历来料事如神、出奇制胜，有“徐老虎”之威名，令敌人闻风丧胆。他在大别山地区战斗多年，留下了很多传奇的故事，至今仍在老区人民中广为传颂。

驰骋鄂东南

1933 年 10 月 2 日，中共鄂豫陕省委率红二十五军由皖西向鄂东北行动，在通过潢（川）麻（城）路时被敌人分割，省委和吴焕先率红二十五军 2000 多人，连续打破敌军追堵后到达紫云寨；被阻于路东的后继部队，由副军长徐海东率领返回商城南溪（今属金寨县）。10 月 11 日，皖西北道委在南溪吕家大院召开会议，决定重建红二十八军，徐海东任军长，郭述申任政委，全军辖2个师，2300余人。

从红二十八军重建伊始，徐海东就在总结坚持鄂豫皖革命斗争宝贵经验的基础上，给部队制定了行动方针：不打消耗战，不硬拼，积极开展外线游击，寻机歼灭敌人，夺取敌人物资以补充部队。与此同时，徐海东作出战略部署：红八十二师在赤南（商城南部，今属金寨县）革命根据地坚持斗争，红八十四师北上赤城（商城）革命根据地熊家河一带（今属金寨县）活动，两部互相配合，共同与敌人斗争。

1933年10月下旬，敌军重兵合围熊家河。徐海东率红八十四师连夜跳出包围圈，远去罗田，甩掉敌人后又转回熊家河，灵活机动的游击战术把敌人弄得晕头转向。11月初，徐海东率领红八十四师在石门口与敌独立四十旅遭遇。乘敌不备，红八十四师在赤城第二路游击师的配合下，向敌人发起猛烈进攻，歼敌1个团，俘敌1000余人，缴获长短枪800余支、迫击炮3门、大衣700多件。这次战斗使红军的武器装备得到改善，部队的战斗情绪进一步提高，为红二十八军坚持斗争开创了良好的开端。

11月下旬，红八十二师从南溪突围后，北上熊家河与徐海东率领的红八十四师会合。这时，道委书记郭述申病重，根据地的党政军工作由徐海东主持。徐海东肩负重任，指挥部队以商城为中心，广泛地开展游击战争，发动群众打土豪、分浮财，建立农会和基层政权，成立农民自卫武装，巩固和扩大豫东南革命根据地。

徐海东对根据地的军民一往情深。为了不让指战员受冻，他指挥部队于12月中旬连续袭击固始吴桥、段集、黎家集，三战皆胜，歼敌民团500余人，缴获棉布600多匹、棉花1000公斤；并亲自召开干部会，动员大家自己动手缝做棉衣，使全军上下每人都穿上了新棉衣，打上了新绑腿。为了救济根据地的穷苦群众，他派部队四处“打粮”，不辞辛劳地把缴获敌人的给养扛回来，接济断粮的贫困农民。

保卫红色的土地，真正的铜墙铁壁是千百万真心实意拥护革命的群众。徐海东回忆这段难忘的经历时曾情不自禁地说：“苏区的群众更是不顾生命的危险，给红军送情报，千方百计地掩护红军的伤病员。有些受敌摧残严重的村庄，人虽然很少，但只要还剩下一个人，他的心都向着红军，向着共产党。在粮食困难的时候，军民吃饭几乎不分彼此，老乡做好了米汤叫战士们去喝。战士们煮好了稀饭，请老乡一块喝。有的群众自己忍着饿，把仅有的一把米、一把菜，送给部队吃。有些群众被反动派抓去了，要他们领着找红军，有的领着敌人乱转，有的宁死也不说出红军的去向。红军和人民群众，就是这样相依为命，同度艰难。”

在那艰苦的岁月里，徐海东把人民群众视为红军的靠山，自己则是大别山的儿子，只要看到山，他就像到了家一样倍感亲切。在一次转移中，他突然望着前面大声说：“嘿嘿，我们的援兵来了！”大家莫名其妙地问：“在哪儿?”他指着眼前的3个山头笑道：“那不是，3个团哩！”

1934年1月，豫东南根据地军民吃穿的困难得到解决之后，部队战斗情绪高涨，都渴望打大仗。然而敌人的兵力十分强大，从哪儿下手呢？徐海东胸有成竹地确定了作战方针：“打不了不打，打不胜不打，不打则已，要打就打歼灭战。”于是，他率领红二十八军在敌人大包围中跳来跳去，主动寻找有利战机歼灭敌人。1月10日上午，红二十八军在商城苏仙石伏击敌军运输部队，截获大批物资。下午，敌两个团从皂靴河赶来，企图抢回被截物资。红二十八军又在高家畈附近设伏，一举将敌击溃，缴获武器、弹药甚多。接着，红二十八军再度深入固始县境内频频打击敌人。

1月11日，红二十八军奔袭樟柏岭，歼敌四十五师和民团各部。1月14日，袭击段集和武庙集西南的王家岭。1月17日，袭击顺河店和陈集。1月22日，袭击黎家集，全歼民团1个中队。红二十八军这一系列行动，袭扰了敌四十五师的后方，使敌人在叶集与潢川、固始之间的交通受到严重威胁。3月24日，红二十八军在商固边区的杨山一带与敌军展开激战，毙伤敌400余人；红八十四师师长黄绪南在战斗中壮烈牺牲。

在第五次反“围剿”斗争中，徐海东以商城为中心，指挥红二十八军进行灵活机动的游击战、运动战，取得了一系列战斗的胜利，使根据地恢复和扩大到东西270余公里、南北100多公里的范围，红二十八军由2000余人增加到3200余人，为保卫红色土地建立了卓越功勋。

智胜葛藤山

1934年2月初，红二十八军返回葛藤山地区（今属金寨县）。敌鄂豫皖“剿匪”总指挥刘镇华急调在光山、潢川等地的第六十四师、六十五师到皖西北，同第四十七师、七十五师等部合围红军。2月6日，徐海东指挥红二十八军在南溪火炮岭一带与敌人激战。

为避免与敌人硬拼，徐海东率红军先跳到外线，在六安、固始一带开展游击，于3月初返回熊家河一带。敌人又集中第六十四师、第六十五师及第四十五师一个旅、独立第四十旅分4路合击红军。红二十八军占据有利地形后与敌激战一天，黄昏后突围，南下金家寨东南的古碑冲一带，开展群众工作，发动分粮斗争。

3 月 10 日，敌独立五旅旅长郑廷珍率 1 个团，由立煌县县长易智周率县民团带路，向古碑冲一带进攻。徐海东瞅准战机，指挥红二十八军给敌人以狠狠的打击，将敌人彻底打垮。敌旅长郑廷珍负伤后率部掉头就跑，县长易智周也身负重伤被团丁救走。此战毙敌 50 多人，俘敌 62 人，还缴获大量的枪支弹药。

一仗打伤敌人一个旅长、一个县长，大挫敌人的锐气。群众笑称，这好比是一棍子敲破了两个狗头，（敌人）都夹着尾巴逃跑了。

3 月 11 日，也就是古碑冲战斗结束的第二天，徐海东率红二十八军向西转移，拟取道葛藤山到大埠口休整。12 日，徐海东在南溪马头山附近指挥部队歼敌一个连后，顺利通过了金家寨至南溪、南溪至汤家汇的公路，进抵葛藤山。考虑到部队很疲劳，徐海东决定就地休息。为防南溪驻敌第五十四师一六一旅、汤家汇驻敌第七十五师的袭击，他派第八十四师一营占领葛藤山东南山脊，第八十二师三营占领火炮岭以北公路两侧高地，分别向南溪、汤家汇方向警戒。

部队休息不久，南溪驻敌一六一旅在旅长刘书春的带领下向葛藤山发动了进攻。

徐海东判断，南溪之敌倾巢而来，已无后续力量；汤家汇驻敌距我较近，可能增援。因此，他决定占据有利地形，争取在最短时间击退进攻之敌，并歼其一部。随后，徐海东对部队进行了周密部署。

战斗打响后，敌人在迫击炮和重机枪的火力掩护下，向葛藤山东南红军阵地猛攻。徐海东胸有成竹，沉着指挥第八十四师一营坚守阵地，顽强阻击敌人；同时派出第八十二师的一、二 2 个营由葛藤山沿山脊跑步向西南佯动，到达簸石沟附近留一个排扼守阵地，以猛烈火力吸引敌人，主力隐蔽撤回葛藤山。敌人误以为簸石沟是红军的主阵地，便集中主力向其猛攻。徐海东见敌人上钩了，立即率第八十二、第八十四师 4 个营，连同军部机枪连、特务连，隐蔽迂回敌军主力侧后，突然发起冲锋。敌人顿时阵脚大乱，红军趁势全线出击。激战 1 个小时，将敌一六一旅彻底打垮，毙伤敌 1000 余人，俘敌旅长刘书春以下官兵 130 多人，缴获长短枪 172 支、子弹 5 万余发、手榴弹和迫击炮弹 200 多枚。

战斗结束后，刘书春这个保定军校出来的正牌军官俘虏，问徐海东是“黄埔”还是“保定”毕业的，想攀个同学套近乎。

徐海东幽默地说：“我既没听过‘保定’的课，也没有进过‘黄埔’的门，我是青山大学毕业的。”

刘书春困惑地问道："敝人学识浅薄，不知青山大学在何处？"

徐海东手指远山近岭说："喏，就在这里！"

刘书春迷茫四顾，仍百思不得其解。

此后不久，1934 年 4 月 16 日，在汤家汇豹迹岩，红二十八军与红二十五军合编为新的红二十五军，徐海东任军长，吴焕先任政治委员。同年 11 月 6 日，新的红二十五军离开金寨葛藤山，11 月 16 日从河南罗山何家冲出发，开始长征。1935 年 9 月 16 日在陕北永坪镇与刘志丹、习仲勋率领的陕北红军会师，成为全国 4 支长征队伍中最先到达陕北的一支红军队伍，被誉为"长征先锋"。

大别山是英雄的山，哺育着英雄千千万。在血与火的战斗中，窑工出身的徐海东在这里实现了人生的跨越，成为一名智勇双全的红军杰出将领。

（作者：胡遵远、江敏、程东建，原载《祖国》2020 年第 19 期）

第四篇

纪念父亲洪学智诞辰 100 周年

2013 年 2 月 2 日是我父亲洪学智诞辰 100 周年纪念日。100 年前的 2 月 2 日，父亲出生在安徽省六安市金寨县双河镇河西村。1929 年，父亲 16 岁时参加立夏节起义（商南起义），从此走上了革命道路。从我们子女的角度回顾父亲近 80 年的革命历程，我们觉得，他的人生经历和品格特点可以用“国家人、共产党人、军队人、社会人、家乡人、家庭人”这样的“六个人”来诠释。

父亲是新中国建立和建设的参与者、推动者和见证者，他是一个名副其实的“国家人”

如果说 1929 年父亲 16 岁参加立夏节起义时，心里对革命目标的理解还比较浅显的话，那么伴随着出生入死、南征北战，他对推翻腐朽落后的旧制度，建立人民当家作主、民主自由幸福的新中国的目标就越来越清晰了，信心和信念也越来越坚定了。从长征到苏北抗日，从参加辽沈战役、平津战役到一路南下解放海南岛，父亲为新中国的建立洒下了热血和汗水，建立了卓著功勋。从参加志愿军入朝作战，到两次担任总后勤部部长；从国务院国防工办主任到中央军委副秘书长，再到全国政协副主席，父亲为新中国的建设和发展付出了努力和心血，作出了重要贡献，他无愧于一个“国家人”。

父亲一生“四起三落”，但无论是顺境还是逆境，他作为一名共产党员的理想和信念始终不曾动摇，他是一个品格优秀的“共产党人”

1929 年 7 月，父亲举起右手宣誓成为一名中国共产党党员。从那时起，他就像入党誓词中所要求的那样，始终坚定对党的信念，自觉努力为党的事业、为共产主义事业奋斗终身。战争年代，在战火硝烟中，他曾身负重伤，“一只脚踏进了鬼门关”，但这没能改变他的理想和信念，伤愈后毅然回归部队。在“红大风波”中，他被错误关押和判刑，他仍没有改变自己的理想和信念。在“大跃进”时期，他曾因受到冲击，被免去军队高级职务下放吉林省工作。在“文革”时期，他受到冲击批判，被下放农场劳动改造。在长达 17 年的逆境中，他也没有改变自己的理想和信念。在改革开放的新时期，在位高权重的考验面前，他仍然坚定一名共产党员的理想和信念，心中始终装的是党的事业、国家的大局和人民的利益，展现了一个共产党人的优秀品质和高尚情怀。

父亲经历了人民军队建立和发展的各个阶段，在军队政治、军事、后勤、装备、教育等方面均有重要建树，是一个功勋卓著的“军队人”

自参加立夏节起义开始，父亲戎马一生。他先后经历了红军、八路军、新四军、解放军、志愿军和改革开放新时期解放军等人民军队建立发展的不同阶段，直到生命的最后一刻，他仍是持有中央军委办公厅军官证的一名职业军人。在长期的革命战争生涯中，他智勇兼备，屡建功勋。红军长征时，他多次为红四方面军和中央红军筹粮，得到刘少奇和彭德怀的赞赏。抗日战争时期，他率中国人民抗日军政大学（抗大）华中派遣大队数百人，突破日军重重封锁，在半年多的时间里穿越 6 省，胜利到达苏北，创造了 270 人无一减员的奇迹，后担任抗大五分校副校长，为抗日战场培养和输送了大批优秀干部。解放战争时期，他先后担任东北民主联军第六纵队司令员，第十五兵团第一副司令员兼参谋长，广东军区副司令员兼参谋长，率部参加了辽沈战役、平津战役，并一直南下解放海南岛，兼任广东军区海军司令，指挥万山群岛海战。抗美援朝战争时期，他担任志愿军副司令员兼后勤司令部司令员，协助彭德怀司令员指挥了第一次至第五次战役以及其他各次战役，领导志愿军后勤粉碎了美军疯狂实施的“绞杀战”，建立了抗美援朝战场上“打不烂、炸不断、冲不垮”的“钢铁运输线”。在两次担任解放军总后勤部部长期间，他为军队后勤建设殚精竭虑，呕心沥血，在军费占国家财政支出比例逐年下降的情况下，完成了军队后勤建设的一系列重要任务，他也赢得了军队现代后勤工作的奠基人和开拓者的美誉。

父亲始终关心社会建设，关注人民群众的苦乐冷暖，是一个胸怀全局的“社会人”

新中国成立多年后，当了解到革命老区人民群众生活困难、地方病多发时，父亲坐卧不宁，积极向党和国家领导人建言，并设法改善老区人民的生产生活条件、改善老区人民的医疗卫生条件。他关心青少年成长，在担任总后勤部部长期间，每年六一儿童节都要去学校看望少年儿童；他动员全家人联合资助了北京大学8名来自革命老区、家境贫困的大学生，直到他们完成学业。兼任全国绿化委员会副主任、全军绿化委员会主任时，他积极倡导植树造林，保护生态，绿化祖国。为缅怀革命先烈，教育后人牢记历史，继承光荣传统，他指导、推动了四平烈士陵园、四平战役纪念馆、抗美援朝战争纪念馆、平津战役纪念馆、金寨县红军纪念堂等工程的建设工作。他在潜移默化中用党的优良传统和自己的优秀品格影响人、感染人、教育人，赢得了群众的尊敬和爱戴，无愧于一个大写的“社会人”。

父亲生前曾先后7次回到故乡金寨，纪念革命先烈，关心家乡建设，是一个心系桑梓的“家乡人”

金寨县是我国第二大将军县，革命战争时期，全县曾有十万人参加红军，为革命抛头颅、洒热血。父亲对革命战争中英勇牺牲的烈士们始终铭记在心，对金寨县这片红色的土地总怀眷恋之心。生前他先后7次回金寨，祭奠红军烈士，看望老战友、老朋友、老乡亲，考察、调研金寨经济社会发展和人民群众生产生活情况，为家乡发展出谋划策。金寨县的茶叶、板栗产业的发展，凝结着他的心血；金寨县铁路和高速公路的建设，饱含着他的关心。当他已经病重躺在病床上的时候，仍然念念不忘要在身体康复后，再回金寨看一看。在他心中，金寨是生他养他的故土，是他魂牵梦绕、难以割舍的家乡。

父亲对子女和晚辈既关心备至，又严格要求，是一个尽职尽责的“家庭人”

父亲与母亲一起养育了8个子女。无论是革命战争时期，还是和平时期，他都不可能在子女们的成长、教育上投入更多时间和精力，但只要有时间，他都会与子女和晚辈们交流思想，交换看法。他乐观向上、淡定豁达的品格深深地影响着我们；他一身正气、廉洁自律的作风无声地教诲着我们；他心系群众、热心助人的品德不断地影响着我们。他是母亲眼中的好丈夫，是子女眼中的好父亲，是孙辈眼中的好爷爷。他始终是我们做人做事的模范和榜样。

父亲离开我们虽然已经6年多了，但他的孜孜教诲仍时常在儿女们的耳际回响，他温和的笑脸仍时常在我们的眼前浮现。虽然父亲走了，但他的精神和风范长存！

父亲将永远活在我们心中！

（作者：洪虎）

第五篇

抗美援朝战场上的洪学智将军

2020年是中国人民志愿军入朝参战70周年。革命老区、全国第二大将军县——安徽省金寨县的59位开国将军中，有22位直接参加了抗美援朝战争。他们冒着零下30多度的严寒，在白雪皑皑的崇山峻岭中纵横驰骋、前仆后继，谱写了惊天动地、气壮山河的英雄史诗，以牺牲与奉献诠释了伟大的抗美援朝精神。志愿军副司令员兼后勤司令部司令员洪学智，临危受命、不负众望，建立了“炸不烂、打不断、冲不垮”的“钢铁运输线”。志愿军空四师师长方子翼，指挥空战500多次，击落击伤敌机88架，领导空四师获得“空军第一师”的殊荣。据不完全统计，牺牲在朝鲜战场上的金寨籍烈士28位，平均年龄大约27岁。其中金寨籍烈士、志愿军三十九军副军长吴国璋，是抗美援朝战争牺牲烈士中级别最高的一位。本文着重给大家介绍抗美援朝英雄、金寨籍开国将军洪学智。

情急之中上前线

1950年6月25日拂晓，朝鲜战争爆发。8月上旬，时任十五兵团副司令员、广东军区副司令员兼江防司令员的洪学智，本来是到北京向中央军委请示工作的，结果一到北京站，就被邓华接到中央军委领导的住处。由于当时已是中午时间，于是他们就一边吃饭，一边说事。就这样，洪学智连换洗衣服都没带，就登上了开往东北的火车。随后，他被任命为十三兵团第一副司令员。

8月18日左右，洪学智与邓华到达安东，与政委赖传珠及兵团机关会合，住在镇江山（今锦江山）下。在此期间，他们积极做好入朝准备，等候党中央和毛泽东的指示。10月8日，毛泽东以中国人民革命军事委员会主席的名义发出电令：以第十三兵团为基础，成立中国人民志愿军，任命彭德怀为中国人民志愿军司令员兼政治委员，出兵抗美援朝。16日，彭德怀从北京到了安东，召开志愿军师以上干部会议，部署入朝工作。19 日晚，部队按西线、中线、东线 3 个方向秘密渡过鸭绿江，洪学智、邓华、韩先楚分头随部队入朝。第一批入朝的部队有第三十八、三十九、四十、四十二军和炮兵第一、第二、第八师。20 日凌晨，洪学智与兵团司令部会合。22 日上午洪学智、邓华见到了彭德怀司令员。

洪学智、邓华与彭德怀见面后，彭德怀介绍了他与金日成会谈情况，洪学智、邓华介绍了出国第一仗的打法，研究确定将志愿军司令部设在大榆洞。洪学智带着机关立即向大榆洞运动，彭德怀留下同金日成就朝鲜战局问题作进一步研究。

大榆洞原是朝鲜一座有名的金矿，位于平安北道的北 3 公里处，是一条四面环山的山沟。山沟两边的山坡西北面有一些金矿洞。矿洞下面有一些破旧的工棚，他们把司令部设在山坡西北角的一座木板搭的工棚里。24 日，彭德怀来到大榆洞，与他们会合。彭德怀鉴于志愿军司令部没有正式成立，经请示中央，决定将十三兵团的领导机构改为志愿军的领导机构，邓华任第一副司令员兼副政治委员，分管干部工作和政治工作；洪学智任第二副司令员，分管司令部、特种兵和后勤工作；韩先楚任第三副司令员，不具体分工，主要到部队去督促检查作战问题；解方（解沛然）任参谋长；杜平任政治部主任。接下来，洪学智与大家一起共同指挥了抗美援朝第一阶段的五次战役。

兼任后勤司令员

1951 年 4 月中旬，正值第五次战役第一阶段后期，洪学智正在楠亭里第二分部检查督促物资前运工作，接到彭德怀的电话，让他马上回志愿军司令部。他放下电话，便匆忙赶到空寺洞。这时，天已经擦黑了，洪学智一走进彭德怀的矿洞，彭德怀便大声对他说："党中央、国务院、中央军委对志愿军后勤供应非常关心，你回国向周恩来汇报一下前线后方供应情况。"

洪学智简单收拾行装后，带着警卫员，当夜就出发了。到北京后，洪学智向周恩来汇报了朝鲜战场后勤供应存在的主要问题，建议成立志愿军后方勤务司令部，得到周恩来的认可。他在五一劳动节当天登上天安门，观看人民群众的盛大游行，受到毛泽东接见。回朝鲜之前，洪学智又到周恩来那里，将前线需要解决的问题进一步作了落实。回到前线后，洪学智将在北京见到毛泽东和周恩来的情况向彭德怀和志愿军常委作了汇报。

5 月初，志愿军党委在全面总结战略反攻阶段后勤经验教训的基础上，于 3 日作出《关于供应问题的指示》并上报军委。不久，经中央军委批准：洪学智兼任志愿军后方勤务司令部司令员，周纯全为政治委员，张明远为副司令员，杜者蘅为副政治委员，政治部主任漆远退。

创新机制强保障

洪学智上任后，针对志愿军前期作战后勤工作，借鉴国内解放战争后勤工作经验，由各分部按照作战方向部署兵站，通过兵站线的延伸对部队实施跟进保障。

由于战场狭窄，分部与兵团后勤、军后勤之间缺乏明确分工，造成后勤机构重叠，供应层次不清，战役后方与战术后方互相交叉，不利于发挥各自的主动性和积极性，甚至出现了互相依赖或重复供应等混乱现象。

转入阵地作战以后，志愿军后勤负责供应的部队陆续增加到 17 个军、6 个炮兵师、4 个高炮师、1 个坦克师，另有骡马 6 万多匹。随着部队的技术装备的不断改善，后勤供应的任务大大加重，矛盾更加突出，洪学智寝食不安。

为了解决问题，他深入军、师、团后勤机关，还深入前沿阵地，在总结运动作战时期建设兵站运输线和开设供应站经验的基础上，根据战略方针和后方对敌斗争的要求，以及转入阵地作战后战线相对稳定，各部分的力量得到加强，交通条件有所改善，存积物资日益增加的基本情况，提出了一种分区供应与建制供应相结合的供应体制方案。这种供应体制把整个战区后方地域划分为战役和战术两个层次。从鸭绿江至一线各军后勤之间为战役后方，构成志愿军后方地域；从军后勤至前沿阵地之间为战术后方，构成部队后方地域。

战役后方由志愿军后勤根据总的作战方针、作战方向、部队部署和地形、道路等条件以及后勤自身的力量，划分供给区，开设兵站线，负责本地区的部队实施供应。战术后方取消兵团后勤，以军后勤为主体，仍按部队、军、师、团系统实施建制供应。两种供应方法结合起来构成了分区供应和建制供应相结合的供应体制。

实行分区供应，各供应区相对稳定，部队在作战时，可以就近得到供应区的支援。在转移时，沿途均可以得到补给。到新区后，可以迅速得到供应。战线前伸或后缩，兵站线亦可随之伸缩。这样，部队在行军作战中不需携带过多的物资，便于作战部队机动。

实行分区供应，各分部受部队行动的影响小，能够保持相对的稳定性，便于各分部掌握该区敌机、敌特的活动规律，便于熟悉当地的环境、地形、道路、资源等情况，集中力量进行仓库、医院、道路和防护设施等后方建设。同时，军以下部队实行建制供应，军后勤成为一级供应实体，有利于作战指挥与后勤工作的统一，有利于保持战术后方的机动性。

五次战役后，朝鲜战争进入边谈边打的相持阶段。为配合停战谈判，志愿军与朝鲜人民军协同作战，连续粉碎了敌人1951年的夏、秋季攻势，共歼敌15.7万人，迫使美国不得不回到谈判桌旁，并放弃攫取三八线以北1.2万平方公里的无理要求。1951年7月，朝鲜北部发生特大洪水，不仅冲走了志愿军大量物资，而且所有公路几乎全部被冲毁。205座桥梁无一幸免，铁路多次修复，又多次被冲毁。面对洪水造成的巨大损失，为确保前线物资及时供应，洪学智和志愿军副司令兼三兵团司令员陈赓紧急商讨，决定除一线部队外，二线11个军、9个工兵团和3个工程大队及所有机关勤务人员全部投入抢修。数十万志愿军部队，冒着敌机的轰炸扫射，奋战25个昼夜，全部恢复了交通。

千方百计反“绞杀”

正当志愿军部队与洪水搏斗时，美军乘机出动了侵朝空军70%以上的飞机，对志愿军后方发起大规模的空中“绞杀战”，对后方的铁路、公路、桥梁和车辆、仓库、物资不分昼夜地狂轰滥炸，企图凭借空中优势摧毁志愿军后方交通线，断绝前线的物资供应，以此在停战谈判中对我方施加压力。

为粉碎敌人的“绞杀战”，洪学智指示后勤部队对各种物资紧急隐蔽、疏散、伪装，并千方百计恢复交通，抢运物资，不让敌人的阴谋得逞。公路系统的后勤部队创造了许多有效的方法。在隐蔽物资中，除利用矿洞、隧道、树木囤聚物资外，还采取设置假目标的方法，以假乱真，迷惑敌人。为预防空袭，在运输线上每隔1至2公里设置一个防空哨，昼夜监视敌机，及时报警，使运输车辆迅速隐蔽。到1951年底，在长达2500多公里的运输线上，担任防空哨的兵力达1.26万人。

由于敌人的反复轰炸，很多桥梁炸了修，修了又被炸。后勤部队创造了修便桥、浮桥、水下桥、虚假桥和避开主线修建迂回线的方法，昼夜抢运物资。并利用雨、雪、雾天气突击抢运。同时，在运输部队中实施“分段包运制”和“吨公里制”，开展竞赛活动，极大地提高了运输效益。在反“绞杀战”中，后勤部队共抢修公路2425公里，桥梁涵洞1200多座，构筑汽车隐蔽部8000多处，修建各类仓库9000多个，可储备近6000车皮物资。

为发挥铁路最大的运输效力，洪学智率领铁路运输部队，针对敌机轰炸的特点和规律，结合后方运输线路的实际，创造一种密集的列车片面续行法和多点装卸法，组织大批人力、畜力和大车、推车等进行多点转运、倒运，及时把物资运到前线。

1951 年 9 月，敌人在实施全面轰炸目的仍未得逞后，改为集中力量重点轰炸新安州、西浦、价川地区的运输枢纽——“三角地区”。敌人平均每天出动 5 批 100 架次飞机对这一咽喉地区反复不间断轰炸，迫使志愿军无法修复，妄图彻底中断志愿军后方运输线。至 12 月，敌人在这一地区共投弹 3.8 万枚，破坏 2600 处次。而志愿军后方仅 9 月至 10 月底，就需往前线运送粮食、冬装、弹药、汽油、杂品等共 1 万车皮。

如何粉碎敌人对“三角地区”的封锁，成了后勤司令部的中心课题。洪学智与后勤司令部领导经过深入分析，研究确定“集中兵力，重点保卫”的原则，采取一系列措施。中央军委和志愿军司令部也迅速增派空军和高炮部队参加反“绞杀战”。到 12 月底，空军先后 5 个师入朝参战，负责掩护后方交通的高炮部队达 3 个师 4 个团 23 个营。在空军和高炮部队的支援下，铁路抢修部队分成昼夜两班开展 24 小时不间断抢修，多次打开敌人对“三角地区”的封锁，实现了 12 月 9 日以后比较巩固的通车胜利。

在整个“绞杀战”中，美军共出动飞机 8.7 万余架次，平均每天 300 多架次，对志愿军后方运输线实施空前的破坏和封锁。但是，在洪学智的指挥下，志愿军后方诸多兵种协同配合，团结奋战，不仅后方运输线没有中断，反而于 1952 年 5 月提前一个半月超额完成上半年的运输任务。同年 6 月，敌人的空中“绞杀战”终以失败而宣告结束。

1952 年 10 月下旬，是志愿军入朝作战一周年，彭德怀前往平壤接受朝鲜民主主义人民共和国授予的一级国旗勋章。回来后，他在志愿军党委会议上深有感触地说：“如果论功行赏的话，这个勋章应该给洪学智。他们做了大量艰苦的工作，没有他们大量艰苦的后方保障工作，我们就不可能得到这样大的胜利。”

保障有力战果丰

反“绞杀战”胜利后，志愿军的后方交通运输得到明显改善，物资已能源源不断地运往前线，志愿军兵员充足，士气高昂。此后，志愿军先后取得 1952 年秋季反击战、上甘岭战役、1953 年夏季反击战和金城战役的重大胜利。洪学智在参与组织指挥这些重大战役的同时，以主要精力指挥后勤部队，圆满完成每次战役的物资供应任务，为保证这些战役的胜利发挥了重要作用。

上甘岭战役是一场大规模的坚守阵地防御战，是一场“打钢铁”“打后勤”的现代化战役，弹药消耗极大。在 43 天战斗中，志愿军共投入各种火炮 496 门，发射炮弹近 40 万发。洪学智指挥后勤部队共完成 1.6 万吨的物资供应，其中仅炮弹即达5000多吨，平均每天120多吨。此役火力之猛烈、密集，战斗之激烈、残酷，在世界战争史上也是罕见的。

在金城战役中，洪学智指挥后勤部队，以顽强的拼搏精神，昼夜奋战，再次完成1.5万吨作战物资的运送任务，保证了前线部队取得歼敌7.8万人的重大胜利。中朝人民军队的节节胜利，给美、南朝鲜军以沉重打击，迫使对方作出停战协议的保证。

1953年7月27日，朝鲜停战协定正式签字，金日成首相和彭德怀司令员发布了停战命令。31日，洪学智与彭德怀、邓华等应邀前往平壤，参加了朝鲜民主主义人民共和国举行的授勋典礼。

（作者：胡遵远，原载《皖西日报》2020年10月13日）

第六篇

“六星上将”洪学智：这样教育子女

洪学智，是全国著名将军县——安徽省金寨县59位开国将军中级别最高的一位将军，也是我国唯一一位被两授上将军衔的将军。洪学智将军“出生于双河农家，从戎于商南起义（立夏节起义），显赫于南征北战，扬威于抗美援朝，彪炳于现代后勤奠基，辉煌于改革开放创新。艰危屡善谋略，曲折愈显忠贞，勇武而见儒雅，刚直而怀柔肠，权重坚守本色，位高心在百姓”。洪学智不仅在革命战争年代驰骋疆场、转战南北，为中华民族的解放事业建立了彪炳史册的功勋；而且在全国解放后始终牢记使命、时刻不忘初心，为社会主义建设和我军现代化建设作出了巨大贡献。他不仅严格要求自己，而且严格要求家人，在家风建设上留下了很多感人的故事和宝贵的经验。比如，他的“八项铁令”“四个一”的故事，等等，几乎是家喻户晓。本文给大家说几个鲜为人知的小故事。

他让子女们深刻地体会到：父亲深爱他们而又严格要求他们

洪学智深爱自己的子女，但这种爱不是无原则的迁就，而是爱在心里，“严”字当头。子女们上小学的时候，每个学期结束后家里都要开一个家庭会，父母针对孩子们的表现进行讲评，学习好、表现好的可以获得奖励。每年的八一建军节，父母总要把子女们召集到一起，讲述他们战争年代的经历，让子女们不忘过去，继承和发扬革命传统。

洪学智十分注意培养子女们在社会上的自立能力。他经常说，人在社会上要有真才实学，不要指望家庭、依靠父母，要靠自己。选个好的专业、掌握一门手艺，这样才能更好地为社会服务，走到哪里都不会吃亏。他经常用辩证的方法教育子女们说，事物总是发展变化的，要看到事物的两个方面。一个人在顺境的时候不要骄傲、得意忘形，要想到会有不顺利的时候；在逆境的时候不要悲观失望、丧失信心，要想到会有好转的时候。1959 年庐山会议以后，虽然洪学智在政治上遭受了沉重打击，但他的子女并没有消沉，反而更加严格要求自己、刻苦学习，凭自己的本事都考取了北京的知名大学。

他把女婿的名字直接从副院长候选人名单中划掉了

1978 年，洪学智的女婿金元考取了清华大学物理系硕士研究生，1981 年毕业。当时，部队医院急需工科院校研究生，金元被分配到 301 医院超声波室工作。到医院报到后，洪学智非常认真地找金元谈了一次话，对他提出三点要求：一要努力学习新业务、新技术，认真钻研、作出成绩；二要多联系群众，尤其要向老专家、老教授学习；三要少说话、多做事。

金元遵从老将军的教导，刻苦学习、努力钻研，与同事合作发表论文 10 多篇，与军内外专家合作撰写了《临床超声诊断学》等 4 部专著，获全军科技进步二等奖、三等奖，成为《中国大百科全书》（现代医学卷）中“超声诊断”条目的撰稿人。

由于科研成绩突出，1985 年金元升任 301 医院党委常委兼科训处处长，负责全院的教学和科研管理工作。1987 年，总后勤部让 301 医院民主评议推荐副院长候选人。根据专家推荐，301 医院党委将金元作为副院长候选人之一正式上报总后。洪学智看到 301 医院报上的名单后，立即把金元找来，问：“医院推荐你当副院长，你知道吗？”

“一开始我不知道，后来听说了。”

“我是总后勤部部长，如果我同意你当 301 医院的副院长，我以后怎么领导 301 医院的工作？这个问题你想过没有？”

金元说：“爸，您的想法我完全理解。如果我是您，我也会这么考虑的。您放心，我还年轻，当不当副院长不重要，重要的是要把 301 医院的科研和训练工作抓好，落实您把解放军总医院办成第一流总医院的要求。”

“你有这样的想法很好，你今后的路还长着呢！”就这样，洪学智把金元的名字从候选人名单中划掉了。虽然失去了一次晋升的机会，但洪学智出于公心的举动，让女婿心服口服。金元说：“父亲始终用自己的行动为我们做着表率，我心里没有埋怨，反而对他更为敬重了。”

他要求当省长的儿子“要真正地为老百姓办实事”

洪学智在吉林省生活了18年，他把吉林当成了第二故乡。在那里，他始终对党的事业充满信心，不悲观、不泄气，始终积极努力地为党工作。

1998年，洪学智的大儿子洪虎调到吉林省任省长，他语重心长地对儿子说：“要真正地为老百姓办实事，不图名、不图利。”他要洪虎关注吉林这样的几件事情：

第一，洪学智担心1936年修建的丰满水库大坝的安全问题。他认为，这个水库修建时受当时技术条件的限制，加之年代久远，可能会垮坝。丰满水库是顶在吉林人民头上的一个“大水盆”，一旦出问题，后果不堪设想。洪学智反复交代儿子一定要注意大坝的安全。

第二，洪学智关心吉林的粮食生产问题。作为全国的粮食供应基地，吉林应该调动农民种粮的积极性，保障全国粮食的供应。2002年，洪学智生前最后一次到吉林考察时，反复叮嘱洪虎说：“我在吉林工作了18年，对吉林很有感情。你要多为吉林做点实事、好事，让老百姓安居乐业。”

第三，洪学智一直关注四平烈士陵园的维修和四平战役纪念馆新馆的建设问题。他对四平市的感情很深，“四战”四平，他参加了三次，有一次还担任了前线总指挥。抗战胜利后，他从苏北带过去的很多新四军老战士都牺牲在四平，这让他念念不忘。洪虎去吉林前，洪学智叮嘱他：“要把四平烈士陵园维修好、把四平战役纪念馆新馆建起来。”

他告诉子女们“你们的路要自己走！”

洪学智对子女的教育和影响，一直都是身教重于言传。这种教育是日积月累的，而不是一两次谈话就能完成的，恰如春雨润物细无声。

上学时，洪学智的子女们都住在学校，星期天才回家，他们对父亲的接触也不是特别多。但他的一言一行潜移默化地影响着子女们，比如：吃饭的时候不能有剩饭，饭菜掉到桌子上他都会捡起来一一吃掉。有一天，《光明日报》刊登了一篇文章，反映北京大学在校学生的生活。有的来自贫困农村的学生，因为家境贫困，很少参加学校里组织的其他活动。洪学智看到后就和子女们商量，由洪学智夫妇和子女们共同出钱，资助北京大学挑选出的来自革命老区的8名贫困学生，直到他们大学毕业。

1960年初春，由于在“运动”中受到冲击，洪学智被免去了总后勤部部长职务，下放到吉林省任农业机械厅厅长。洪学智不得不迁往吉林。

离开北京的前一天，全家人一起吃了一顿饭。夫妻二人，八个孩子，满满一桌。离别前的这顿晚饭不同平常，吃得很沉闷。尽管洪学智的脸上很平静，但几个大一些的孩子已经懂事了，他们始终低着头。洪学智的夫人张文望着孩子们，想着即将到来的分离，心里有说不出的酸楚。洪学智看了妻子一眼，用手轻轻地拍了拍妻子的手背。张文明白丈夫的意思，这是要她把泪水往肚子里咽！

他们决定把还在上幼儿园的洪阳和洪菁带在身边一同去长春，小儿子洪晓狮上完这学期课后再转学去长春，其他的孩子继续留在北京住校读书。洪学智对孩子们说了一段话："人这一生很漫长，不会总是一帆风顺的。你们要学会辩证地看待人生的起落。好的时候，要想到不好的情况，不好的时候也不要沮丧，人生的这个过程，有起就有落，有好就有坏。现在你们都在上学，这是很重要的阶段，不管在什么境况下，你们都要好好学习，既要学习知识，也要学会与人相处，学会独立生活，要能够自立。"

孩子们频频点头。父亲的平静和沉着，给了正当年轻、血气方刚的大儿子洪虎及其兄弟姐妹们很大的安慰。

晚上，洪学智把洪虎叫到书房。洪虎个子长得快有父亲高了。在所有的孩子中，他跟父亲的时间最长。洪虎上面还有个姐姐，因为战争年代条件艰苦，洪学智在率部转战途中不得不将大女儿送给了一户并不认识的陌生穷苦人家。因此洪虎出生后，不管条件多么艰苦，洪学智和张文都把他带在身边。

在这个不寻常的晚上，洪学智用平静的、缓慢的语调对大儿子交代了几句话："第一，不要对父亲的事情评头论足。第二，父亲半生革命，从来没有、也不会做任何对不起党、对不起国家的事情。第三，照顾好弟妹，好好学习。第四，认真做人，好好做事，独立生活。"

洪学智像以往一样，在凳子上端坐，腰板笔直，只穿了一件旧军装的他，虽然没有佩戴领章帽徽，但军人风姿一览无余。

洪虎当年还很年轻，很多事情并不明白，但父亲的平静和沉着让儿子感觉到了父亲内心的强大力量。端坐在明亮灯光下的父亲一身浩然正气，打消了洪虎心中的全部疑虑：父亲仍然是一个英雄！

洪学智有一个习惯，就是喜欢开家庭会。他常常利用这个机会教育子女，统一认识。开会的时候，人聚齐了，他就让大家围绕某个问题进行讨论，他最后发表看法。有一次他过生日，全家聚在一起。他特意叮嘱说："如今改革开放，国门打开了，形势开放了，各种思潮也跟着进来了，你们任何时候、任何情况下都决不能做有损党、有损人民的事，决不能有损我们这个光荣的革命家庭。”改革开放以后，新旧经济体制转换，有的干部子女下海经商发不义之财，有的干部子女倒卖手上计划内的指标获取非法利益，社会上反响很大。洪学智就告诫子女们：“一定要按规矩办事，要走正道，不要走歪门邪道。你们不要指望我为你们的发展搭桥铺路，你们的路要自己走!”

2006 年 11 月 20 日，洪学智在度过和夫人张文结婚 70 周年的纪念日之后离世而去。虽然，他已离开人间 10 多年了，但是他却一直活在并且会永远活在子女们、家人们的心中。在张文眼里，他永远是天底下最好的丈夫！在子女们眼里，他永远是世界上最好的父亲！

（作者：胡遵远、程东建，原载《祖国》2020 年第 16 期）

第七篇

开国中将滕海清与倪志亮的故事

开国中将滕海清是中国人民解放军优秀的军事指挥员，戎马一生，骁勇善战。然而这位将军，当年却曾是一位被“遗弃”的红军排长。

从连长“降”为排长

1909 年 3 月 2 日，滕海清出生于安徽省六安市金寨县南溪镇一户农家。迫于生计，7 岁起就给地主放牛，15 岁离开家乡到霍山县帮工烧木炭。1929 年，他参加霍山游击队，第二年 8 月带领 30 多名赤卫队员参加中国工农红军，所在部队是红四方面军第四军十一师三十二团，1931 年加入中国共产党。对于滕海清来说，1932 年 6 月 15 日是他的“幸运日”。这天，已是红三十二团五连连长的滕海清，牵着两匹枣红战马准备练骑术。这两匹战马是前两天部队参加潢（川）光（山）战役，追击敌兵时缴获的。滕海清牵着马刚出门，迎面遇见了师长倪志亮和政委甘济时。倪师长和甘政委身后跟着手枪队，都骑着高头大马，威武得让滕海清十分羡慕。“你是哪个团的？”倪志亮问。“三十二团的，我是五连连长。”“牵两匹马干什么？”滕海清灵机一动，回答说：“哦，是给师长、政委牵的。”倪志亮望了望甘济时，说：“这个小连长，脑袋瓜子蛮机灵的。”然后让通信员把两匹马牵走了。滕海清觉得自己都当连长了还不会骑马太不像话，这次缴获来的马他没有上缴是因为他实在舍不得。当然，滕海清也作了思想准备，如果被上级发现，立即上缴就是。滕海清没料到自己准备要练骑术时，竟一头撞上了师长和政委。

孰料，倪志亮不但牵走了滕海清的马，还“牵”走了滕海清本人。10 天后，滕海清接到营里通知“带上背包，到师部报到”。这一下把滕海清吓坏了，因为那时还在抓“改组派”，他怕自己被当作“改组派”抓走。按照组织程序，滕海清先到营部见营长。他问营长：“你要调我走干什么？”营长说：“我没有要调你，是团部的通知。”滕海清拿了营部的介绍信到了团部，问团长程启光：“调我干什么？”程团长说：“不知道，是师部叫你去的。”忐忑不安中，滕海清带着团部开的介绍信来到师部驻地，进了师长、政委办公室。看过滕海清递来的介绍信，倪志亮开口道：“调你来，是让你到师部通信队当排长。你不会不满意吧？”“干什么都可以！没有不满意的。”此时的滕海清只有一个念头，只要不被抓就行。

不甘被“遗弃”独自赶队伍

滕海清到师通信队几个月后才明白过来，连长改任排长不是“降”了，而是“升”了。原来，师部通信队是个特殊单位，只有两个排，人数相当于一个加强连。一排没有士兵，都是一些在战斗中没打好仗的营连干部。打仗不可能百战百胜，个别营连打不好，这是难免的，但在当时，打了败仗的营连干部都不能继续担任现职，必须调离。这些必须调离的干部到哪里去呢？于是，部队就设立了如通信队一排这样的收容单位。过了一段时间，根据部队需要，这些干部又被陆续分配到部队任职。滕海清就是到通信队当一排排长，管理打了败仗的营连干部的。通信队的另一个排是二排，这个排的人员组成与一排不同，都是从各团挑选来的优秀班长，经过一段时间的培训后被分配到连队去当排长。管营连干部的排长，难道不是“升”了吗？

1932 年 10 月 10 日，张国焘在湖北省红安县黄柴畈召开紧急会议，决定留第二十七师、七十五师及各独立团在苏区坚持斗争，红四方面军主力转移外线作战，伺机打回苏区。其实，这是红四方面军连连失利后，被迫撤出鄂豫皖根据地向西转移的决定。10 月 12 日夜，红四方面军主力两万余人，由湖北省广水至王家店一线越过平汉铁路。次日，红四方面军遇到卫立煌指挥的国民党军第十师、第八十三师和独立第三十四旅，以及胡宗南指挥的第一师、肖之楚指挥的第四十四师、刘茂恩指挥的第六十五师、冯鹏翥指挥的第六十七师、范石生指挥的第五十一师等部队的重重围堵。在 13 日下午的短兵相接中，滕海清被对方士兵投来的手榴弹炸成重伤，左眼几近失明。碎裂的弹片打掉了他的两颗门牙，还击穿了他的右臂。红四方面军浴血奋战三天三夜，仍未能摆脱国民党军的围堵。16 日，张国焘决定：“为了保证部队轻装行军作战，营以下职务的伤员就地遣散自找归宿，营以上的仍然用担架抬着随军行动。”野战医院给营以下职务的伤员宣读了上级的决定，并发给他们每人 10 块银圆。滕海清手里攥着 10 块银圆，怅然若失地望着与自己同室住院的一位负伤营长随军转移。野战医院人去楼空时，滕海清心中的酸楚不可言状，他心中明白，自己被“遗弃”了。“不！我不能这样离开革命队伍！”于是，他借助微弱的视力找来一根竹竿当拐杖，形单影只地出发，慢慢地向西走去。

夜深了，滕海清赶上了后卫部队。得知野战医院在前面的山坡上，滕海清惊喜交集，嚷道：“我要找院长！”院长来见滕海清，拉着他的手说：“真的是你?”滕海清破口骂道：“我是通信队的，你竟敢把我丢下！”院长解释说：“排长同志，你别生气。我实在是没办法，重伤员太多！”“你少废话！我问你，现在怎么办?”滕海清问。“上级的规定，我不能不执行啊！”院长如实说。滕海清气愤地说：“那你就把我枪毙算了！”这时，倪志亮出现在野战医院营地上，他是听到骂声寻声而来的。看到滕海清，倪志亮一切都明白了。倪志亮对院长说：“通信队的一排长是管营连干部的，职务相当副团级！你要按营以上伤员待遇对待！”这样，滕海清留在了野战医院里。一个月后，尽管滕海清的左眼还是失明了，但他右臂里的弹片已经取出，伤口也愈合了。滕海清开始考虑下一步行动“部署”：不能老跟着野战医院，要找到师部通信队。第二天，天还没亮，滕海清就独自一人上路，最终赶上了师部通信队。

三十年后“巧遇”老师长

1932 年 12 月，红四方面军决定向四川发展，创建以川北为中心的川陕边苏区。滕海清向师长倪志亮提出要重返战斗单位。倪志亮说：“我看你还很瘦很虚弱，身体比在老苏区时差远了，恐怕到部队任职还不行。”师政治部主任周光坦在一旁说：“政治部保卫队没有指导员，滕海清同志愿不愿去?”倪志亮顺势说：“我看可以，你就到保卫队当指导员，先干起来再说。”在保卫队当指导员没几天的滕海清就接到司令部通知：师长要见他。保卫队与师部很近，滕海清马上赶到师部。倪志亮握着滕海清的手说：“现在形势很好，我们前面的部队打下通江、巴中、南江 3 个县城，有很多人参加了红军。往后我们部队还要扩大，创建川陕边苏区。有人向我建议，派人到地方去组织游击队，这是扩大红军力量的一个好办法。”滕海清马上会意，主动问：“师长是不是要我去搞游击队?”倪志亮高兴地说：“是的，让你去发展游击队。”“具体到什么地方?”滕海清请示。“清江渡东南一带。”“还有谁去?”“就你一个人，带一个通信员就行了！”倪志亮说完又补充道：“搞起了队伍，你就自编自封，大胆地干起来就是了。”

响鼓不需重锤。第二天，滕海清带上一名通信员，来到四川清江渡东面的一个叫四连场的地方。一个月后，一支 300 多人的游击队拉起来了。滕海清把这支游击队编为 3 个连，自己任这支游击队大队长兼政委。1933 年 2 月中旬，游击队编入红十一师序列，其游击一连编为红三十一团特务连，滕海清任连政治指导员。1933 年 11 月，滕海清率领特务连参加反“六路围攻”作战时，一颗子弹从滕海清的喉部射入，从颈后穿出，伤了喉头、食道和神经，他又被转到野战医院。至此，滕海清与师长倪志亮道别。新中国成立后，滕海清任北京军区副司令员。1965 年 10 月，滕海清身体不适住院，两人才意外重逢。当时，倪志亮也在住院。原来新中国成立后，倪志亮任驻朝鲜民主主义人民共和国第一任大使，1955 年被授予中将军衔。此时，尽管倪志亮病情严重，但他一眼就认出当年的“大排长”滕海清，两人愉快地回忆起逝去的岁月。倪志亮说自己过去在部队严格要求下级、自身存在军阀习气、有骂人打人现象时，滕海清说：“老首长，过去的那些事我们一概都忘记了，现在想起来都是美好的回忆呢。您是我尊敬的首长，我没有辜负您的培养！”

“我没有辜负你的培养”这句话，并非一般意义的客套与道谢，而是滕海清从大情大义方面得出的结论。1965 年 12 月 15 日，倪志亮在京逝世。滕海清在一篇纪念文章中写道：“他是我尊敬的首长、要求严厉的上级，又是我可以推心置腹说话的兄长、为将做人的良师。”

（作者：胡遵远、张应松，原载“学习强国”2020 年 10 月 30 日）

第八篇

红军精神万古流芳

——怀念父亲滕海清将军

我的父亲滕海清1909年出生在安徽省金寨县一个偏远山村的佃农家庭，是家中老大，还有6个弟弟妹妹，8岁起便开始帮助父母下地耕田。由于家境十分贫困，15岁时走出大山独立谋生，来到皖西霍山县的煤矿烧炭打零工。

投身红流，百炼成钢

1929年，六安、霍山地区先后爆发立夏节和六霍两大起义，父亲深受鼓舞，毅然参加了霍山县游击队，在战斗中冲锋在前，勇猛杀敌，表现出色，得到了游击队长方晓武的表扬。

1930年春，在队长的动员下，父亲回到了家乡，担任赤卫大队大队长，并于5月带领30余名赤卫队员告别乡亲，义无反顾地参加了红一军独立旅。

1931年1月，在红一军与红十五军合编为红四军后，父亲被编到第十一师三十二团五连三班当战士。1月下旬，红四军在麻城县打了一场恶仗，在歼灭国民党军的同时自身伤亡也较大，连长在战评会上提出了一个尖锐的问题："你们班8个人，在昨天的战斗中牺牲了4个，你们害怕吗？"父亲倏地站起来说："连长，打仗就是你死我活，要害怕，就不来当红军了！"铿锵有力的回答，引起了连长的关注。4月中旬，红四军攻打光山县大山寨，由于寨墙高固，地势险峻，两次强攻均未奏效。第五连奉命组成由班、排长组成的敢死队，在父亲的反复请求下，连长同意他参加了敢死队。战斗中，父亲冒着枪林弹雨第一个接近寨墙，但不幸被推下的石头击中头部，顿时血流满面，昏倒在地，被战友抢救回来送到了老乡家养伤。醒来后，部队已经转移，由于急火攻心，父亲持续高烧4天4夜，烧退后身上又起了许多水痘。未等水痘退去，父亲便挣扎着爬起来，拄着木棍摇摇晃晃走了两天两夜，终于在光山县找到了部队。连长见到他后十分高兴，晚上点名时宣布任命他为第三班副班长。由于作战勇敢，表现突出，班长夏元斌介绍父亲正式加入了中国共产党。

1932 年 1 月，父亲以优异成绩在彭扬军政干部学校结业，返回老部队后被破格任命为第十一师三十二团八连副连长，于 1 月中旬随部队参加商（城）潢（川）战役。八连奉命担任突击连，在攻击中连长不幸负重伤，父亲奉命接替指挥，他沉着应对，令第一、第二排正面掩护佯攻，自己率第三排迂回国民党军侧后发起猛攻，乘敌不备歼敌一个排，夺取了前沿阵地，为大部队攻击扫清了障碍。3 月，红四方面军发起苏家埠战役，歼敌 1.8 万余人。战斗中，父亲机智灵活，带领全连能攻善守，战绩突出，受到团领导表扬，战后升任第三十二团五连连长。6 月下旬，父亲调任师通信队一排排长。一排分 3 个班，50 余人，都是在战斗中指挥不当的营连干部，调到师部重新学习集训。父亲爽快地接受了组织上的安排，而且十分珍惜在师领导身边工作的机会，无论师首长在一起分析敌情，还是研究作战方案，布置兵力，他都认真聆听，仔细体会，为日后作战指挥奠定了基础。7 月上旬，由于“左”倾冒险主义路线的错误领导，红四方面军陷入被动，被迫转移，伤员越来越多。10 月 19 日上午，在阻击国民党军的战斗中，父亲多处负伤，双眼几乎失明，嘴唇被弹片崩豁，门牙被打掉两颗，右手也被炸伤，只能由师部医院的担架抬着行军。为摆脱国民党军的围追堵截，师领导忍痛决定：连以下伤员每人发 3 块大洋，就地隐蔽疗伤。晚上，躺在父亲身边的一位营长被担架担走随部队迅速撤离，父亲强忍剧痛爬起来，摸索到院门口，遇上了师部秘书长和几个通信员，秘书长解释说：“实在没办法，伤员太多，请你自己照顾好自己吧。”说完，硬塞给父亲 10 个银圆，匆匆离去。父亲再也忍耐不住内心的悲伤，踉跄地哭喊道：“秘书长，我还要革命呀！”一名通信员不忍心，又跑了回来说：“排长，抬你没希望了，你向西慢慢地走吧，多保重。”说完，又给了他一条缴获的国民党军的旧军毯，便哭着走了。

父亲不甘心就此离开部队，他用左手拄着竹竿，披着破军毯，眯着肿胀的双眼，跌跌撞撞地向西追赶远去的部队。饿了，撸把野菜充饥，渴了，喝口路沟里的积水，凭借顽强意志，克服了常人难以想象的困难，经过了一个月的艰苦跋涉，终于于 11 月下旬在陕西子午镇找到了部队。

12 月，红四方面军决定翻越大巴山。行军途中，第十一师师长倪志亮见到滕海清很感意外，见他穿着一身血衣，光脚站在雪地里，称赞道：“想不到你还能活着回来，真是好样的！”随后，倪师长命令后勤连夜赶制了一套棉衣和一双鞋，交给父亲，令他感动得热泪盈眶。部队进入川北后，父亲奉命带着一名通信员到清江渡东南一带去创建游击队，通过深入发动群众，很快便建立起了一支 300 多人的游击队伍，通过智取反动民团，缴获了上百支枪械，父亲任游击大队大队长兼政治委员，建立了党支部，并在当地建立了苏维埃政权。

1933 年 2 月至 6 月，红四方面军取得了反“三路围攻”的胜利，父亲率游击大队配合红军主力英勇作战，并在战后编入第十一师，调任第三十一团团部特务连政治指导员。11 月起，在反“六路围攻”的作战中，父亲和连长多次率连队担任突击连，出色完成了任务。在一次激战中，一颗子弹从他的喉部射入，颈后穿出，严重损伤了气管和神经，经医院奋力抢救脱离了危险，再次与死神擦肩而过。未等伤情痊愈，父亲便强烈要求重返部队，领导考虑到他的伤情，安排他重任师政治部保卫队政治指导员。

1934 年春，父亲任第三十三团一营政治委员，带伤坚持作战，率部参加了强渡嘉陵江的战役，随后开始了长征。在经历千难万险走出生命禁区后，由于张国焘图谋另立中央，坚持南下方针，父亲率领全营随部队再次进入草地，走出时全营只剩下一半人。一天，父亲饿得瘫倒在地，不能动弹，一名随行的排长赶紧让几名战士抖一抖自己的干粮袋，凑了一把残存的青稞面，用凉水拌和一下让他喝，父亲才有了点精神。面对残酷的事实，张国焘被迫放弃错误的南下方针，同意红四方面军随红二方面军北上。父亲随部队第三次穿越大草地，并担负筹粮任务。走了 3 天也没找到一粒粮食，在第 4 天中午突然发现远处的山梁上有成群的牛羊，经了解是当地一名恶霸大牧主的，父亲便率部队圈了 200 多头牦牛和 1000 多只羊，解了部队的燃眉之急。10 月 9 日，红四方面军与红一方面军在甘肃会宁胜利会师。长征结束后，父亲调任第十师二十八团政治委员。

浴血抗日，保家卫国

1937 年七七事变后，父亲任八路军第一二九师三八五旅教导大队大队长。1938 年 3 月，到抗大学习，曾托同乡打听家人消息，才知道母亲已在 6 年前因病无钱治疗去世，父亲 5 年前被“还乡团”抓到大牢里折磨致死，几个兄弟姐妹也在国民党迫害下流离失所，多数已不在人间了。父亲强忍悲痛，更加坚定了为民族解放事业而英勇献身的决心。

抗大毕业后，父亲被分配到河南省确山县竹沟镇工作，任游击大队副大队长，开始了与彭雪枫的结识与交往。在会师时，彭雪枫见到了父亲，问道：“你就是滕海清同志？鄂豫皖红军的老兵，当过团政委？”父亲回答说：“司令员，早知道你的名字，就是没有机会见面。”彭雪枫说：“我俩虽是第一次见面，不过说起来我们还是老同学呢！红军大学的同学，对吧？”“哪里能跟司令员相比呀，你们是首长深造，我是补课，入校也晚多了，红大已改为抗大了！”

父亲说。彭雪枫说："那也算是校友呵，老校友又走到一起来了，好啊！海清同志，你来了我十分高兴，你的情况我都知道了，工作得不错。到西华的时间不长，名气可是很大呀！老百姓都知道你会打仗，枪一挥，日军伪军都跑了……"会师后的3支游击队合编，番号仍为新四军游击支队，下辖3个大队，父亲被任命为第二大队大队长兼政委。彭雪枫对父亲说："你在红军时担任过团政委，把部队交给你，我就放心了。你要带好这支部队，这可是我们东进豫皖苏干革命的血本！"12月，第二大队整编为第二团，父亲任团长，奉命向北挺进，破袭日军交通干线，在经过豫皖交界的苗圩子时，遇到一支国民党地方部队的阻挠，父亲带着两名通信员前去与该部队的苗司令交涉。苗部驻地戒备森严，只准父亲只身进入。苗司令满脸煞气，父亲瞥了他一眼，问道："苗司令是不是抗日的？""是的，鄙人的队伍是坚决抗日的。""既然是抗日的，为什么不借道于我呢？再说，我就一个人，何必搞得这么紧张？这样又如何打鬼子？"苗司令顿时张口结舌。父亲对他晓以大义，最终苗司令同意借道给新四军。

1939年2月，在日伪军的严密封锁下，部队粮食奇缺，父亲看着指战员受冻挨饿十分着急，无奈之下和政委谭友林商量卖掉了部队的大骡子。看着大骡子远去的背影，两人心里十分不舍。父亲转身对团部司务长说："一定要抠紧点花呀！"5月，为建立敌后抗日根据地，父亲率部前进到宿县地区，连续对当地的日伪军据点、车站、县城发起攻击，经过2个月的艰苦作战，毙伤日伪军1800余人，攻战了多座县城，解决了部队的给养困难。同时，积极发动群众，宣传共产党的抗日政策，吸收了1000余名淮上青年入伍，从而完成了预定的"打仗、扩军和筹款"三大任务。

1940年7月，新四军第六支队与南下的八路军一部合编为八路军第四纵队，下辖4个旅，父亲任第五旅旅长，于10月率部进驻板桥集。1941年1月皖南事变后，八路军第四纵队改编为新四军第四师，第五旅改编为第十一旅，父亲任第十一旅旅长。

1942年1月，33岁的父亲与母亲王彬结婚，婚后第3天便率部队开赴战场，投入到巩固淮北抗日根据地的战斗中。11月，面对日伪军的大规模"扫荡"，父亲率部队坚持内线游击战，33天内作战37次，有力地配合了全师反扫荡作战。

1943年3月，国民党江苏省主席韩德勤率部突然侵入新四军淮北抗日根据地中心区山子头，杀害新四军伤员，叫嚣建立"反共基地"，在多次劝说无效后，父亲奉命率部围歼了韩德勤部，俘获韩德勤以下1000余人。

1944年4月，日军发动河南战役，国民党军溃败，河南沦陷。7月，中共中央作出向河南敌后进军的部署，命令第四师重返路西。第四师师长彭雪枫率九旅、十一旅挥戈西进，父亲率十一旅三十二团作为前卫团，率先踏上路西，进至萧县路西小朱庄时，遇到国民党顽军王传绶部的拦击。王部 1500 余人，在小朱庄修筑了坚固的工事，号称“路西东方铁军”。经过 1 个小时的激战，在敌人援军到达之前，前卫团撕开了突破口，敌军开始溃败，王传绶在逃跑中被设伏的骑兵团击毙。此战，毙敌纵队司令以下 450 余人，俘敌副司令以下 1300 余人，为第四师西进打开了通道。9 月 11 日，在八里庄战斗即将结束时，亲临前线指挥的彭雪枫不幸中弹，壮烈殉国，年仅 37 岁。见到师长的遗体时，一向要求“受伤不叫喊，面对牺牲不哭鼻子”的父亲猛扑过去，失声痛哭。想起与师长风雨同舟的 6 年，想起师长的培养教诲，父亲悲痛欲绝。

在 3 个多月的路西作战中，父亲率十一旅和兄弟部队共歼灭日伪军和顽军 1.3 万余人，拔除据点 36 个，控制了东起津浦铁路，西至商亳公路，北至陇海铁路，南至涡河的广大地区，基本恢复了原豫皖苏边抗日根据地。

1944 年 12 月，第四师参谋长张震兼任十一旅旅长，父亲调任九旅旅长。从十一旅组建到调离，父亲当了 4 年旅长。他待人处事宽厚，工作吃苦耐劳，作战身先士卒，指挥处变不惊，给十一旅指战员留下了深刻印象，大家常说“我们旅长真是个好老汉”“有滕老汉在，怕什么”。其实，那时父亲才 30 多岁。

1945 年春，父亲率九旅返回津浦铁路东，在春季攻势作战中，歼灭日伪军 5000 余人，解放淮南地区，为转入全面反攻奠定了坚实基础。

挥戈千里，名垂军史

1945 年 10 月，父亲率九旅北上山东。11 月，九旅与友邻部队对来犯的国民党军吴化文部发起界河伏击战，毙俘 4000 余人，首战告捷，军心大振，受到中共中央电报嘉奖。

1946 年 12 月，山东野战军准备对来犯之敌发起宿北战役。17 日下午父亲奉命率九旅攻占国民党整编第六十九师师部人和圩。人和圩守备工事坚固，配备美军装备的 1 个步兵团、1 个野炮团和 1 个特务营驻守。在经过较为充分的准备后，18 日 22 时 30 分我军发起总攻，激战至次日 2 时，全歼国民党守军，师长戴之奇自杀，副师长和参谋长被俘。宿北战役以全歼敌整编第六十九师 2.1 万人的胜利告终。

1947 年 2 月，父亲率第六师随二纵急行军 100 余公里，一举歼灭了郝鹏举部 5000 余人，活捉了郝鹏举。随后，二纵作为阻援部队参加了莱芜战役。5

月，华东野战军发起孟良崮战役，集中优势兵力围歼国民党军“五大主力”之一的整编第七十四师。父亲率部随纵队参加阻援集团，面对国民党第七军及整编第四十八师在飞机大炮掩护下的凶猛攻击，父亲指挥部队与数倍敌人血战到底，未使敌人前进半步，为华东野战军主力全歼整编第七十四师赢得了主动。7月，父亲率部参加南麻攻坚战，遇到了从未见过的“子母堡群”工事，血战6天，歼敌6000余人，但自身伤亡也较大。在国民党军4个整编师增援的情况下，部队奉命撤离战场。战后，父亲组织编写了《攻打子母堡》手册，总结了一些新的战技战术。华东野战军将其作为攻坚教材，向全军推广。10月下旬，父亲调任第十三纵队任副司令员。

1948年1月，父亲升任第二纵队司令员。3月，二纵与十一纵、十二纵会合组成苏北兵团，共同发起益林战役，经3昼夜激战，歼灭国民党军7000余人。

1949年1月6日，华东野战军向杜聿明集团发起总攻，父亲指挥二纵先后攻克李明庄、范庄、王庄、李康楼和地祖庙等国民党军阵地，10日，会同兄弟部队全歼陈官庄国民党守军。在历时65天的奋战中，父亲指挥二纵能攻善守，敢打必胜，转战1200余公里，出色地完成了各阶段的作战任务，共歼灭国民党军3.6万余人，被誉为淮海战场上的“蛟龙纵队”。

2月，华东野战军改称第三野战军，父亲任首任军长。4月，中国人民解放军发起渡江战役，第二十一军和兄弟部队作为突击集团，率先拉开了渡江战役的序幕。9月，父亲奉命领受了解放浙东沿海岛屿的任务，先后解放了洞头、鹿西、大瞿山等岛屿，歼灭国民党军2000余人，为新生的人民共和国献上了一份厚礼。1950年5月，父亲率第二十一军会同兄弟部队解放了舟山群岛。

育人强军，筑我长城

1951年1月，中国人民解放军南京军事学院正式成立，父亲成为高级速成系的第一期学员。次年8月，他以优异的成绩毕业，留院任高级速成系一班副主任兼党支部书记，他在讲课时把自己对战争的体验与现代军事理念相结合，深入浅出，深受学员们的喜爱。1954年5月，父亲调任高级速成系副主任，并兼任政治部副主任、战役法教授会副主任。一方面，他帮助在学院任教的原国民党军官解除思想顾虑，大胆工作；另一方面，他引导学员克服以功臣自居的傲气，尊重教官，取得了很好的效果。

1955年9月，父亲被授予中将军衔，荣获二级八一勋章、一级独立自由勋章和一级解放勋章。同月，调任石家庄高级步兵学校校长。在担任校长的6年间，父亲大力提倡改进领导作风，提出校领导每年授课40～70小时，并且身体力行，精心备课，受到广大学员的欢迎。针对当时有人提出学习苏军经验要“不走样地教、不走样地学”等口号，1958年9月父亲向全校党员干部作了《关于学习苏联先进经验，必须以我军经验为主》的报告。1960年5月，在父亲的提议下，学校成立了军事科学研究委员会，营造出学术研究光荣、发明创造有功的浓厚氛围。

1961年10月，父亲调任北京军区副司令员，分管军区特种兵、学校工作。父亲重视调查研究工作，一有空就往部队基层跑，及时发现和解决存在的问题，特别是工作作风问题。1963年8月，河北、河南两省连降特大暴雨，洪水灾害严重威胁天津市和京广、津浦铁路两侧。遵照国务院防汛指挥部和中共中央军委的紧急指示，北京军区成立天津抗洪抢险前方指挥所，父亲任总指挥，统一指挥5.3万人的抗洪部队。在抗洪抢险斗争中，父亲日夜战斗在第一线，哪里有险情，就出现在哪里，指挥广大指挥员严防死守，累计固守河堤158公里，抢修铁路51公里，抢救群众1.7万余人，抢运物资1万余吨，为保卫天津市、津浦路和人民的生命财产安全作出了重要贡献，受到当地政府和广大人民群众的赞誉。

1964年2月，全军开展学习郭兴福教学方法，父亲在主持召开的军、师长会议上提出培养自己的“郭兴福”，在北京军区掀起了大练兵运动。6月，毛泽东、刘少奇、董必武、朱德、周恩来等党和国家领导人观看了北京、济南军区的汇报表演，对参演部队的精湛技艺给予了高度评价。1966年初，父亲主抓的北京军区炮兵训练改革成果引起总参谋部的重视，军委炮兵要求将其成功经验在全军推广，指出北京军区炮兵部队的训练改革，是我军炮兵训练上的一个重大改革。

1969年4月，中国共产党第九次全国代表大会在北京召开，父亲被选为中央委员。1975年1月，父亲作为当选的全国人大代表，出席第四届全国人民代表大会。党的十一届三中全会胜利召开后，父亲由衷拥护全会确定的路线方针政策，继续为军队现代化建设尽心尽力。1987年3月离休后，父亲依然关心国家大事和军队建设，对国家走向富强和中华民族的伟大复兴充满了殷切期望。

父亲滕海清将军和许多开国将帅一样，身上闪烁着金子般珍贵的红军精神，这种精神不仅是人民军队的强大思想武器，也是中华民族发展历程中的宝贵精神财富。

（作者：滕江宁）

第九篇

怀念父亲皮定均

1976年7月7日11时15分惊雷炸响的那一场景，永远定格在我的记忆里。那天父亲在漳州机场换乘米-8直升机去东山岛参加反登陆作战演习途中，飞机撞上灶山山顶的岩石。在暴雨雷电中，父亲结束了他英勇传奇的一生。

如今，巨石上被直升机起落架划出的痕迹仍清晰可见，父亲的牺牲地已经是革命传统教育基地，每年清明节，当地的学生都会前来扫墓，山下的解放军战士和群众，也会上山给父亲墓地敬献花圈……

大别山的雏鹰

1914年8月30日，父亲出生在大别山腹地安徽省金寨县古碑区槐树湾乡戴家岭的一个佃农家庭。皮家世代贫穷，多以帮工讨饭为生。从3岁开始，父亲便和他眼瞎的爷爷相依为命，乞讨四方。从8岁起，父亲就给地主放牛，用稚嫩的肩膀挑起了生活的重担。

大别山的喜鹊会藏粮食。每当花生、黄豆熟时，它们会把粮食叼进一个隐蔽的小洞里，上面盖些枯枝野草，冬天下雪时刨出来吃。父亲把喜鹊藏粮的地方一一记在心里，冬天饿时，就鹊口夺粮，和爷爷一起充饥。

父亲从小生得单瘦、羸弱。春夏放牛时常常在山坡上滚得像个泥猴子，冬天偎在牛身旁取暖。凛冽的山风，练就了他的筋骨；粗粝的山石，磨厚了他的脚板。大山是他的母亲，他是大山的儿子。

1929年5月立夏时节，共产党在父亲的家乡古碑冲、南庄畈等地举行了武装起义，之后建立起来的六区游击大队和红三十二师联合打下了皖西重镇金家寨。父亲由于出身贫苦，敢于斗争，担任了区、乡童子团团长。6月，红一军第二、第三师攻下湖北英山县后，父亲调任英山县童子团团长。

一天，父亲带几个小伙伴去金家铺检查工作，发现县苏维埃政府主席贺小亭正为一事犯愁：红军追歼国民党韩杰部队时未来得及打扫战场，而群众正忙着割麦插秧抽不出人手。父亲向贺主席立下军令状，3 天之内完成打扫战场的任务。接着他向全区 10 个乡下了通知，每个乡调一个大队童子团（100 人），带 3 天干粮。1000 多人织起一张大网，在山岭的沟沟岔岔进行搜寻，共收集机枪 6 挺，步枪、手枪 320 多支，子弹 8000 多发。县苏维埃政府用这批武器装备了县独立团。

在革命的烈火硝烟中，父亲迅速成长，1930 年冬正式参加了红军，同年底由共青团员转为共产党员。从此，这只大别山的雏鹰，就要振翅飞向远方。

爱学习是父亲终生的优点

放牛娃出身的父亲，没读过一天书，他是在长征路上开始认字的。戎马倥偬间他手不释卷，有工夫就读上几页，阅读的习惯坚持了一生。

1942 年 6 月 9 日，日军合围八路军第一二九师，父亲所在的五分区也面临着另一场合围。合围之前，父亲让参谋长率部队进山到指定地点等他，自己则带着一个班与包围的日军周旋，等候师参谋长李达。这时，北面，一股敌人沿大路逼近；南面，从林县来的敌人已从河对面的大山上压下来；西面，山半腰的钢盔迎着阳光闪闪发亮；东面，敌人的前锋接近了沿河平地。像平时一样，利用战场间隙，父亲竟临起帖来。一张麻纸铺在桌上，他缓缓磨墨，然后秉笔端坐，一笔一画写起来。当写完半张麻纸时，北面的地雷先响了，接着西面、东面、南面都响了。爆炸声后枪声大作。他在砚台里蘸了蘸笔，又接着写下去，当他快要写完一张麻纸时，地雷在村落边缘炸响。“首长，撤吧！”警卫员刘忠英有些急了。偌大的分区司令部里，只有刘忠英和马夫“老八子”两人陪伴父亲。“不慌，再坚持一阵。”父亲说着，又接着写，直到两张麻纸上写满了拳头大的字。两小时后他放下笔，自言自语地说：“李达参谋长这时不来，应该不来了。”然后带领大伙向北山安全转移。事后“老八子”问父亲写的是什么字时，父亲淡淡一笑：“尽是些骂鬼子的话！”

解放战争莱芜战役中，华野六纵攻打吐丝口东北大庙敌人核心阵地时，部队伤亡过大。虽然战斗取得了最后的胜利，歼敌 24700 人，俘敌 19000 余人，受到华野总指挥陈毅的表扬，但父亲还是找来各师的领导和司令部参谋人员，重返吐丝口战场，仔细查看地形，分析敌人火力、兵力部署，总结经验教训。

1952 年 2 月，中央军委组成赴朝参观实习团深入战区考察学习。父亲率队带万海峰等 3 位师长同行。万海峰说：“这一行程中，我印象最深刻的是皮定均同志虚心好学，不耻下问。他随身携带笔记本，边看、边问、边记，从敌我态势、兵力部署、战术技术、装备给养、有利条件和困难到干部战士的思想状况、生活条件……直到屯兵坑道的温度、湿度，都在他的调查之列，参观学习结束，他分门别类的笔记本竟有一大摞。”

1957 年冬，父亲到北京高等军事学院学习。他很珍惜这次学习机会，三年从未请过假，从未旷过课，甚至连星期天也不放过学习。

一个星期天上午，老战友袁捷走进他的宿舍。父亲高兴地为他沏了一杯茶，说道：“最近，我反复读一本书，越读越觉得自己知识面窄。作为一个军人，勇敢不怕死，关键时刻流血掉脑袋也不后退，这就很不简单了。但对我们指挥员来说，我看还远远不行。”

父亲从抽屉里取出一本《兵士兼统帅》，接着说：“我送你一本书，这本书是讲 18 世纪俄国大军事家苏沃洛夫的，他懂得 8 国文字，被英国人惠灵顿称作是‘知识最渊博的军事学院’，我看未必是吹。”父亲首先翻到苏沃洛夫给青年军官斯克里皮林的一封信，说：“苏沃洛夫在这里精辟地论述了一个指挥员应具备的品德：胆大而不急躁，迅速而不轻佻，爱动而不粗鲁，服从上级而不卑躬屈节，身为长官而不刚愎自用，喜功而不自炫，自重而不自傲，豪爽而不欺人……他说的多好呀！作为一个指挥员，知识面窄了不行，将来有机会我们还应学点数理化、外语、军事气象等。”父亲把书合上，递给袁捷说：“不要认为我们有着光荣的过去，我们要有更高的目标，做一个让党和人民放心的、部下信得过的合格指挥员。”

一次，袁捷根据学习内容，联系一个战例，写了一篇文章，发表在高等军事学院办的简报上。父亲读了后，立即找袁捷研究，说：“方法对头，内容也有独到之处，对我有很大的启发。我们就是应该对过去那些失败的战斗追究一番，打破砂锅问到底嘛！比如，第二次保卫涟水，我们纵队匆忙投入战斗，情况不明，也没有组织好，结果整个纵队都被敌人打下来了，当时你们团不是丢了两个连吗？这些血的教训多么深刻呀！”第二个星期天，父亲又组织袁捷、赵克显等人研究在朝鲜上甘岭战场上的一次战例。

若要人下水，自己先脱鞋

1943 年 3 月是父亲开辟太行七分区最艰苦困难的时期。由于敌伪长期盘踞，加上严重的旱灾和蝗灾，林县和东姚地区已是赤地千里，老百姓普遍外出逃荒。一天清晨，起床号吹响了，分区机关和部队都集合去村外河滩边上跑步出操。一到河滩大家愣住了，只见父亲带着参谋、警卫员、马夫几个人在那里开荒，一个个汗流浃背。带队参谋急忙跑去向他报告，他扔下手里的铁锹，沾着两脚泥巴走到队伍前面，扫了大家一眼说："谁想不挨饿，得拿起锄头来。这里老百姓日子这么苦，咱们开荒种地，减轻他们的负担，是每个军人的职责，谁也不能例外，就从我司令员做起。"说着，他回头用手一指："这块荒地，就是我们这几个人的任务，我们保证秋后打出粮食来，不信，今后大家监督。"说完，他转身下河边继续挖地。大家情绪顿时活跃起来，飞快回驻地取工具开荒生产。

那年秋天大丰收，部队生活改善了，战士们情绪也高了。时任政治部主任张力雄对父亲说："司令员，你的那块责任地作用大啦，不但生产了粮食，还解决了大家的思想问题啊！"父亲听了笑笑说："若要人下水，自己先脱鞋嘛！"在太行山根据地，不论打仗、生产，父亲要求下面做到的，自己总是以身作则。

1966年春，父亲带领福州军区机关部分同志到江西省修水县参加"社教"。地、县的领导劝他说："首长年纪大了，不能和年轻人一起搞'三同'，住在县招待所里挂个帅，指点指点就行了。"他婉言谢绝这番好意，坚持下基层。他住进了离县城几十公里的赤江公社福联大队七队饲养员罗大爷家里，和社员一起出工、收工，吃的是红薯丝掺大米的薯丝饭，睡的是稻草铺。虽然白天劳动很累，但他每晚都要在昏暗的油灯下看书学习，和社员拉家常。早上天蒙蒙亮，他就起床提着土箕到村子周围拾粪。罗大娘说："老皮像个老农民！"特别是父亲亲手用竹片精心制作的牛鼻栓，更深受饲养员的赞赏。罗大爷说："老皮呀！你是真放过牛的呀！我放了一辈子牛，做的牛鼻栓还不如你做的好用啊！"他笑眯眯地说："我本来就是大别山上的放牛娃，是穿着开裆裤在牛背上长大的。"半年后父亲走了群众才知道，住在罗大爷家的老皮，原来是指挥闽赣两省驻军的将军。

20世纪60年代初，福州军区司令部从屏山进驻马鞍山后，父亲带领警卫员、驾驶员和我们四周几家的男孩子在新修的马路旁挖坑种树。父亲对挖树坑的要求很严格，坑径要一米，深七八十厘米，每个人每天都要挖一定数量的坑。那天休息时，我无意间摘下一小片树叶，在手上把玩。父亲看见了，也不说话，走到我面前揪了揪我一撮头发，问道："痛不痛？"当听我说痛时，父亲道："树和人一样，也是有生命的，也知道痛，但树不会说话。"从此，我知道了要爱护一草一木，珍惜、尊重大自然。

难忘刘伯承师长讲授的军事地形学

1940年2月，父亲到太行五分区走马上任，担任司令员。刚上任，值班参谋通知他，刘伯承师长叫他去师部。他马未下鞍就带着警卫员直奔师部。

师部在辽县桐峪镇，相距百里，当他一身大汗赶到师部问刘师长有啥任务时，师长问他："这一路上你都看到了什么？"父亲一脸茫然。师长说："有什么山？山形什么样？有什么水？水势什么样？有什么村？村里是怎么布局？有什么岔路？这些路都通到什么地方？"父亲被问得哑口无言。"没有注意，那就回去时好好看看。你现在是战役指挥员了，脑子里要有整个战区的地形图。"响鼓不用重捶。父亲明白了，这是师长在向他讲授军事地形学。

回到五分区驻地，他做的头一件事就是在五分区范围内勘察地形。五分区辖磁县、涉县、林北县、安阳市、武安县、邯郸市等，位于晋东南的东部，北控敌兵站基地邯郸市，南拒敌军事重地安阳市，东临平汉线，是对敌斗争极为尖锐复杂的地区，是太行区与冀南区联系的通道，是煤、铁矿石的产地，为敌人所必争。

中原突围时，他率皮旅5000人马隐蔽在刘家冲这个小山村和村后的松树林里，不远处就是潢麻公路，敌人的步兵、汽车、大炮首尾相接正往西赶去。这里的地形也是他在白雀园驻地事先看过的。父亲在1946年6月27日的日记中写道："敌人把我前线各阵地全部占领了。"傍晚，全部人员都冒雨行军，夜晚宿营在白雀园西南15里地的刘家冲、刘家山、刘庄一带。可见父亲对15里地以外刘家冲一带地形早已烂熟于心，和敌军玩起了"躲猫猫"的游戏。俗话说："成功是百分之九十九的汗水和百分之一的灵感。"这话不光是对科学家说的，打仗也是一个道理。

父亲在漫长的军事生涯中，始终都保持着看地形这个习惯。在福州军区当司令员，他踏遍了八闽大地的山山水水。在兰州军区当司令员的4年时间，他带上地图乘飞机先从空中看遍了陕甘宁青4省（自治区），再乘汽车把4省（自治区）全部跑了一遍，4年跑坏了4辆吉普车。4年后的一天晚上，他对母亲说："现在我终于可以睡个安稳觉了。"

爱民爱兵永留芳

"爱民爱兵永留芳"，这是张爱萍将军在《东南折栋梁》一辞中对父亲的评价。

长征路上过草地时，有个姓方的战士连饿带累走不动把背包丢了。晚上父亲查铺，发现他没有被子，一个人蜷伏在土堆旁，便将自己的被子拿来盖在他的身上。姓方的战士吃力地摆着手，低声说道："我快不行了，不要冻坏了首长。"父亲说："没有战士，哪来的首长？"说着，往他身边一躺，将被子盖住了两个人："我俩一块睡，这该行了吧！"一觉醒来，天已微明。父亲推了推身旁的战友，发现他已经牺牲了，父亲站起来，默默地脱下军帽，向他深深鞠了一躬。

1964 年 8 月 20 日，正是福建最热的时候，在霞浦县水门镇，父亲顶着炎炎烈日坐着大卡车来到边防九十四团四营，听完汇报后来到机枪连。中午 11 点多转到连队猪圈旁，看到一位饲养员正冒着酷暑在太阳下剁猪草，父亲忽然停下，大声喊着九十四团政委的名字："宋清渭，你过来给我在这里站一个小时！"宋立刻明白了父亲的用意，表示马上给战士搭棚遮阳。父亲说："我们当干部的要处处关心战士，心里装着官兵的疾苦……党中央、中央军委对广大官兵的关心爱护，是通过我们各级领导去体现和落实的。"

晚饭后，父亲悄悄派秘书去检查那个棚子搭起来没有。秘书回来说已经搭好了。他说："那好，布置的事办了就好，就是要有雷厉风行的作风。"

父亲在兰州军区任司令员兼任甘肃省委书记时，一次他出去看地形，正在野外行车，突然看见路边站着一个七八岁的女孩子，没有穿裤子。他立即叫司机停车，"肖秘书，把地委书记找来！"父亲站在路边等了一个钟头，地委书记来了。"为什么这个女孩子不穿裤子？""这是当地的习惯。""胡说！你的女儿怎么不光屁股？"父亲回兰州家里后，叫母亲把家中多余衣裤被褥都拿出来捐给甘肃贫困地区，还在兰州军区机关开展了捐衣捐被活动。

1971 年春节，父亲到兰州军区总医院慰问病号。在走廊里突然听见女人的哭声，一问才知道她原是医院的护士，因为责任事故造成终身残废。这是一个 20 多岁的女孩子，她紧紧抓住父亲的手，边哭边述说自己的悲惨经历：医院第一次为她做手术时，把剪子忘在肚子里，造成肠子感染，只好打开，拿出剪子，割去一段肠子；第二次做手术时，又把纱布忘在里边再次感染，又截去一段肠子，使她严重残废，再也不能像别人那样生活。

父亲板起脸来，紧闭嘴唇，整个下午一言不发。下午下班时，他用铅笔在纸上写道："作为一个医务工作者，没有发扬人道主义反而玩忽职守，这是不能容忍的。我们对这位同志，一定要满足她的要求。"然后郑重地签上"皮定均"三个字。

（作者：皮效农）

第十篇

皮旅中原突围

豫西抗日先遣支队是皮旅的前身，1944 年 9 月 5 日在太行军区第七军分区第三团和第六军分区第三十五团基础上于河南林县组建，共 13 个连队、1500 余人，支队司令员皮定均，政委徐子荣。组建这支部队的目的是开辟豫西根据地，因此尽管此时太行军区战斗仍然非常紧张，还是从各部队抽调了最好的人员和武器，支队所有营以上干部和部分连级干部都经历过长征，战士也是经过严格挑选的，觉悟高、身体强壮，武器装备比较精良，甚至每人都配备了一个黄牛皮子弹匣（缴获自日军）。所以，完全可以说，皮旅的先天条件非常优越。

1944 年 9 月下旬，先遣支队南渡黄河，穿越陇海铁路，在豫西广阔地区开展斗争，很快打开了局面，并与以后到达的其他部队一起开辟了河南根据地，部队也发展壮大到 5000 多人。

1945 年 9 月抗战胜利后，为了争取和平、保存力量，先遣支队在皮定均的指挥下，经过一个多月的行军跋涉，南下桐柏山区，与新四军第五师会合，不久改编为中原军区第一纵队第一旅，下辖三个团，总兵力达到 7000 人。

1946 年 6 月，蒋介石调动数万国民党军围攻中原解放区，全面内战爆发，中原野战军开始中原突围。7 月，皮旅中原突围胜利到达苏皖解放区。

皮旅中原突围的主要经过

1946 年 6 月，震惊中外的中原突围战役，揭开了中国人民解放战争的序幕。中原军区第一纵队第一旅在掩护主力向西突围后，挥师东进，冲破敌人的重围，胜利到达苏皖解放区。在突围过程中，他们不畏艰难险阻，突破敌人重重封锁，跨过潢麻公路，强跃大别山，突破青风岭，抢渡磨子潭，飞兵皖中平原，冲过津浦铁路，以一往无前的革命英雄主义精神，创造了世界战争史上惊人的奇迹，出色地完成战略转移的光荣任务，为我军革命战争史谱写了辉煌灿烂的篇章。

1946 年年初，蒋介石先后调动 10 个整编师（相当于军）、25 个旅共 30 万人，将中原军区六万部队围困在方圆 200 里的狭小地带，军事上不断围攻、经济上严密封锁，妄图“一举歼灭”。蒋介石任命郑州绥署主任刘峙为围攻中原部队总指挥，密令“彻底消灭中原的共军”。刘峙调动第五、第六两个绥靖区的兵力，以宣化店、泼陂河为进攻重点。6 月 20 日，刘峙下达作战计划，规定：围攻开始两天后，达成分区合围之目的。

我军六万部队被围困半年多，在周恩来同志的亲自安排下，一些老弱病残的同志和女同志大都通过化装转移出来，留下来 5 万人，与国民党军队是 1：6 的比例。

皮定均在《铁流千里》一文中写道：“国民党匪军判断我军会向东突围，所以他的主力布置在我东、南、北三个方向。仅在我旅正面潢川—商城一线，敌人就猥集了第七、第七十二、第四十五、第四十九等四支正规军（10 万人），构筑了纵深达二三十里的封锁区。”

我军突围部队主力分为两个部分，一部分是中原局、中原军区领导机关，另一部分是一纵、二纵主力，他们向西突围后，分南北两路。北路由李先念、王震带领，突出重围回延安。南路由王树声带领，坚持鄂北打游击。掩护突围的除了一纵一旅，还有张体学的鄂东独二旅，他们负责坚守在宣化店迷惑敌人，充当主力，最后再突围出去留在鄂东山区打游击。皮定均在《铁流千里》中写道：“黄昏时候（6 月 25 日），淅淅地下起了小雨，西方传来了隆隆的炮声，这是主力正在强越平汉铁路的炮声！它的猛烈程度有如春雷震撼大地，这炮声像是捶在我们心头似的，激励着我们，使我们愈加感到肩上担子的沉重。”

6 月 24 日下午 3 点，译电员跑到操场，气喘吁吁地递给皮定均一张译电文稿：“特急电报：限皮定均、徐子荣 6 点前赶往泼陂河纵队司令部。”接到电文后，皮、徐一气纵马跑了 50 公里，提前赶到纵队司令部。

王树声从口袋里摸出一份电报递给他们，电报大意是：蒋介石不顾全国人民殷切的和平愿望，决心挑起内战，下令于 6 月 26 日向我中原部队发动总攻。为了粉碎国民党反动派的“围歼”阴谋，中原局根据中央指示，决定主力突围到陕甘宁边区，留下一支精干、坚强的部队作掩护，以保障主力突围右侧安全。王树声说：“你们一旅在豫西单独活动一年多，有独立作战经验，由你们来执行这一掩护任务是比较恰当的。经纵队党委讨论决定并经军区党委批准，把这个任务交给你们来完成。”

“主力今晚开始行动，你们赶快回去布置，要用一切办法拖住敌人，使敌人在三天内找不到我们的主要行动方向。等主力越过平汉铁路，就是突出重围的初步胜利，你们的掩护任务就算完成了。以后你们按当时的情况选择突围方向……”谈到掩护任务完成后的突围方向，王树声语气滞重，概括起来一句话，丢卒保车。就在王树声司令员和戴季英政委交代任务时，纵队后勤部的同志已经把拨给一旅的款子送到司令部大院，分别放在几匹马的马背上。

“我们一定完成任务，请首长保重，胜利后再会!”夜幕下，皮定均、徐子荣向纵队两位领导告别。

皮定均在《铁流千里》中写道：“我们接受任务回到白雀园，已经是25日清晨了，稍稍合了一会儿眼，立即就召开了旅党委会，讨论制订执行任务的作战计划。”

皮旅的任务是从26日到29日阻击敌人3天。实际上主力部队24日夜里就开始突围了，25日傍晚已冲破平汉铁路包围圈。25日这一天，国民党大部队没有行动，给皮旅赢得了宝贵的一天时间。26日这天，皮旅顽强阻击了一天。皮定均在文中写道：“6月26日，国民党武汉行营举行记者招待会，他们得意忘形地宣称：未来24小时内将发生惊人的奇迹。这天上午（26日）看来敌人正被昨天我军西面行动搞得丈二和尚摸不着头脑，还不知道我军的主要意图是什么，西进的是多数还是少数，是主要的突围方向、还是佯攻方向。所以东线的敌人尚不敢轻举妄动，敌人的攻击显然是试探性的。到了下午，敌人对我军西进大概有所察觉，攻势骤然猛烈起来……”

“这支部队是经过抗日战争磨炼出来的，是在战斗中成长的，因而显得格外灵活机动，他们利用工事、起伏地、山沟、稻田、河流等有利地形，步步阻敌。敌人每前进一步，都要让它付出重大代价。”

徐子荣最先提出部队收缩隐蔽后向东突围的方案

皮定均曾在回忆文章中写道：“在旅党委会上，我们从各方面研究了情况，分析了利弊：如果尾随主力西进，则不但不能分散敌人，相反势必把敌人全部都吸引过去，这对主力的行动是极端不利的，而且我们自己也有被敌人前后夹击的危险。我们一开始就否定了这个方向。那么向南或向北突围呢？南面不远就是长江天堑，临近武汉。在当时的条件下，以我们一个旅的力量突破敌人江防封锁，渡江南下，这是不可能成功的。向西北突围，我们可以重回豫西根据地，或者北渡黄河回华北老解放区，但是这个方向和主力突围方向基本上是相同的，很容易暴露我军总的意图。向东北到黄淮平原，河港纵横又是梅雨季节，要渡河是个严重的问题……经过多方面分析研究，我们决定穿过大别山，向东突围!”

“晚饭后继续开会，经过反复讨论，意见逐渐统一起来，一个完整的行动方案已经形成。”

整个下午和晚上一直未置一词的政委徐子荣说话了：“来个回马枪，完成三天掩护任务后，我们全线出击，然后一收，在哪儿藏起来，待敌人出击，他追过去，我们再往东插。”

徐子荣的发言把皮定均的思维照亮了，他立即想到了一个可以藏身的地方——刘家冲。副旅长方升普指着地图补充说，由于主力突围的行动，敌人可能最不注意这个方向，我们一下子跳到他的后方，跟敌人捉迷藏，我们转身向东去。参谋长张介民说，徐子荣“老谋深算”，很动脑子，讲起话来不紧不慢。我们刚才没想到先拐几个弯，其实兵法上早就提到了避实就虚，实实虚虚嘛！

皮旅中原突围的精彩华章

突围路上的第一仗——强越松子关。皮旅越过敌人第一道封锁线潢麻公路，顺着大别山脊背飞兵东进。时间就是生命，时间就是胜利。部队在忽晴忽雨的大别山高山峻岭中行军，7 月 1 日来到河南商城县瓦西坪的小山村，刚要埋锅做饭休息，前方就响起了枪声。原来，反共“老狗”顾敬之的商城保安团伙同金寨县保安团和国民党第七十二军 1 个团占据了松子关前面的两个山头，恰似松子关的两颗门牙，紧紧锁住前进的道路。

皮旅决定由一团主攻右山头，“像撕布一样把它撕开，动作要快要猛！”指挥员下达了战斗命令。战士们冲进密林、飞上山冈，一霎间，枪炮声、喊杀声如巨雷滚动在山谷里。从组织战斗到攻上山顶不到两个小时，敌人就彻底打垮下去了。

全旅沿着这条撕开的血路强越海拔 1000 多米的松子关。从山脚仰望队伍盘旋而上，真像是一条腾空的巨龙。主峰上，天气骤变，闷雷在头顶滚动，狂风卷来倾盆大雨，打得人睁不开眼睛，战士们个个精神抖擞地向顶峰疾进，他们攀着岩石棱角步步登高，隐没在白云里。

突围路上最险的一仗——智取青风岭。皮旅在大别山腹地吴家店休息 4 天后，于 7 月 8 日继续踏上征程，在淫雨中沿霍山漫流河向东挺进。漫流河俗称七十二道弯，实际上何止七十二道弯？那两天，部队成天过河，好不容易翻过高山，以为不会看见漫流河了，谁知低头一看，漫流河又不知从哪里钻出来了。战士们的脚板都是血泡，被水浸得痛入骨髓。马蹄子也被泡烂了。经过两天非常艰苦的急行军，10 日中午皮旅到达千笠寺。山门上有一副对联：

漫水飘来千笠寺，
青风吹去万人愁。

问僧人后得知，青风就是前后的青风岭，万人愁是天柱山主峰，在青风岭南面。青风岭是大别山的必经关口，是从湖北入安徽的最后一个茶店站，地形万分险要。它北麓紧靠淠河支流，河两岸都是陡直的峭壁，南面是天柱山，远远望去真像天柱直插云霄，青风岭就是它伸出来的一根横梁。敌人必然会利用它进行堵击，而我军要是冲不过这一关，后面追兵再堵住退路，就会陷入绝境。

皮旅决定由二团前卫担任主攻，抓紧时间吃饭，争取每一分钟，抢占青风岭。青风岭仿佛一道巨墙挡在面前，山上树林茂盛、坡度很陡，中间唯一的石板道已被敌人轻重机枪封锁得水泄不通。二团隐蔽运动到山下，发起两次攻击都被敌人密集的火力压了下来。

二团团长钟发生谈起青风岭战斗仍然记忆犹新。“那天特别热，已经走出八九十里，我们机炮连的大骡子热死了，班长哭了鼻子。前卫是二营，武占奎当营长，王子波当教导员。我到了山下听二营营长汇报，观察地形。山上树很多，主峰靠近山顶的100米没有树，只有草。我反复搜索，没见到人影。那个山头是青风岭的主峰，左面有个垭口，石板路就是通向垭口的。敌人占领了垭口和垭口左边比较低的一个山头。我叫一营迂回上去，一营一连二连上了两个小时。敌人洋洋得意，机枪上了子弹，准备迎接我们二营正南的佯攻，并没有发现一营的行动。皮旅长见我们几个小时没攻，派来一个通信员问：‘前面情况怎么样？’我把我的部署告诉通信员，叫他回去向皮旅长汇报。过了半小时，皮旅长又派作战科副科长晏明鳌来了，传达他的命令：‘快攻上去，否则有覆灭的危险！’又过了半小时，他又派方副旅长来了，我作了汇报，把望远镜递给方副旅长。他观察了迂回部队的动作。一个战士爬上悬崖绝壁把绳子挂在悬崖上，部队顺着绳子往上爬。方副旅长又观察了敌人坚守的鞍部。他看了以后同意我们的部署，回去向皮旅长汇报。以后再没派人来。过了一个小时，迂回部队上去了，居高临下，对敌人突然开火，把敌人打乱了，正面的四连也发起了攻击。”

皮定均在回忆录中写道：“二团上山的地方是一片几丈高的峭壁，山上树林密如梳篦，根本无法插足。战士们用绑带、扁担和牲口身上的绳子攀上峭壁，然后用砍柴刀劈林开路。他们全身被树枝、荆棘、尖石割得皮破血流，登上了青风岭右翼主峰，出其不意地向敌人侧背发起了冲锋。几个机枪手平端机枪，迈着大步边走边扫射。另一路战士们同时甩出一排手榴弹。在硝烟滚滚、动地杀声中，与敌人展开肉搏战，一团也从正面顺石板道直冲山顶。”

“他们都是国民党安徽挺进纵队。两天前伪安徽省政府才命令他们从霍山出发抢占关口，截击我们。他们以为我们还离得很远，满可以不慌不忙到青风岭守候我们，哪知道我们来得这样快，主力离青风岭还有一天路程，就被我们迎头一棍打个稀烂。”

突围路上最后一仗，也是最激烈的一仗——突破津浦线。副旅长方升普回忆：“7 月 20 日拂晓，皮旅冲过津浦铁路，在嘉山、明光车站以东和截击我军的桂系军一三八师作战。这一仗规模最大，也最激烈。国民党用装甲火车掩护，不断增援。当我后卫部队一团过铁路时，正值敌装甲车从三界车站开来，我已布置在铁路两侧担任掩护的二、三团部队以各种火器向敌装甲火车开火。旅工兵排长杨立德，把仅有的几块炸药全部埋在铁轨上，待装甲车进至爆破点后引爆炸药，吓得敌装甲车‘喘着粗气’往后退，但由于炸药太少，铁轨没有炸断，敌装甲车又朝部队开来。与此同时，从明光、管店和滁县出动的敌人，分五路从两翼运动，构成了钳形攻势。我三团截住滁县的敌人，二团截住了明光、管店的敌人，展开了激烈的战斗。已经越过铁路的一团战士们，又回过身来配合部队，从两边向装甲车发起冲击。同志们都明白，这是突围的最后一仗！他们把积聚在心头的愤怒和仇恨全部倾泻出来了。”

“三团的勇士们，冒着敌装甲火车上炽烈的机枪火力，紧贴在铁路东侧的崖顶上，把一批批集中的手榴弹，投到敌人的装甲火车上，我掩护部队再次以猛烈的火力向敌装甲火车射击。敌装甲火车上下左右一片火海，敌人见势不妙，一声哀嚎，夹起尾巴向明光东边逃去。”

皮旅中原突围的历史记忆——几组难忘的数字

皮旅突围前有多少人？突围后还有多少人？根据记载，皮旅突围前有 7000 人，除去突围路上牺牲、负伤留下就地养伤的，还有在磨子潭三团一营三连被敌割断在大别山掉队后、归编张体学鄂东独二旅五团的，等等，到苏北后还有 5000 人。

皮旅东路突围走了多少里路？几昼夜？打了几仗？跨过几个省？有 2000 里、1000 里的说法，大多数资料上采用“皮旅铁流千里”这一说法，认为走了 1500 里路。从 6 月 26 日打响阻击第一枪开始，到 7 月 20 日胜利到达苏皖解放区盱眙根据地，行军打仗 24 昼夜，大小战斗 23 次，跨过河南、湖北、安徽、江苏四省。

“一不怕苦，二不怕死”的皮旅精神

毛泽东曾对皮定均说，他赞成“一不怕苦，二不怕死”这句口号，特别强调：“如果怕苦怕死，革命是搞不出什么名堂来的，就要有像你们中原突围那样冲锋陷阵的拼命精神。”

皮旅就是以“一不怕苦，二不怕死”的冲锋陷阵的革命精神冲出国民党军的重重包围。皮旅在突围路上，克服了千难万险，干部战士们的生理已经达到了极限。24昼夜，走了1500多里路，打了23仗，有时一天只有一顿饭，有时前卫部队有点饭吃，后续部队只能从老乡那里买些生瓜果玉米填肚子。除了打仗，就是强行军，特别是皖中平原的5天5夜强行军，部队是边走路边睡觉休息的。在挑战人的生理极限时，许多干部战士宁可牺牲也不想多走一步了。在这种情形下，不怕苦比不怕死更难。

皮定均对突围到苏皖解放区的皮旅战士有一段深刻描述：“我站在路旁，望着一行行队伍鱼贯而进，望着同志们的形象，心头涌起说不出的疼爱。他们的军帽大多破烂，露出蓬草似的长发，有的搞片大树叶戴在头上，遮遮强烈的阳光；他们的身上不只是衣衫褴褛，简直是衣不蔽体，有的没有袖子，有的缺了下摆，长裤变成短裤；他们从衣服上撕下来的布片，都一层又一层裹在脚上，一双脚就像两个巨大的布锤子，上面凝满了血渍和污泥；他们眼窝深陷，眼珠布满了血丝，面孔又黑又瘦。但是，就是这样的人创造了惊人的奇迹！他们是真正经过千锤百炼的钢铁战士。”

（作者：胡遵远、皮效农，原载《百年潮》2019年第10期）

第十一篇

烽火英雄

——怀念我的父亲王远芬

我的父亲王远芬，1907 年 10 月出生于安徽省金寨县斑竹园镇的一个贫农家庭。全家 9 口人靠租种地主土地勉强维持生计，常年过着饥寒交迫的生活。父亲 9 岁时，爷爷托亲靠友筹集学费，将他送入私塾读书。12 岁时，因大旱无收，他被迫弃学回家，跟着爷爷做农活。稍长，他就给人打长工做短工，一年忙到头却仍然衣食不周，家徒四壁。他恨这世道不公平，盼望着有一场天火烧毁这黑暗的世界。

就在这时，中国共产党在大别山点燃了革命烽火。大革命时期，19 岁的父亲加入了农民协会。1927 年党的八七会议后，他和农友们团结一心，积极参加打土豪、抗捐税、减租息的斗争。在这火热的革命斗争中，他很快成长为农民协会的一名骨干，并参加了赤卫队。1929 年 5 月，在立夏节起义（商南起义）中，他和赤卫队员们攻打民团，收缴枪支，分地主浮财。起义后，他被编入红三十二师学兵团。随后，他参加了粉碎敌鄂豫“会剿”、支援六霍起义、攻打商城、开辟豫东南革命根据地的斗争。1931 年 8 月，父亲加入中国共产党，参加了鄂豫皖革命根据地第一至四次反“围剿”斗争。

1931 年 11 月至 1932 年 6 月，父亲在红十一师三十三团任排长，先后参加了黄安、商潢、苏家埠、潢光四大战役。红四方面军在这四大战役中歼敌 6 万余人。紧接着又苦战 4 个月，虽给敌以重大杀伤，却未能打破敌 30 余万优势兵力的第四次“围剿”，主力被迫西征。1932 年 10 月 19 日拂晓，红四方面军主力到达鄂北枣阳的新集地区准备稍事休息，不料遭到敌人的突然袭击，其中敌一个旅已冲到红十一师师部和三十三团团部跟前。生死关头，红军指战员不顾连续行军作战的极度疲劳，奋起反击，激战数小时，终将突入之敌一个旅消灭。混战中，父亲带领全排战士与敌肉搏，全身多处受伤，仍英勇奋战，直至战斗胜利，受到上级表扬。听母亲说，父亲那时已经奄奄一息，险些被当作牺牲烈士就地掩埋，是担架队员发现浑身鲜血淋漓的他尚有一口气，硬把父亲从死亡线上拉了回来。

此次战役后，全军动员近千名伤员留下隐蔽养伤，每人给十几块大洋。但父亲坚决不收，强烈要求随军行动，以顽强的毅力坚持行军作战，不要人抬扶，与生命极限进行顽强抗争，经受了血与火的考验。22 日中午，前卫第十一师到达枣阳西南的土桥铺时，前有敌两个师据守沙河拼命堵击，后有数师之敌尾追，两侧有敌包抄。在这紧急情况下，父亲带伤坚持战斗。经浴血奋战，红十一师打开通道，击溃两侧敌人的进攻，使全军胜利通过沙河和襄花公路，粉碎了敌人企图一举歼灭红四方面军主力于襄阳、枣阳、宜城地区的阴谋。父亲随军徒涉丹江，两越秦岭，过汉水，翻巴山，突破重围，艰苦转战 1500 公里，到达川北，投入创建川陕根据地的斗争中。

1933 年 2 月，中共川陕省委和川陕省苏维埃政府成立，父亲调任红十一师三十二团特务连指导员。当月，四川各派军阀以田颂尧为川陕边区“剿匪”督办，纠集 6 万兵力分三路围攻，企图消灭或驱逐刚刚立足的红四方面军。三十二团在南江侯家梁阻击敌第五师 3 个团的进攻。战斗中，由于父亲率领特务连勇猛穿插，为全团总攻创造了条件，至 6 月中旬粉碎了敌三路围攻。不久，该团被川陕省第二届工农兵代表大会授予“以一胜百”奖旗，父亲和特务连也受到上级表彰。

1933 年 6 月底，部队扩编，父亲调任南江县独立营教导员。为提高独立营的战斗力，他在抓好军事训练的同时，尤为重视加强队伍的思想政治工作，并协助地方苏维埃政府抓紧发展和训练地方武装，壮大独立营队伍，不断向主力红军输送兵员。在 1933 年 11 月至 1934 年 9 月的反敌“六路围攻”作战中，他历任红十二师三十五团营教导员、三十六团参谋主任，在战斗中再次负伤，为保卫和发展根据地作出了贡献。1934 年 11 月，部队进行整训，他担任红十二师谍报科长，在广元、昭化和强渡嘉陵江等重大战役中，指挥谍报人员巧捉“舌头”，收集情报，为战斗胜利创造了重要条件。

1936 年 10 月，经历了长征的父亲担任红四军十师二十八团参谋长。在中央军委前敌指挥部直接指挥下，参加了宁夏、甘肃的萌城、甜水堡战斗。由于长期未获休整，二十八团弹药、兵员及人员的体力消耗都极大，但指战员们不顾疲劳、前仆后继，以白刃战与装备精良之敌英勇战斗。各级干部身先士卒、带头冲锋、顽强战斗，歼敌胡宗南一部。接着，二十八团参加了陕甘宁边境的山城堡战役，再次打击了敌胡宗南部，扼制了国民党军对陕甘革命根据地的进攻。

七七事变后，父亲担任八路军第一二九师三八五旅七六九团侦察参谋。1937 年 10 月中旬，作为第一二九师先遣团的七六九团根据师首长的命令，决定袭击晋北代县阳明堡的日军飞机场。他亲率侦察人员到阳明堡实地侦察，了解到机场里共有 24 架飞机，白天轮番去轰炸太原、忻口，晚上都停在这里。敌军一个联队大部都驻在阳明堡街里，机场里只有一小股守卫部队。根据他侦察掌握的机场周围地形和场内情况，团首长对作战方案进行周密而详尽的研究。19 日晚，该团以突袭战术，炸毁敌机 20 余架，毙伤敌军百余人。捷报发出后，国民党军政官员无法相信："就凭八路军那破武器还能打飞机？根本不可能!"可是自 10 月 20 日起，忻口、太原连续多日都没遭到敌机的轰炸，他们才不得不相信。夜袭阳明堡飞机场，沉重打击了日军的嚣张气焰，有力地支援了正在进行的忻口战役和太原保卫战。夜袭阳明堡机场战役，谱写了中国抗战史上的辉煌篇章，父亲为此作出了非常重要的贡献。

此后，父亲参加正太铁路沿线的交通破袭战，与日军作战 20 余次。1938 年 3 月初，第一二九师主力南下至邯（郸）长（治）大道北侧，以"吸打敌援"的战法，派七六九团强袭黎城，另以 4 个团兵力打击涉县、潞城增援之敌。他带侦察员化装到黎城观察地形，了解敌情，为团首长研究作战方案提供可靠情报。3 月 16 日凌晨，他随七六九团一营袭入黎城，与 1500 余名日军激战。涉县之敌闻讯后迅速出动数百人驰援，遭七六九团主力伏击，逃回涉县，潞城之敌出动 1500 余人出援，在神头岭地区遭第一二九师主力伏击，被歼大部。3 月下旬，为扰乱敌西进计划，七六九团又参加了响堂铺伏击战，与七七一团击毁敌汽车 180 辆，歼日军 400 余人，缴获大批军用物资。日军大惊，调集 3 万兵力分 9 路围攻第一二九师主力。经 23 天激战，第一二九师粉碎了敌九路围攻，恢复县城 18 座，歼日军 4000 余人，把敌人全部赶出晋东南地区。

1938 年 8 月，父亲任七六九团参谋长。他随第一二九师主力挺进冀南，与团首长指挥部队、地方武装密切配合，协同地方党组织领导人民开展广泛的抗日游击战争，发动群众对公路、大道每隔数十米挖一深沟，使日军的汽车、坦克寸步难行。1939 年 8 月，他调任三八五旅独立团团长，在太行山区运用阻击、伏击、麻雀战、地雷战、破袭战等战术，迟滞消耗敌人，粉碎敌人的多次大"扫荡"。1940 年 8 月起，他率部参加百团大战，在正太铁路阳泉以西段、榆社至辽县（今左权）公路沿线，开展大规模的交通破袭战，收复多座城镇，粉碎了日军封锁、分割我抗日根据地的"囚笼政策"。

1941 年 7 月，父亲调任太行军区一分区参谋长，参与指挥冀西军民开展广泛的群众性的游击战争，不断粉碎日伪军的封锁、扫荡、蚕食、伪化和"治安强化运动"，度过抗日战争的最困难时期。1945 年 8 月，他任十二分区（原太行一分区）副司令员，率分区武装积极参与总反攻，先后解放赞皇、临城、内邱、商邑县城及日伪据点数十处。抗战中，他不仅指挥战斗英勇果断，而且注重部队建设，在一分区先后组建6个团的地方武装，培养了一批干部。

1945年11月，父亲担任太行军区第一分区副司令员兼参谋长。1946年12月，担任一分区司令员。1947年7月，调任太行军区参谋长。其间，他率分区军民进行自卫作战，粉碎国民党军的多次进攻，并发展地方武装，使分区基干团上升到野战部队。1948年2月，由太行军区两个独立旅和从华东战场归建的独立师组成晋冀鲁豫军区第十三纵队。3月，父亲兼任十三纵队参谋长，先后参加临汾战役、晋中战役、太原战役，指挥部队以坑道作业、连续爆破等战术手段，攻占设防坚固的重要城市，为人民解放事业立下了不朽战功。

1949年9月，父亲调任刚成立的平原军区安阳军分区（后划归河南省军区）司令员，积极协同安阳地区党委开展剿匪反霸、土地改革、民主政权建设等中心工作。

在和平建设时期，父亲无论在什么地方工作，无论担任什么职务，始终以党、国家和人民的事业为重，始终保持我党我军艰苦奋斗的优良作风。1959年，黄河发生特大洪灾，河南郑州段险情迭出。当时，他正在医院住院治疗，得知险情严重后，立即与广大指战员和人民群众不分昼夜地奋战在抗洪抢险第一线，虽累得旧病复发，但仍坚持到抗洪工作结束。

我们万分景仰敬爱的父亲，他为了中国人民的解放事业赴汤蹈火，出生入死，赤胆忠心，功勋卓著。1962年底，父亲因战争年代负伤、肺部残存的弹片导致肺气肿反复发作，积劳成疾，英年早逝。父亲被党和国家追认为革命烈士，他对中国革命无私无畏的奉献精神，子孙后代永远不会忘记，共和国永远不会忘记！

（作者：王桂清）

第十二篇

金寨籍抗美援朝英雄方子翼：把空四师变成“空一师”

在抗美援朝时期，革命老区、全国第二大将军县——安徽省金寨县共有22名开国将军入朝作战。本文着重介绍将空四师变成“空一师”的入朝作战英雄、金寨籍将军方子翼。

方子翼，安徽省金寨县果子园乡人，1930年参加中国工农红军，同年加入中国共产主义青年团，1932年加入中国共产党。土地革命战争时期，他先后任红四军三十团政治处组织干事，第三十军八十八师二六三团、二六四团政治处青年干事、师司令部书记，第八十九师政治部青年股股长，第三十军政治部青年科科长。1937年下半年，他进入新疆航校学习，成为第一批驾机升空的红军战士之一。

中华人民共和国成立后，方子翼历任空军第五航空学校校长，空军第四混成旅十一团团长，空军第三驱逐旅旅长，空军第四歼击师师长，志愿军空军第四歼击师师长，空军第二军副军长、军长，北京军区空军副司令员兼训练部部长，广州军区空军副司令员，空军第四驱逐旅旅长、空军第四师师长。

面对战争，肩挑重担走上战场

1949年11月，方子翼受命组建第三驱逐航校，并担任校长。1950年11月组建空四师，并出任师长，参加抗美援朝战争。

1950年11月30日，解放军总司令朱德在空军司令员刘亚楼的陪同下，冒着严寒乘坐专列亲赴辽阳视察，为率先出征的空四师送行。12月3日，刘亚楼主持制定的既勇敢大胆又谨慎求实的空军作战方针获得毛泽东批准。翌日，方子翼便接到刘亚楼签署的作战命令，要空四师以大队为单位轮番进驻安东（今丹东），进行实战训练，并确定从二十八大队开始。

在空军作战命令下达之际，美国在朝鲜战场上已投入16个联（大）队，各型作战飞机1300余架。美军飞行员大都参加过第二次世界大战，不仅能应付多种复杂气候条件，而且实战经验十分丰富。而新中国空军组建时间不长，通过速成训练有两支部队勉强能上阵，作战飞机少不说，飞行员的平均飞行时间也少（不足100小时），有的改装喷气式训练刚放单飞。最关键的是，这些数量极少的航空兵部队从没上过阵，更甭说指挥员会不会指挥了。可以说，方子翼是肩挑泰山般的重担走上战场的。

大胆决策，首创空中胜利之纪录

1950年12月15日，方子翼率二十八大队率先出征，飞抵安东浪头，与奉命参战的苏联第五十歼击航空师驻扎在同一个机场。方子翼与苏军师长巴什盖维奇少将协商拟订二十八大队实战训练计划。

二十八大队有飞机10架，飞行员10名，分成两个中队，每中队4架作战飞机、1架备用飞机。进驻浪头机场后，大队每天都要有战斗出动，每次也都跟苏联友军向敌机方向冲去，但均因友军不尽心带领和无线电网络不畅等原因，每当苏联空军飞机突然加速出击时，混合编队的中国飞行员便被甩在后面，眼前只是云海茫茫，不要说敌机，就连友军的影子也找不到，只好扫兴返航。如此10多次，仍未打上一仗。为了改变现状，方子翼想要脱离友军掩护，单独干一仗，可又担心无线电不畅，指挥失灵，导致空战失利。于是方子翼决定将这种情况向刘亚楼司令员汇报。

1951年1月2日，方子翼在安东前线接到刘亚楼司令员的复电。复电指出如果单独作战，一定要在敌少我多的有利条件下进行，力争让每个飞行员空战锻炼2次至3次。刘亚楼如此果断地下定单独作战的决心，给了方子翼极大的鼓舞。在下定决心后，方子翼与大队长李汉研究了一个作战方案：在形式上仍与友军按协同计划出动，到了空中，当地面通报敌我距离30公里和敌我关系位置时，空中编队自动取正高度差500～1000米，并向敌机方向严密搜索，区分好攻击和掩护梯队，发现敌机后，打一次攻击即退出战斗，不要恋战。就这样，一仗一仗地打，定能取得经验，逐步提高，学会空战。

1951年1月5日，大队长李汉率1个中队随苏军4架飞机出战。待到达作战空域，方子翼向李汉通告敌机位置，直接下达攻击命令。李汉率中队迅速向敌机发起攻击。苏联友军师长巴什盖维奇见状大惊失色，马上要方子翼下令中国飞行员退出战斗，以免误伤。方子冀并未理睬，继续指挥李汉攻击。美机见我方飞机猛扑过来，迅速向黄海方向逃窜，友我双方均未接敌。此次虽未有什么收获，但我方飞行员总算跟敌机照上了面，做了许多战斗动作，得到了锻炼，增强了信心，方子翼为此感到高兴。

1月21日上午，雷达发现美军数批约20架F－84战斗机，正沿平壤、新安州一线轰炸铁路交通线，企图阻止志愿军后方运输。方子翼当即命令李汉率另7架飞机起飞，跟随友军8架飞机迎敌。由于没有足够的心理准备，二十八大队一开始都显得有点手忙脚乱，2号和4号机均未及时出动。战场上时间就是战机，方子翼果断地改变战斗序列，以3号机顶替2号机位置，5号机顶替4号机位置，以6机编队升空出击。虽然出师不利，但是二十八大队飞行员熟悉战场地形，对空战动作也已基本掌握，所以进入战区后大家都镇静下来。李汉率机群升高到3000米，飞临新安州上空时，方子翼即发出“在左前方30公里处发现敌机正在向清川江铁桥发起攻击”的通报，遂令机群出击作战。在距敌400米时，李汉用固定光环瞄准，三炮齐发，将美国空军的一架F－84飞机击落，首开空战胜利的纪录。

乘胜前进，方子翼率队打破美军完全掌握制空权的僵局

二十八大队在初次空战胜利的鼓舞下，情绪更高，信心更大。在1月23日和29日又打了两次胜利的空战。

23日，美国空军出动20多架F－80掩护20多架F－84偷袭新义州机场，友军和二十八大队都出动反击。当二十八大队起飞时，有10多架F－80战斗机窜到浪头机场上空封锁跑道，压制起飞。方子翼遂令飞行员强行起飞，坚决反击。编队尚未集合就将敌机击退，乘胜追击到新义州上空，与友军一起同数十架敌机展开激烈的空战。空战打了半个小时，虽未击落敌机，但却取得了反封锁和大规模空战的经验。这对于第二次经历空战的二十八大队来说，无疑是一场大胜利。29日，二十八大队又打了一次胜利的空战。当日下午，雷达发现在新安州、清川江铁桥地区有敌机活动，方子翼令二十八大队出动打击。李汉率8机起飞，编队飞过定州后发现敌机在攻击地面目标。李汉率队利用阳光隐蔽接敌，迅速发起攻击，击落F－84一架，在追击敌机的过程中，李汉又击伤F－84一架。

二十八大队10天打了几次胜仗，揭开了空战之幕，为参战的后续部队鼓舞了士气，提供了宝贵的作战经验。在友军的配合下，方子翼指挥二十八大队及随后奉命进驻安东的二十九、三十大队，频频向清川江以南地区出击，迫使美机的活动退到平壤以南，美军完全掌握制空权的局面被打破了。

再度出征，方子翼指挥空四师击毙美军“空中英雄”

1952年初，美国空军在其“绞杀战”失败以后，为恢复平壤以北地区的“空中优势”，继续对中朝方面施加“军事压力”，以便在停战谈判中得到便宜，特从国内调来一批参加过“二战”、有丰富空战经验的校官飞行员和新式航空装备，并从1月开始以“饱和轰炸”代替“绞杀战”。此时，志愿军空军的第六、第十二、第十五、第十七师进驻安东地区进行实战训练。同时友军进行换防，也调来一批新部队，其中也有大量的新飞行员进行实战训练。

为了保证志愿军新部队的实践锻炼顺利进行，空军首长命令方子翼率空四师于1月16日再进驻安东进行第四次作战，同时掩护平壤以北的交通运输线。为了加强战区引导指挥，空四师副师长夏伯勋到朝鲜博川设立了辅助指挥所，对志愿军飞机进行辅助引导。

空四师进驻安东完成带领新飞行员战区航行后，于1月30日开始单独作战，带新飞行员打小机群。从2月3日开始，协同友军打大机群，至2月9日的1周内，同美军F-86飞机进行了5次空战，击落敌机3架。在这个阶段中，不仅要反击敌人打大仗，同时还要带领新部队打小仗。方子翼要求空四师带领新部队的原则是热心带领，认真掩护，保证让兄弟部队打上仗、打胜仗；决不让兄弟部队受损失、吃大亏。在这个原则之下，新部队得到了一定的实践锻炼，但仍有部分新飞行员缺乏技术经验，空四师在2月中旬的一周内，连续发生3次飞机高空停车而迫降的情况。

2月10日晨，我雷达发现平壤以北有10余批100多架F-86型敌机在铁路线上空活动。友军起飞4个团的兵力，在南市、龟城、宣川地区与敌机群空战。中朝空军联合司令部指挥所令方子翼的空四师起飞2个团到军隅里打击敌机。7时30分，空四师两个团共起飞36架，十团由团长阮济舟领队，飞至大馆洞上空，与敌阻击机群空战；十二团由团长李国治领队，飞至龟城地区上空，也与敌阻击机群空战。

十二团编队过江后即与十团失去目视联系，同时由张积慧率领的十二团第三大队又与团编队失去目视联系。追赶中张积慧在泰川上空发现尾后有敌机偷袭，随即向左侧滑上升，当敌机冲前时即俯冲追逐，追至博川附近将敌机击落，在脱离攻击中又将另一架敌机击落，但同时自己的飞机也被敌机击中，张积慧跳伞，落于博川郡青龙面三光里。

2月15日晚，空军首长向中朝空军联合司令部和空四师发来的电报：根据美国合众社华盛顿2月12日报道的消息，得知美国的“空中英雄”戴维斯于

2 月 10 日在朝鲜北部上空被击落，令空四师“即速用一切办法查明，戴维斯是被我空四师击落还是被友军击落或被高射炮击落的”。经空联司核对，10 日上午，只有第十二团的部队在清川江地区上空作战。空四师接到指示后，即于 2 月 16 日和 18 日连派两个调查小组赴实地调查，在博川郡青龙面三光里北面二里处山坡上找到了戴维斯的飞机残骸，机型 F－86E，机号 307。它与张积慧的飞机残骸相距很近，距张积慧伞降点地点仅 500 米。戴维斯的尸体还在其飞机座舱里，在戴的身上找到了他的飞行帽、手枪、血型牌和飞机护照。根据张积慧和戴维斯两人飞机落地的时间和地点，证实戴维斯是被张积慧击毙的。

乔治·阿·戴维斯，是美国空军第四联队第三三四中队的少校中队长，他有 3000 多小时的飞行阅历，在第二次世界大战中战斗飞行 266 次，被美国空军当局誉为“特别勇敢善战”的“空中英雄”。他自 1951 年 8 月来朝后到被击毙，执行作战任务 60 次，是朝鲜战场上成绩“最好”的“王牌飞行员”。戴维斯被击毙，在美国掀起轩然大波，戴的妻子向美国当局提出抗议，并以她丈夫生前信件内容揭露了美国当局所极力掩盖的中国空军富有战斗力的事实真相。美国国会部分人员也为戴维斯被击毙大发雷霆。

美国远东空军司令威兰被迫于 2 月 13 日发表特别声明，哀叹戴维斯被击毙“是一个悲惨的损失”，“是对美国远东空军的一大打击”，“给在朝鲜的美国喷气机飞行员带来了一片暗淡的气氛”。

击毙戴维斯具有重大意义，对敌军是一大打击，对我军是一大鼓舞。空军和总政治部均对这一胜利给予了高度评价。空军首长于 2 月 23 日向空军部队发电指出：张积慧同志这种英勇善战的精神，表明了共产党的空中英雄比美军的所谓“空中英雄”高超一倍。总政治部将张积慧的事迹通报了全军，给张积慧记“特等功”。空军于 1952 年 12 月授予张积慧“一级战斗英雄”荣誉称号。

空四师在这一阶段的作战中，本着“热心带领、负责掩护”的要求，先后带领空第十二、第十五、第十七师进行实战锻炼。为了打好仗，方子翼率领指战员们自发开展战前“出情况、想办法、定方案”的献计献策活动和战后“评指挥、评动作、评纪律”的三评活动，这些活动对提高部队的战术素质、作战能力和组织纪律性，起到了很好的作用。

三年时间，方子翼把空四师变成了“空一师”

方子翼指挥空四师第 4 次作战，是从 1952 年 1 月 16 日至 5 月 30 日，在 4 个半月的作战中，共战斗出动 193 次，计 793 架次，空战 20 次，击落敌机 17 架、击伤 10 架。自己被敌击落、击伤 6 架，战斗事故损失 2 架。完成了掩护交通运输线和带领新部队作战的任务后，奉命于 1952 年 5 月 30 日转回辽阳基地休整。

1953 年 3 月 31 日，方子翼率空四师进驻大孤山机场，第 5 次参战，直到 7 月 27 日抗美援朝战争停战为止。

从 1950 年 12 月入朝作战开始到停战为止，方子翼率空四师出动飞机约 4058 架次，空战约 914 架次，有 43 名飞行员在空战中获得战果，总共击落、击伤敌机 88 架（击落 64 架、击伤 24 架），其中 70% 是 F－86 型飞机，荣获“空军第一师”殊荣，并受到毛泽东的嘉勉：“空四师奋勇作战，甚好甚慰！”全师涌现出一大批英雄、模范和功臣，有 1424 人立功受奖。全师有 10 个单位荣立一等功，有 587 人荣获朝鲜民主主义人民共和国授予的勋章和奖章。

（作者：胡遵远，原载《皖西日报》2020 年 11 月 3 日）

第十三篇

方升普：鄂豫陕边区的开创者之一

方升普12岁时祖父病逝，本就不富裕的家更是一贫如洗，年幼的方升普只得靠为地主放牛为生。1929年的一天，方升普正在田里为秧除草，一支红军队伍经过。方升普立即扔下锄头，赤脚参加了红军，从此走上革命道路。

生死攸关的独树镇之战

1934年11月，战斗在鄂豫皖根据地的红二十五军奉中央军委命令实行战略转移，就此开始了长征。在这支长征队伍里，从军领导到战士，平均年龄要比别的红军部队年轻几岁。方升普那时还不到20岁，但已是红二十五军第七十五师二二五团八连连长。

短短几日内，方升普所在的红二十五军就越过平汉线，直抵桐柏山区，并在敌人5个支队和3个师大批兵力的围追堵截下，采用机动灵活的战略战术，进抵河南方城县以东地区。为了“歼灭”红二十五军，蒋介石调集了30多个团的兵力。怎么突破国民党军的围剿呢？红二十五军采取了声东击西战术，跳出了桐柏山区的包围圈，计划取道泌阳、方城以东的独树镇、保安寨地区，向伏牛山前进。

在桐柏山与伏牛山之间，有一个特殊的地名叫独树镇七里岗，历来是兵家必争之地。在红二十五军到达此地之前，敌军利用地势完成埋伏，构筑了临时工事，形成了沿公路东西长5公里的弧形堵击战线。

11月的中原大地，寒风刺骨，风雪交加。红军指战员顶风冒雪，踏着泥泞，步履艰难地朝着河南方城独树镇七里岗急速行进，准备在此越过许（昌）南（阳）公路，进入伏牛山。当红军进入独树镇，准备自七里岗通过公路时，敌四十军一一五旅和骑兵团早已抢先到达，突然向红军猛烈射击，并逐渐形成两翼包围。

此时的七里岗战场，东面是河，地势陡峭，西南连着一片平原，与附近的公路落差十几米，形成人工地堑，易守难攻。由于雨雪交加，能见度低，红军先头部队没有发现敌情。突然遭到敌炮火猛烈阻击后，红军几乎完全暴露在敌人的火力之下，加上寒流袭击，很多战士手冻僵了，一时连枪栓都拉不开，不能有效地反击敌人，处境十分被动。危急时刻彰显英雄本色，方升普从通信员身上抽出一把大刀，高声喊着："同志们，现在是生死存亡关头，决不能后退，大家跟我冲！"带领战士们冒着密集的火力，奋不顾身地冲上去同敌人展开白刃格斗。

经过一番恶战，我军终于把正面进攻的敌人压了下去，占领了公路两侧的有利地点，并沿着方城边界西进。正当前卫部队通过沣河时，被占据在沣河西岸部分高地的敌人先头部队挡住了前进的道路。风雪不止的黑夜中，方升普率领八连战士奋力疾驰，抢占了山寨，牢牢控制了沣河西岸的制高点，成功掩护红军渡河。尽管在战斗中，方升普左肩中弹，子弹穿透肺部，打断了两根肋骨，可他依然顽强指挥战斗，直到红军全部渡河，带领八连圆满完成了阻击任务。

方升普后来告诉我们，独树镇战斗是红二十五军长征中生死攸关的一场血战。这次战斗，红军以不足 3000 人的兵力，挫败了国民党数万步骑兵的猛烈合击，粉碎了蒋介石妄图将红二十五军"围歼"于长征途中的阴谋，为红二十五军胜利完成长征并先期到达陕北、建立革命根据地奠定了基础。

边区活捉敌县长

1935 年 5 月，由于作战勇猛，具备领导才能，年仅 20 岁的方升普就任二二五团三营副营长，不久又调任豫陕游击师师长，豫陕特委委员、常委。在 1935 年 9 月，方升普所在的红二十五军主力根据战略部署离陕北上。鄂陕、豫陕根据地面临着敌强我弱的包围情况，根据地于是将各路游击师和游击大队合编组成中国工农红军第七十四师，方升普当时担任副师长兼参谋长。

红七十四师的成立，使敌人坐卧不安，急忙调兵"划区清剿"。为了打破敌人的围攻，红七十四师决定巧妙避开敌人主力，兜大圈子进入宁陕。部队进至青铜关，敌四十军对我军形成前后夹击之势。红七十四师利用有利地形布成"口袋阵"，一举将敌正规军打垮，首战告捷。这场战斗中，方升普率领 1 个营冲入敌阵，毙伤敌营长以下百余人，缴获轻机枪 4 挺、长短枪 100 余支。12 月下旬，方升普又率部长途奔袭 200 余里外的宁陕县城，战斗不到 1 小时，全歼保安团 300 余人，活捉县长居文召，缴获一个武器库，解决了部队装备。

在方升普等一批优秀将领的指挥下，红七十四师自 1935 年 10 月至 1936 年 12 月，独立坚持了鄂豫陕边区游击战争，经历大小战斗上百次，歼灭敌正规军和地方反动武装 4000 余人，缴获各种枪 3000 余支，取得了鄂豫陕边区游击战争的辉煌胜利，并建立了鄂豫陕边区，有力地配合了各主力红军的长征。

子女们印象中的方升普不苟言笑，很是威严，但他把对子女们的爱放在心里。成长的岁月里，子女们与方升普聚少离多。直到 1981 年方升普身患尿毒症来北京治疗时，子女们才得以在病榻前陪伴他半年多时间。方升普去世之后，家里人整理他的衣物时，发现原来家里大人小孩照片、全家福的底版，都被他整整齐齐地保留在文件柜里……

（作者：胡遵远、方晓梅，原载《铁军》2019 年第 3 期）

第十四篇

少将方升普：和平时期的“新生活”

方升普，安徽省六安市金寨县人，中国人民解放军少将，曾获二级八一勋章、二级独立自由勋章、一级解放勋章。新中国成立后，方升普历任防空一军军长、空一军军长、福州军区空军副司令员、兰州军区空军副司令员等职。

言传身教，不忘农民本色

在女儿方晓梅的记忆中，方升普是个名副其实的大忙人，经常外出公务不在家里，出差回来也是第一时间赶到指挥所值班，少有闲暇留在家中，她很少见到父亲的身影，也少有机会能走近他、了解他。有一次，方晓梅听说方升普又要出差，就硬缠着带上自己一起去，方升普说：“只有一张火车票，你没有票上不了火车！”她抢着说：“你把我装在木头箱子里，我不出声，别人看不见，不就可以把我带上火车了吗？”方升普看着女儿笑了笑，就赶着坐车走了。

方升普特别注重自己的言行举止对子女们潜移默化的影响。他十分注重军容风纪，穿着军装始终一丝不苟、整整齐齐。无论在什么时候，总能让人第一时间感受到他精神矍铄、充满斗志的革命军人特有的精气神。他不管去哪里出差，上车就一句“出发”！干脆利落，从不拖泥带水。

方升普对待子女非常严格，总是利用难得的在家时间教育子女。在西安工作时，方升普家前后有不少空地，他就让每个孩子都“承包”一块地，在地里种上辣椒、茄子、豇豆、西红柿、花生等，并利用在家的时间看着孩子们给自己的菜地浇水。为了教育子女时刻不忘革命传统，方升普还专门抽出时间教孩子们打草鞋。有一年他从汉中出差回来，特意带回来一捆麻。晚饭后，他立刻找来一条长木凳，在木凳一头钉上一个大铁钉，让孩子们站在他身边看他怎样编草鞋。他一边示范麻利地编着麻线，一边自豪地说：“打草鞋一定要把麻勒紧鞋才结实!”“早年打仗的时候如果有这种麻编的草鞋穿是很幸运的!”这时，新中国虽然已经成立多年，但方升普始终没有忘记如何打草鞋，并教育子女牢记自己是农民的后代。

殚精竭虑，力挫敌人气焰

新中国成立后，国民党空军不仅出动飞机到我东南沿海一带轰炸扫射，还不断派飞机入侵沿海甚至内地进行航空、电子侦查。为了保证我军对东南沿海地区的制空权，1955 年 10 月，中央军委决定在福州成立防空军第一军，主要负责高炮、雷达、探照灯和军用机场修建。1955 年 12 月，方升普从南京高级步兵学校调任福州防空一军军长，担负保卫我国东南领空的重任。1957 年空军与防空军合并，防空一军更名为空军第一军，方升普任空一军军长。1958 年 7 月，以空一军为基础组建福州军区空军，聂凤智任司令员，方升普任副司令员。仅 1958 年 7 月到 10 月，我空军部队就与敌空战 13 次，击落敌机 14 架，击伤 9 架；高射炮兵作战 7 次，击落敌机 2 架，击伤 2 架。

1960 年以后，国民党改用美制侦察机对我国东南沿海和军用机场实施侦查，飞机装备的航空相机可以高空、低空、垂直、倾斜多角度照相。敌机十分狡猾，经常选择节假日或午休时出动，保持无线电静默，贴着海面 100 多米超低空飞行，隐蔽出航，接近目标时突然升空，从我军用机场跑道方向一擦而过，绕一圈就高速返航。

每当敌机来袭，方升普就指挥空军用高射炮射击。由于敌机飞越海峡高度很低，在目标上空活动时间极短，我雷达难以及时发现，歼击机来不及起飞，高炮也很难击中目标。为了给敌机以有力的打击，在我军当时防空装备和力量有限的情况下，方升普和战友们一边不断摸索总结敌机的飞行规律，针对敌机的活动特点，调整作战部署，制订战斗预案，规定部队实行“生活战斗化”，保证随时能投入战斗；一边根据自己多年的游击战斗经验，按照游击战术把高射炮伪装、隐蔽布置在一座座不高的小山上和不同方位的树丛中，形成火力交叉。1961 年 8 月 2 日上午，敌侦察机又一次以超低空和高时速向我军闽江口飞来，敌机低空飞行时，我空军雷达开机搜索未能察觉踪影。敌机接近闽江口开始升高，刚一露头就被我军对空观察哨发现，并立即上报敌情。在极短的时间内，各级指挥所和高炮连就确定了防区上空发现的目标正是敌机，指挥员果断一声令下：“瞄准敌机，密集开炮，狠狠地打!”整个连的高射炮同时向敌机开炮，敌机中弹，飞机残骸坠落，飞行员跳伞被擒。此举有力地打击了敌人的嚣张气焰，福州空军也因此受到中央嘉奖。

深入一线，关心基层官兵

为了加强我国北线战力，1962 年夏，方升普调任兰州空军副司令员。当时兰州空军所辖地域包括陕、甘、宁、青、云、贵、川、藏，是所有军区空军中防御面积最大的。为了准确了解地方部队情况，掌握第一手资料，方升普长年累月行走在一线部队，足迹遍及陕、甘、宁、青等辖区的每一个军用机场。

在视察完各军用机场后，方升普决定去检查昆仑山上雷达站的工作。昆仑山是我国西北的门户，驻守此地的雷达站负责日夜监视我国的空中走廊，条件十分艰苦，山上白雪皑皑，寸草不生，荒无人烟，上山的简易公路十分险峻，方升普和同事们就靠着干粮和凉水，在山路上行驶了一个星期才到达雷达独立营的驻地——康西瓦。

干部和战士们听说方升普来到雷达兵站，感到异常惊喜激动，像迎接亲人般把他迎进帐篷。方升普一进帐篷，丝毫不顾旅途劳累，和干部战士们促膝谈心，了解部队的情况，听取战友们的工作汇报和各类情况的反映，鼓励大家克服困难，扎根边疆，担起保卫祖国边疆的使命。到了开饭时间，战士们送上各种罐头、脱水菜，还有麻将牌大小的馒头。方升普感到很奇怪，不解地问：“你们做的馒头怎么这样小？”战士们的一番解释，让他明白了高原地区饭不容易煮熟，馒头只能做小一些。经过进一步的深入了解，即便是这样小的馒头也并非每个战士都能吃得下，很多人在恶劣的高原条件下患上了胃病、关节炎，出现眼底出血、高山昏迷症等症状，患了感冒如果治疗不及时还会并发其他疾病，甚至有生命危险。在高寒气候下，即使晚上帐篷里面生着火，被子上也会结上一层霜。方升普在昆仑山上的雷达独立营和战士们共同生活了一个星期，亲身体验了部队的艰苦生活，决定“每个战士必须每天服用维生素 C，每个连队都要配备军医，各种物资和营养品必须充分供应，一定要赶在大雪封山前送到雷达站，尽一切可能改善雷达站的生活条件”。这期间，方升普因为高山缺氧、头晕头疼，吃不下什么东西，每天只能喝点高山上的雪水，但仍咬牙坚持工作。干部战士们深受感动，为能在昆仑山上和自己的副司令员共同战斗而骄傲，并庄严地表示一定不辜负祖国和人民的期望，立足边疆、保卫边疆。

（作者：胡遵远、李泽波，原载《皖西日报》2021 年 4 月 8 日）

第十五篇

"飞虎将军"肖全夫：痛击"王牌"师，打赢"收官战"

肖全夫，安徽省金寨县南溪镇人，被人称为"飞虎将军"，是志愿军中最年轻的军长。他1929年加入中国共产主义青年团，1930年加入工农红军，1933年加入中国共产党。土地革命时期，曾任红四方面军总部手枪队排长，红四方面军二局二科科员，军委二局二科科员，先后参加了鄂豫皖苏区反"围剿"，川陕苏区反"围攻"和长征。抗日战争爆发后，他先后任延安抗大第十一队队长，抗大第二分校二大队六队队长、第一大队二支队队长、第一队大队长、第二队大队长，冀热辽军区第十七军分区参谋长，冀东军区独立第十三旅旅长，率部参加晋察冀军区反"扫荡"。1947年，肖全夫任东北民主联军第九旅第二十六师师长，参加解放朝阳、锦北、锦州等战斗。1948年11月上旬，第二十六师改编为中国人民解放军第四十六军一三七师，肖全夫任师长。他率一三七师参加了辽沈、平津、衡宝等战役战斗，被誉为"飞虎战将"。1950年1月，零陵（今永州）军分区剿匪司令部成立，肖全夫被任命为司令员，他指挥部队负责该地区剿匪工作，剿灭国民党残余部队4000余人。11月，肖全夫升任第四十六军第一副军长兼参谋长。1951年1月，第四十六军奉命开赴广东省东部地区担负海防任务。

当年底，肖全夫任中南军区赴朝参观团副团长，率员入朝学习作战经验。1952年4月，肖全夫回国后被任命为第四十六军军长。6月29日，第四十六军受领入朝参战任务。肖全夫和政治委员吴保山在军干部大会上作了动员讲话，全军上下士气高涨，斗志昂扬，每个指战员都为能当上"最可爱的人"而感到莫大光荣。

8月17日，肖全夫率第四十六军分别由广东的普宁、潮阳、流沙一带出发，8月31日到达樟木头车站附近及惠阳以西集结。9月6日至9日，由铁路车运北上。14日，全部到达安东。第四十六军改称中国人民志愿军第四十六军，归属志愿军司令部指挥。肖全夫任军长，政治委员吴保山，副军长曾雍雅，副政治委员张秀川，政治部副主任樊学文，下辖第一三三、第一三六、第一三七师。

9月15日，他率第四十六军经安东（今丹东）入朝，于10月4日抵达朝鲜肃川以北地区集结，接替第四十二军担负平壤至新安州公路以西，右起青峰山、左至甑山70公里的西海岸防御作战任务，以防止"仁川登陆"的悲剧重演。

抓冬季训练　筑"地下长城"

接防后，肖全夫立即乘夜暗驱车奔赴前沿勘察地形。天刚亮，一架美军飞机向他乘坐的汽车俯冲下来，炸弹在汽车周围爆炸，弹片从肖全夫的左额擦过，留下一道10多厘米长的伤口，血流满面，他用急救包简单地包扎一下，忍着伤痛又继续勘察。根据地形特点，肖全夫将防区划分为第一、第二、第三阵地进行布防。在第一、二阵地上并列展开3个步兵师：第一三六师为右翼师，在清川江南岸、中兴洞、肃川地区组织防御；第一三三师在中兴洞、赵村、顺安地区组织防御；第一三七师为左翼师，在赵村、院场里一带组织防御，左与朝鲜人民军第三十三联队衔接。第三阵地为军队预备阵地。此外，他还指挥第四十六军准备支援与配合友军在镇南浦、海洲地区抗登陆以保卫平壤的作战任务。他还领导拟定了炮兵作战、侦察观察、通信联系、后勤工作以及防坦克、防空降等各项方案。

11月2日，肖全夫指挥四十六军投入35个连队，开始构筑西海岸防御工事。通过工程作业，不仅进一步加强了西海岸防御阵地，而且使部队摸索坑道工事施工经验，初步熟悉了朝鲜战场生活，为以后完成艰巨任务准备了条件。

为了贯彻"持久作战，积极防御"的作战方针，提高干部的军事水平与组织指挥能力，部队入朝后，在构工作业的同时，开展了战术技术相结合的冬季训练，使指战员初步了解了美军战术技术的特点及志愿军的作战方法。通过冬训，老战士普遍能够掌握步枪、冲锋枪、机枪等武器的构造、性能与使用，新战士也能够较熟练地使用手中的武器。在战术训练上，结合作战方案和阵地，反复地进行了单兵和小分队的攻防战术演习。

肖全夫领导第四十六军经过西海岸战备防御和短期整训，指战员在战术技术、政治觉悟和组织纪律等方面都有显著提高。

1953年1月15日，肖全夫率部接替西自板门店东500米，东至基谷里约29公里的正面防御阵地。第四十军第一二〇师继续留守"三八线"，暂归第四十六军指挥。

第四十六军正面为美陆战第一、第二师和英联邦第一师，是以美国为首的"联合国军"的精锐部队。肖全夫感到，面对拥有现代化武器装备的对手，要想站稳脚跟，守住阵地，必须构筑坚固的防御工事。他提出“构筑工事就是战斗，工地就是战场”的口号，在原有工事的基础上，打通坑道355条，长达27公里，各种掩体和炮阵地2860个，堑壕、交通沟76公里，以及明暗堡、弹药库、粮库、指挥所、储水池等工事设施，构筑了一条挡在“联合国军”面前摧不垮、炸不烂的地下长城，有效地保障了防御阵地的稳固，奠定了“守得住”的物质基础和夺取作战胜利的信心。

“零敲牛皮糖” 小胜变大胜

进入阵地半个月，第四十六军因地形不熟，缺乏同“联合国军”作战的经验，未能大量地歼灭其有生力量。敌人一度活动猖獗，控制了对峙双方的中间地带。2月9日，肖全夫召开作战会议，部署采取“零敲牛皮糖”的战术，以设伏、反设伏、夜摸和强袭等手段，不断积小胜为大胜，尽快夺取防御作战的主动权。

会后，各部队立即掀起小分队作战高潮。2月21日和3月3日，第一三三师三九九团侦察股股长郭青山两次带领侦察排，在130阵地用伏击、反伏击手段，毙伤美军80余人，俘虏2人，查明了当面敌情。第一三六师四〇七团二连战士黄盛达及其培养的狙击手，98天毙伤美英军493人。游动炮也寻机突袭敌散兵、坦克和炮兵阵地。小分队和冷枪、游动炮的作战行动，沉重地打击了敌军的嚣张气焰，使我军很快控制了缓冲区，并为日后作战创造了有利条件。

在基本摸清敌军防御体系、兵力部署及活动规律后，3月26日，肖全夫下令第一二〇师三五八团向马踏里西山、梅岘里东山的美陆军第一师第五团3个排另南朝鲜军1个班实施突袭，将其全歼。在此后坚守作战的5天中，打退美军22次反扑，共毙伤美军1390余人，俘虏25人。

5月初，志愿军总部发起夏季反击战役。肖全夫率第四十六军及配属的1个步兵师、1个工兵团、3个炮兵团又8个炮兵营，在第十九兵团指挥下担负主要方向上的作战任务。

经过反复查勘，肖全夫把歼灭下勿闲北山的英联邦第一师加拿大团第三连作为首选目标。5月2日，第一三三师三九七团抽3个排及1个侦察班组成临时连，利用夜暗秘密穿越800米中间地带，向守军发起突袭。在炮火支援下，攻击分队猛打猛冲，用炸药包炸毁守军暗堡工事，经2小时激战，全歼守军。此仗共毙敌军202人，俘虏18人。志愿军总部在通报中表扬：“此次战斗打得甚好，战前准备周密，炮火支援及时，步兵打得巧妙英勇，以小的代价换取了很大的胜利。”

接着，肖全夫组织部队又转入对坪村南山守军更大规模进攻的准备。坪村南山是临津江北岸的屏障和高浪铺里的门户，地势突出而险要，工事坚固，是“联合国军”长期防御的主要支撑点，并钳制着我军的防御前沿，肖全夫下决心要铲除这一重大威胁。他一面反复组织侦察、熟透地形，一面带领干部进行图上作业和沙盘推演，还选择相似地形进行实兵演练。5 月 28 日 18 时 55 分，肖全夫以 2 个连又 4 个排的兵力，在 170 余门火炮的支援下，同时向长湍以北马踏里西山—梅岘里东南山的土耳其旅 1 个连另 2 个排和坪村南山的英联邦师 1 个连阵地发起攻击，全歼守军后，又击退“联合国军”的 23 次反扑，巩固了马踏里西山—梅岘里东南山阵地。此次战斗异常激烈，共消灭敌军 1300 余人。

三打马踏里　重创“王牌师”

6 月 18 日，南朝鲜李承晚集团在美国好战分子的怂恿下，假借“就地释放”之名，强行扣留中朝战俘，严重地破坏了已达成的关于战俘遣返的协议，并公开叫嚷“反对朝鲜停战”，要“单独干”和“北进”，妄图破坏朝鲜停战的实现。

几天以后，志愿军首长在接到毛泽东同意推迟停战签字时间的复电后，立即向各兵团、各军下达了在全线发起第 3 次反击的命令。

马踏里东山由 4 个高地（编号：060、061、062、+0238）组成，其西、北两面距我防御阵地仅两三百米，其东、南两面均有公路和小平川与敌右翼及纵深阵地相隔，是敌前沿阵地较孤立的重要支撑点。该地有坑道 3 条，大小地堡 157 个，明暗火力点 90 余个，堡、点间均以堑壕、交通壕相连接，外围有各种形状的铁丝网三道至四道，前沿设有防步兵地雷和照明雷等，构成了以坑道为骨干的完整的环形防御阵地。

防守该高地的为美陆一师。美陆一师，即美国海军陆战队第一师，据说有 175 年的建军史，曾 4 次出国作战，是号称“打遍地球无敌手”的王牌师。1950 年，当美国派遣该师到朝鲜战场上来时，其宣传机构曾这样吹嘘道：“这些军队有着典型的美国军队最好的品质，他们的装备是在朝鲜战争中所见到的最好的。如果共军能打败这一伙人，那么他们就已经赢得了朝鲜的战争，甚至是全世界的战争，因为这一伙人是我们军队中最精锐和最优秀的。这些海军陆战队承认他们也许有一天会被打败——是的，如果那一天太阳从西边出来的话。”

“骨头越硬，啃起来越有味道！”肖全夫说。为了打好这最后的“压台戏”，他带着电台去前沿一带查看地形。每到一个地方，他都要左看看、右看看，看看哪儿有个大石头、哪儿有个沟坎，各个方位物之间的距离有多远，他都要搞得清清楚楚。对此，他解释说：“对防御之敌的进攻，最主要的是搞清地形，因为敌情是可变的，而地形是不变的，只有搞清了地形，才能决定投入多大的兵力、火力，突击点选在哪里，怎样才能达到战术上的突然性，一举歼灭敌人。”

整整看了一天地形，肖全夫心中有了方案，天黑后才赶往第一三六师，和师、团干部一起研究攻打马踏里东山的具体方案。

按照他的部署，7月7日夜里，第四〇七团一连在43门火炮支援下分4路向062高地发起攻击。经过3个半小时的激战，摧毁田堡6座，地堡70余个，坑道2条。至8日2时攻占062高地，全歼守敌。接着击退敌7次冲击。战至黄昏，歼敌300余人，俘敌3人，查明了情况，遂按原计划撤出阵地。

一打马踏里，顿挫了敌人的猖獗气焰。9日，美方谈判代表几次找上门来要求恢复谈判。中方代表团负责同志在决定恢复接触时，对派往谈判的第一三六师胡旭副参谋长说：“你们的炮声震动了板门店，你们打痛了敌人，我们就又有事可做了。”10日，美陆一师参谋长迫不及待地在谈判桌上发言：“各位先生，为了节约大量的时间，我们是不是先把西部军事分界线固定下来。”

敌人已经预感到“太阳从西边出来”的那一天就要到了。

13日，志愿军在东线展开了大规模的金城反击战。为配合这次作战，肖全夫又一次来到第一三六师，部署第二次攻打马踏里东山的战斗。按照计划，这次不仅要夺占两个前沿高地，而且要坚决固守。

19日夜，第四〇七团2个连在61门火炮支援下，向062、061高地同时发起了攻击。由于战前准备充分，仅40余分钟即攻占敌阵地，全歼守敌。转入守备后，敌以80余门火炮、19架次飞机支援其步兵一次又一次地轮番冲击，企图夺回阵地。至21日夜，坚守分队共打退敌5个多连兵力的17次反扑，毙、伤敌人507人，俘敌12人，守住了已得阵地。

24日，肖全夫命令部队向马踏里东山最后两个主阵地发动第三次攻击，一举夺占060阵地。敌人不惜血本，拼死反扑，均被击退。正当部队向最后一个高地+0238攻击，并已占领整个阵的3/4时，停战令生效了。

三打马踏里战斗，前推阵地1平方公里，歼敌1643名，俘敌21名，毁伤坦克7辆，缴获各种枪支157支（挺），子弹30余万发，狠狠地教训了不可一世的美军“王牌师”，直接配合了板门店停战谈判和东线的进攻作战，也成了中国人民志愿军在朝鲜战场板门店前线的“收官之战”。

至7月27日停战止，肖全夫指挥第四十六军在守备作战的6个半月中，先后与“联合国军”作战156次，歼其1.44万人，击落飞机193架，击伤155架，击毁、击伤坦克82辆，扩大阵地5平方公里。

7月28日上午，朝鲜停战协定签字。肖全夫作为中国人民志愿军板门店前线部队的代表参加签字仪式，见证了这一举世瞩目的庄严历史时刻。

肖全夫将军是第四届全国人大代表，党的第十一次全国代表大会代表，第十二届中共中央委员，中央顾问委员会委员。他是党的第十二次、十三次全国代表大会代表，第十四、十五、十六次全国代表大会特邀代表。他 1955 年被授予少将军衔，曾荣获二级八一勋章、二级独立自由勋章、一级解放勋章和中国人民解放军一级红星功勋荣誉章。

（作者：胡遵远，原载《祖国》2020 年第 24 期）

第十六篇

战斗在津浦铁路线上的“铁道游击队”

——讲述铁路工委和铁路便衣大队的故事

位于江苏、安徽两省交界处的津浦铁路蚌（埠）宁（南京）段，自西北而东南贯穿江淮大地，将淮南抗日根据地分隔为路东、路西两大块。津浦铁路蚌宁段是日军运送军火给养的要道，其两侧布满了日伪军的岗楼和碉堡。日军在铁路沿线驻重兵把守。蚌宁段沿线地区还有土匪、封建行会活动，给津浦铁路东西两边的新四军的交通联络、人员往来、物资运输造成了极大的障碍和困难。日伪军在此地肆无忌惮，无恶不作，老百姓深受其害。

在这种形势下，根据对敌斗争的需要，1943 年 1 月淮南区党委和新四军二师决定成立中共津浦铁路南段工作委员会（简称铁路工委）和铁路便衣大队。

新四军二师直属机关政治处主任程明调任铁路工委书记兼便衣大队政委，二师五旅十四团副团长张宜爱任铁路便衣大队队长，二师五旅十四团副参谋长胡彬甫任副大队长。铁路便衣大队下辖三个中队和一个直属分队，他们的任务是“打破敌人对我的封锁，发动群众建立抗日政权，保证路东和路西的交通，护送首长和作战物资安全过路”。

根据上级指示和任务，铁路工委和铁路便衣大队领导制定了“在铁路两侧的根据地边缘区，建立抗日民主政权。采取对日军小打狠打；对伪军打拉结合，以拉为主；对土匪分化瓦解直至消灭；对封建行会成员以拉为主”的方针政策，积极开展对敌斗争。

首先，他们狠狠打击日军并惩治汉奸。1943 年麦收时，日伪军出来抢掠，便衣大队在程家集伏击了 1 个小队的日军，1 个中队的伪军，当场打死日军 4 人，活捉 2 人，俘虏了伪军 30 多人。便衣大队的人向伪军宣传抗日的道理，告诫他们“今后不许抢掠，伤害百姓！不许与便衣大队为敌”，并把他们的名字记下来。“以后发现谁再干坏事绝不轻饶！”“只要为便衣大队通风报信就是抗日，就有奖赏！”教育后把伪军都放了回去，同时严惩死心塌地的汉奸。便衣大队第一中队派人白天在集市上打死了日军翻译官刘锡胜，又处决了投靠日寇、残害我情报员的汉奸刘汝恒。这些消息一经传开，轰动了津浦路南段大小各站，大长了便衣大队的威风，大灭了日伪军的士气，也极大震动了铁路沿线的伪乡长和保长们。同时便衣大队积极做铁路沿线伪军的争取工作。便衣大队第一中队编成五个战斗小组，每一个小组负责一个伪军据点岗楼。经过细致深入的了解和教育工作，伪军们纷纷表示“请四爷（指新四军）放心”，一定按便衣大队交代的“保证新四军部队安全过路，等部队走远后再向空中放几枪”的指示去做。

当时在铁路沿线还活动着一些土匪和封建行会组织，经常祸害百姓。看到伪军都怕便衣大队，这些土匪知道无势可仗也就不敢在铁路工委和便衣大队的活动区域骚扰了。至于那些封建行会组织，有的是被坏人利用的农村流氓无产者，有的是家族武装组织，便衣大队区别对待，进行政治攻势、瓦解争取。对于争取过来的人，加入我们的队伍；对于顽固不化继续危害百姓的，便衣大队就进行围歼、消灭。对于不配合我们工作的伪军头目，便衣大队就在其管辖区内，或频繁袭击日军巡逻队和火车，或挖掉一段铁轨，或打死打伤日本兵。这样在日军的责骂和限期消灭便衣大队的压力下，他们只好与我方联系和谈判。同时便衣大队也发动其亲属、朋友、同乡等做他们的思想工作。伪军中队长王占鳌一开始和新四军打仗，争夺地盘，后来在我方“又打又拉，以拉为主”的方法原则下，其不仅为我方人员过铁路时提供方便，还给我方提供子弹和我根据地短缺的物资；张八岭的伪保长李长青为我方办了一批“良民证”，我们的干部战士有了这个“护身符”执行任务时就方便安全多了。

铁路工委和便衣大队的活动激怒了日寇，他们到处张贴布告，出重金悬赏缉拿工委和便衣大队领导人。得到百姓群众拥护和帮助的便衣大队，就是在日寇据点附近活动敌人也不知道。1943 年秋的一天晚上，由于事先未与便衣大队联系，新四军二师供给部的一支运盐队运送 4000 多斤食盐到津浦铁路路西时，被伪军巡逻队发现并掳走。罗炳辉师长知道后，立即发电报，命令便衣大队找伪军团长刘开明，要他立即归还食盐和骡马。第二天便衣大队一中队派人拿着程明政委的信，找到伪团长说明来意，伪团长看了信后立即命令副官查清“昨晚是哪个中队把老四（指新四军）的盐队截下来的”。三天后，30 多名伪军把 20 几头骡马、4000 多斤食盐全部送到指定地点。此事极大地证明了新四军的威信和震慑力以及便衣大队的战斗能力。

铁路工委和便衣大队根据不同对象，采取多种方法，利用各种关系，经过艰苦斗争，相继团结争取了明关蔡小街的伪乡公所所长、驻柳庄的伪自卫队小队长、驻三界的伪大队长等人，很快在蚌宁段沿线地区建立了比较完整的联络站、工作站、情报网，开辟了连接淮南抗日根据地的路东、路西两个地区的“安全走廊”。新四军二师人员通过津浦线最多时人员达到整旅，运送物资的挑子达几百副，都可以做到畅通无阻。工委和便衣大队多次护送军区领导和二师首长过铁路线，工委和便衣大队尤为慎重，事先不向伪军打招呼，以防走漏消息，都由中队、大队干部护送。路西的定远县藕塘是新四军二师的前方指挥所，所以二师首长来回过路就多些。1943 年秋，程明接到护送罗炳辉师长、谭震林政委过铁路的任务。程明提出最好夜间通过铁路的建议。行动前一天，程明带人按事先定好的路线走了一趟，检查沿线联络站、工作站的情况并安排好任务。安全到达目的地后，罗炳辉师长、谭震林政委在给路西部队作报告时，把便衣大队消灭日寇时缴获的机枪和三八式步枪摆到讲台上，向参加会议的同志介绍了铁路工委的工作情况并给予很高的评价。有一次，谭震林政委夜间路过铁路线，骑马过铁路时，勒住缰绳，翻身下马，护送人员把护路的伪军叫过来。谭政委问了他们的姓名、家乡及生活情况，告诫伪军：“不要忘记自己是中国人！你们保护我过路，也是支援抗日嘛！也是为人民做了件好事！”并把香烟拿出来给伪军，这些伪军连连点头道谢。

从 1943 年 1 月组建到 1944 年 10 月撤销，铁路工委和便衣大队战斗在蚌宁段近两年的时间里，出色圆满地完成了淮南区党委、新四军二师领导交给的各项艰巨任务，在淮南人民抗日战争史册上写下了光辉的一页。

（作者：程江南）

第十七篇

詹大南跟随徐海东南征北战

詹大南将军的前半生几乎是在炮火中度过的。1934 年 11 月随红二十五军长征历经战阵，在抗日战争、解放战争、抗美援朝战争中屡建奇功，1955 年被授予少将军衔，获二级八一勋章、二级独立自由勋章。

在长征时期，詹大南曾作为徐海东的保卫干事，跟随徐海东南征北战，谱写了许多传奇故事，至今仍为人称道。

背着徐海东冲出重围

1931 年，16 岁的詹大南与 16 位同乡一起报名参加了红军。1934 年 4 月，鄂豫皖省委召开会议期间，詹大南担任徐海东的保卫干事（当时称保卫员）。

当保卫干事不久，詹大南随徐海东回老家看望首长的妈妈。孰料第二天一早，闻讯而至的敌人突然包围了村子，刹那间枪声大作，混战中一枚冒着青烟的手榴弹朝着徐海东滚过来，詹大南飞身将徐海东扑倒在地，一声巨响后徐海东的腿还是被一块弹片炸伤了，顿时血流如注。

情急之下，詹大南背起徐海东便往村外冲，其他警卫战士排成人墙，端起驳壳枪形成一道密集火力网，好不容易杀出一条血路突至村外，路上正好遇见和自己同年参军的弟弟詹大海，两人一起轮换背着徐海东，最终摆脱了敌人，将徐海东送至医院急救。

事后，徐海东充满感激地对詹大南说：“小詹，这次要不是你后果不堪设想，你是好样的！”

被命令骑马

1934 年 11 月 26 日，长征途中的红二十五军一路拼杀来到位于河南省方城县城东北方向 10 多公里的独树镇，拟向河南省西部的伏牛山穿插，不料国民党豫鄂皖 3 省围剿总队所属的第四十军一一五旅和骑兵团已于 2 小时前到达，并抢先占领段庄、马庄、七里岗等一线阵地，向红军先头部队发起猛攻，红军仓促转入防御。敌人把红二十五军包围起来。

当时，天寒地冻，许多指战员都因手指冻僵，一时拉不开枪栓，甚至连扳机都扣不动。稀散零星的火力根本无法有效反击敌人，加上地形平坦，我军几乎完全暴露在敌人的火力之下，人员伤亡严重，形势万分危急。

红二十五军政委吴焕先见状，抽出一把大刀，身先士卒，率部与敌人展开肉搏，一时间呈胶着状态。此刻，敌军已从两翼包抄上来，千钧一发之际，副军长徐海东率二二三团及时赶到，一番恶战，终于打退了敌人的冲锋。

入夜后，徐海东见敌人包围有所松懈，立即部署连夜转移。红军部队在泥水里整整急行军一个通宵，最终在叶县保安寨以北的沈庄附近，穿过许（昌）南（阳）公路，于 27 日拂晓进入伏牛山东麓。

至此，红二十五军以不足 3000 人的兵力击退了数十倍的堵击之敌，完成了向陕北挺进的战略转移任务，彻底粉碎了敌人的追堵计划。

战斗中，詹大南随徐海东猛冲猛打，脚踝被敌人的一颗子弹打穿了，无法行走。徐海东把给自己驮军用品的骡子让给詹大南骑。詹大南说什么也不要，但徐海东告诉他："必须骑，这是命令。"

就这样，詹大南骑着骡子走了 10 天，谁知骡子竟死了，詹大南十分内疚，但徐海东立即又给詹大南一匹马骑，并再次告诉他："必须骑，这是命令。"

时值 12 月份，天寒地冻，詹大南的伤脚蹬在马镫上，过河时伤脚就泡在水里，到了宿营地脚和马镫早已冻在一起了，要用火先将冰烤融化才能下马，痛苦程度令常人难以想象。

红二十五军医院院长钱信忠每天都会及时为詹大南换药，才控制住了伤势恶化。加上詹大南身体素质很好，十几天后，詹大南自己能走了，就立即把马还给了徐海东，而徐海东又把马让给另一位伤员骑。

围歼敌师长

1935 年 9 月，红二十五军率先到达陕北苏区永平镇，与刘志丹率领的红军会师，改编为红十五军团。11 月初，编入红一方面军。

为彻底粉碎国民党军对陕北根据地的第三次"围剿"，把革命大本营安在西北，毛泽东主持召开重要会议，决心打一次大的歼灭战。

11 月上旬，红十五军团遵照毛泽东的命令，先后攻下张村驿、东村、套通等敌占据点，并派出一支小部队到直罗镇、黑水寺一带活动，作为警戒并引诱敌人。同时，红一军团也采取了相应的行动。

11月20日，国民党军第一〇九师在飞机的掩护下，大摇大摆地开进了直罗镇。

当天晚上，中央军委下达命令：21日拂晓发起攻击。红十五军团按照原定方案，从张村驿一带出发，连夜急行军，赶到指定位置，并悄悄地占领了直罗镇南面的高地。

21日拂晓，进攻开始了。红十五军团首先发起攻击，徐海东站在镇南侧一个刚攻占的高地上，指挥部队向直罗镇内攻击，打得敌人惊慌失措，红一军团则隐蔽在山上，等待敌人进入伏击圈。

敌人企图占领山顶制高点。当他们快爬到山顶时，遭到红一军团的当头痛击。在红军的夹击下，敌人很快被击退。

第二天拂晓，詹大南陪同徐海东去前线察看情况。他们刚向北拐一个弯，就发现玉米地里有一个人影在晃动。詹大南冲上去，活捉了敌人一名伙夫。经徐海东审问，伙夫供出有一股敌人簇拥着敌师长牛元峰已经渡河逃跑。

徐海东听后，立即命令詹大南带少共营跟踪追击。他对詹大南说："抓不住牛元峰莫回来！"

詹大南向少共营传达了徐海东军团长的命令，然后带着部队，沿着敌人留下的踪迹猛扑过去，终于在夏家沟南面山头上，追上了敌人。

敌人边打边撤，詹大南紧追不放，接连追了10多个山头，将敌人逼入一个山谷。前方的红二二五团一部堵住了敌人的退路。詹大南乘机冲上去，两面夹攻，猛打一阵。在战斗中，詹大南边追边问抓到的俘虏，查问牛元峰的下落。一个敌伤兵对詹大南说："牛师长、参谋长与卫队一起，都在前面。"

大约上午9时，战斗结束，但还没有发现敌师长。詹大南经过询问，得知绝对不会有敌人漏网后，开始逐一审讯俘虏，在最后围歼敌人的地方，查出了混在俘虏群中的敌参谋长。

詹大南大声问："你们师长呢？"敌参谋长指着离詹大南10多步远的山坡上的一具死尸说："那就是牛师长。"詹大南听后没有立即相信他的话，又问了几个俘虏，并从敌参谋长身上搜出《军官录》，依照上面的照片进行比对，最后断定：牛元峰的确被红军击毙。

由于事关重大，詹大南还是不放心，他从尸体上搜出一枚铜质狮头的私章，带着《军官录》和私章，跑去向徐海东汇报。经过徐海东认定，这枚私章是牛元峰的，詹大南这才放心。

（作者：胡遵远，原载《学习时报》2020年5月25日）

第十八篇

“两抗”战场创奇迹

——谨以此文追思詹大南将军

詹大南1915年4月出生在安徽省金寨县槐树湾乡，1931年2月参加中国工农红军。曾任红十五军团保卫局科员、第二十八军直属队特派员，参加了鄂豫皖苏区第二次至第四次反“围剿”战役，1934年11月随红二十五军长征。到达陕北后，参加了劳山、直罗镇等战役，1955年被授予少将军衔。

抗日战争期间，詹大南在没有上级命令的情况下“自作主张”，直接指挥并打赢了三场硬仗，创造了历史的辉煌。抗美援朝战争期间，詹大南将军让美国王牌军“北极熊”变成了“大狗熊”，那支号称45年从未打过败仗的美国精锐部队被他率领的中国人民志愿军第二十七军一举歼灭。

抗日战争期间的几场硬仗

抗日战争期间第一场硬仗发生在1940年春天，敌人分三路围攻北京附近的平西根据地，张家口的日军派出了一个联队（相当于一个团），从樊山堡根据地西北方向向我根据地进行扫荡。詹大南所在的挺进军九团二营在北京近郊的门头沟周围打了几天后，兄弟部队换防，二营撤下来进行休整。遭遇战就发生在二营深夜急行军回营的路上。詹大南回忆说：“我们走到一个叫杜家庄的地方，听到侦察员报告，附近发现了鬼子。我召集了4个连长，立刻占领有利地形让手下左右伏击，只等着鬼子闯进我们的伏击圈。”送上鬼门关的是一支由几十个鬼子兵和200多伪军组成的运输队。詹大南一声令下，二营轻重武器一齐开火，日军运输队的鬼子们猝不及防，被“包了饺子”。这一仗，不仅消灭了大量敌人，还缴获了许多牲口和鱼子酱、牛肉罐头，战士们好好地改善了几顿伙食。战后得知，这支运输队正是给扫荡我根据地的日军部队运送给养的。鬼子看到运输队迟迟不上来，还派出飞机来搜索，并且打电报给张家口大本营的敌军询问，这一下才知道，运输队全部被我军“包了饺子”。

1940 年秋百团大战全面爆发，在张家口涿鹿的上下河地区，詹大南又打了一场漂亮仗。一天中午，刀拉嘴镇的维持会（汉奸组织）会长让一个村民到部队，告诉他们有日军在附近准备扫荡，说鬼子吃完午饭就行动。由于主力部队和领导都在外围，一时无法联系上，詹大南相信维持会长毕竟是中国人，他们不会骗人的，就再次“自作主张”排兵布阵，指挥 4 个连长让部队埋伏在上下河之间的土墙下。敌人有 4 个小队，140 多人。战斗打响后，一时间手榴弹齐飞，还没等鬼子反应过来，又是一阵密集的射击。我军部队不到 4 分钟的时间就夺下了 3 挺重机枪。

詹大南率部入朝作战

1950 年 10 月，经过 12 个昼夜的艰苦作战，中国人民志愿军歼灭美军和南朝鲜李承晚部队 1.5 万余人，取得抗美援朝战争第一次战役的胜利。11 月 27 日，志愿军第二十和第二十七军冒着严寒秘密进入了柳潭里和新兴里以北地区。从正面进攻的第二十七军，由詹大南副军长指挥第八十师及第八十一师第二四二团，包围了新兴里之敌。

在新兴里据守的是美军第七师三十一团，该团成立于 1916 年，是美国陆军最精锐部队之一。因为在第一次世界大战中表现出色，时任美国总统的威尔逊为了表彰该团的战功，授予该团“北极熊团”称号。之后该团又参加了许多重要的战役，表现十分出众，自称为“45 年从未打过败仗的劲旅”，是第七师手中最有力的一张王牌。为了加强该团的防御力量，美第七师又将师属炮兵营和坦克分队加强给了“北极熊团”，这样一来，该团总兵力就达到了 3000 余人。

28 日黄昏，詹大南指挥 4 个团的兵力对包围圈内的“北极熊团”发起了攻击。虽然我军在兵力上占据优势，但武器装备远不如对手。面对敌人用坦克和装甲车摆成的环形防御圈，没有重炮和反坦克武器的志愿军，数次冲击都没能打开突破口。

天亮后，为了躲避敌机的轰炸，我军主动撤出了战斗。“北极熊团”团长麦克莱恩害怕在运动战中被我军歼灭，因此没有贸然突围。

29 日，我军参战部队冻伤、冻亡和伤亡减员已达 2/3。为避免被动，战地指挥詹大南下令各部队以部分兵力控制已得阵地，其余部队于当日拂晓撤出战斗。他要调第八十一师主力协同第八十师合歼新兴里之敌。

29 日夜间，我军继续向敌人发起进攻，虽然战士们英勇奋战，但依然没能突入敌人的核心防御圈。连续两晚攻击失利，詹大南把参加进攻的营、团长们召集起来开会，商讨如何打敌人的“铁乌龟”。最后决定把 4 个团全部的炮火加起来，集中一点突破，然后冲进去和敌人拼刺刀。

眼看“北极熊团”面临被我军全歼的境地，美第十集团军军长阿尔蒙德少将，严令位于新兴里以南下碣隅里的陆战第一师师长史密斯，把它解救出来。此时，同样也处在中国军队包围之中的陆战第一师，派出一支部队在 12 辆坦克和多架飞机的配合下，沿公路向新兴里方向攻击前进，被我军击退。

11 月 30 日黄昏，一股残敌企图越过冰封雪盖的长津湖逃走，结果冰面塌落全部冻溺而死。天黑以后，另有约 400 余人的残敌乘数辆汽车、坦克逃至一洼地时，被我第二四二团截住消灭。

30 日夜，詹大南亲自指挥部队对“北极熊团”展开了第三次攻击。战斗打响后，第二三八团和第二四〇团分别从东南和东北方向向敌人佯攻。敌人的注意力刚被吸引过去，20 多门火炮从正面突然开了火，第二三九团和第二四一团的战士们跟着弹着点就冲了上去，敌人被打了个措手不及。战至 12 月 1 日拂晓，我正面攻击部队终于把敌人的防御圈撕开了一个大口子，战士们冲进村里和敌人展开了肉搏。

在明晃晃的刺刀面前，美国人很快胆寒了。为了逃脱被围歼的命运，“北极熊团”丢下了所有重炮，在 40 余架飞机的掩护下，以 10 余辆坦克为先导，开始狼狈突围。詹大南立即命令部队拦阻追击，第二四二团猛烈扫射突围之敌，并炸毁公路上的桥梁，将敌人拦截于 1221 高地前。其他各团则依托公路东侧的有利地形，从美军队形的正面、侧面和后面实施冲击。

“北极熊团”很快陷入了我军的重围当中，战士们冲下公路，和敌人展开了混战。敌人妄图用坦克开路，战士们抱起炸药包和集束手榴弹就往上冲，将这些“铁乌龟”一一炸毁，然后和敌人拼起了刺刀。激战至 12 月 2 日 4 时许，面对英勇无畏的志愿军勇士们，美军这支王牌部队更加胆寒了，突围变成了无序的大溃逃，最终被志愿军全歼，团旗也被我军缴获。号称“45 年从未打过败仗”的美军王牌“北极熊团”就这样全军覆没了！

（作者：胡遵远、胡本昌，原载《皖西日报》2020 年 11 月 24 日）

第十九篇

抗美援朝中的丁国钰

丁国钰，安徽金寨人，1916 年 7 月出生，1929 年参加革命，1933 年 3 月加入中国共产党。早在土地革命战争时期，他就担任过类似于外交使节职务的道委巡视员一职，抗美援朝中又有过首席谈判代表的经历，特别是新中国成立后曾担任过中国驻几个国家的大使，我们完全可以称他为“红色外使”了。在丁老的“外使”生涯中，最让他难忘的、也是最受人们称道的就是在抗美援朝期间，他担任中方首席谈判代表在板门店与美方代表进行针锋相对的停战谈判。

1950 年 10 月 8 日，中国人民军事委员会主席毛泽东亲自签发了《中国人民志愿军入朝参战命令》，时任四十二军政治部主任的丁国钰，就是随着这一命令参加了伟大的抗美援朝战争。四十二军是第一批入朝的部队之一，具体的时间为 1950 年 10 月 16 日—19 日。丁国钰是 19 日夜从集安通过浮桥蹚过鸭绿江的。四十二军经历了抗美援朝战争完整的第一至第五次战役，其中在第一次战役和第三次战役中战果尤其辉煌。四十二军一直到奉令将平壤至安州一带海岸防务和川江口至重在山一段的守备任务移交给四十六军后，才于 1952 年 11 月 4 日回国。

1951 年 12 月，朝鲜谈判进入“关于战俘的安排问题”的第四项议程。根据《关于战俘待遇之日内瓦公约》的有关规定，需要由中国红十字会派出代表团来进行战俘交换工作。由于当时中国红十字总会刚刚完成改组，无合适人员组成代表团派至朝鲜。于是，红十字总会就委托解放军总政治部预先把人员挑选出来配备好。

由于丁国钰这时候已经有了些名气，加上时任总政治部副主任肖华和解方、杜平等革命战友对他的深入了解，所以总政治部点名要丁国钰负责主持红十字会筹建组的准备工作。经过 2 个多月的反复讨论研究，由丁国钰进行归纳、汇总，并在敌工部部长黄远的陪同下，向李克农作了一次关于筹备组准备工作的全面汇报。

令人大感到意外的是，李克农不但对筹备组的准备工作非常满意，而且对丁国钰这个人大感兴趣，甚至超过了汇报的本身。李克农发现，丁国钰很有战略头脑，适合干外交工作。于是，他第二大就打电话给肖华，提出让丁国钰到开城志愿军代表团工作。不久，丁国钰便赶赴开城志愿军代表团担任一线领导工作。在接下来的日子里，丁国钰以实际工作和良好成效回报了领导和战友们对他的信任与重托。

1953 年 4 月 20 日，双方伤病俘的遣返工作在板门店开始，丁国钰在现场迎接了第一批我国的被俘将士。“他们受太多委屈了。”丁国钰摇着头，不忍回忆。他说，他到帐篷里探视他们时，见他们哭成一团，脱去上衣，露出被强迫刺上的侮辱性词句——“反共抗俄”“杀朱拔毛”，他这才明白为什么很多志愿军被俘人员不敢回国，被挟持到了台湾，原来他们比朝鲜被俘人员受到了更多、更大的摧残。

“谈判期间最紧张的一次是被专机接回北京，我还以为自己犯了什么大错误，原来是被波兰总统告了一状。”正是这个小插曲，改变了丁国钰以后的人生。

日内瓦会议后，周恩来访问波兰时，波兰总统称：“你们中国在朝鲜的谈判代表只讲原则，不讲妥协，就不考虑还有第三次世界大战的危险?”波兰总统的潜台词是，苏联已经丧失元气了，如果打起来，别人挡不住美国人，我们应该看看后果。

周总理结束访问后，就打电话让丁国钰回国，并派专机将他接到北京。“当时我很紧张，不知道自己犯了什么错误。我住在北京饭店，首先见了乔冠华、李克农，他们说你放心，没事，你那些事总理都很清楚。但我心里还是有些忐忑不安。”

丁国钰没想到，第二天到西花厅见总理的时候，总理很客气，没有和他说任何工作上的事，只是拉家常，问他的出身，是哪里人，家里还有什么人，哪年入的党，怎样跟随徐海东参加长征，到达陕北。整个谈话就是在了解情况而已，没有批评任何工作上的事。

这次“告状”反而使周恩来知道了他，想让他脱掉军装专搞外交。在后来漫长的岁月里，丁国钰先后出任中国驻阿富汗、巴基斯坦、挪威、埃及等国大使。

随着斯大林于 1953 年 3 月 5 日因脑溢血病逝于莫斯科，苏联对朝鲜战争谈判的立场开始松动，不再一味追求和美国在朝鲜半岛的对抗。朝鲜方面金日成也对纠缠不休的战俘问题有了新盘算，开始有让步的打算。中国方面，由于发起的第六次战役的准备工作迟迟不能完全达到理想要求和交战双方战线的基本稳固，如若冒险发动攻势，也将面临巨大损失的考虑，于是也倾向于谈判解决朝鲜战争。美国新总统艾森豪威尔上台后，急于把美国从朝鲜战争的泥潭里拔出来。所以双方都作出让步，于是在 1953 年 7 月 27 日，双方达成了一致意见，丁国钰参加了《朝鲜停战协定》的签字仪式。

接下来丁国钰开始和同事们有条不紊地进行复杂的交换战俘工作，这是整个谈判工作中最难啃的“骨头”。9 月 6 日上午，丁国钰和杜平接回了第一八〇师代政委、政治部主任吴成德。杜平在回忆录《在志愿军总部》中有着详细的记述。丁国钰激动得热泪盈眶：“吴成德同志，我代表祖国来迎接你。”

在此期间，丁国钰还坐镇指挥了一架飞机的迫降。彭东海在《秘密专机上的领袖们》有过详细记述。

那时，刚刚走出航空学校大门的彭东海就被派往朝鲜，为驻在那里的中立国代表飞专机。一天，瑞士、瑞典、波兰、捷克斯洛伐克和印度的中立国代表团的观察员们要求从开城飞往兴南，在空中巡查地面情况，疑心中国在继续往朝鲜输送武器。

飞机返程升空不久，就进入了云雾之中，四周白茫茫一片。飞机继续爬升到 2400 米的高空，在发动机没有降低转速的情况下，仪表却显示飞机的速度在不停地下降。根据情况，彭东海判断，是飞机部件开始结冰了，冰层附在机体表面，机翼丧失上升功能，空速表不显示了，无线电罗盘不能定位……他一方面吩咐机械师赶快打开除冰装置开始除冰，一面迅速打开超短波向开城报告。

但是，彭东海的耳朵里只有沙沙的杂音，没有回复。彭东海在心里又快速盘算了一下，他们已经在空中飞行了 1 个小时 20 分钟了，加上每小时 30 公里的风速，按理说，离开城也只有 20 分钟的航程了。他只能试着用无线电罗盘试一下定位，结果令人大吃一惊，飞机只飞了一半的航程。赶快查油量，飞机只剩 40 分钟的油量了。

彭东海顿时冒了一身冷汗，四周云雾遮蔽，飞机根本没有迫降的机会。“开城！开城！我是 27，我是 27，听到我的声音没有？”在接下来的 30 分钟里，他一直在拼命地呼叫，但耳机里还是令人窒息的死寂。

30 分钟后，耳机里突然传来“27！27！听到了！我听到了你的声音！你现在在什么位置？”“我不能知道精确位置，因为什么都看不见，又没有合适的电台可供定位。”“飞机上还有多少油量？”“够飞 10 分钟！”

此时的丁国钰正坐在开城机场的塔台前，一脸的凝重。他深知：如果飞机出事，机上的瑞士、瑞典、波兰、捷克斯洛伐克和印度的中立国代表团的观察员们将会无一幸免。第一，会给中国造成极大的国际舆论被动。第二，美国肯定会趁此机会大搞“中国阴谋论”，宣传观察员们发现了中国不可告人的秘密，而被中国故意制造飞机失事，从而造成停战协定的破坏。而中朝则是百口莫辩。

塔台指挥员、副大队长王效英也是满心焦灼……怎么办？怎么办？除了王效英，人们都在盯着丁国钰，都在等着他拿主意。

丁国钰面沉似水、屏气凝神，他一再告诫自己要沉住气、不能急躁，不到最后一刻千万不能鲁莽行事。医疗救护等人员也已经各就各位了。

3 分钟后，一个亮点突然出现在塔台的雷达屏幕上。“呼叫他们马上降落！”丁国钰当机立断。王效英惊喜地叫了起来：“27！27！你已经到了我的上空，尽快着陆，尽快着陆！”

可是彭东海根本看不见机场，深呼一口气，一推拉杆，飞机急剧地从高空降到了 70 米的高度。冲出云层后，飞机飞过了机场上空，飞到了汉江口。此时飞机燃油即将燃烧殆尽。

彭东海只能再操控飞机来了一个盘旋，然后对准就像黑色飘带一样的公路，向机场滑翔而去。慢慢地，飞机沿着公路向机场的跑道延长线一阵阵颠簸而去，当飞机的尾轮一接触地面时，由于燃油耗尽，发动机就停止了运转。飞机停稳后，机组人员和观察员们都僵硬地呆坐在座位上，好半天回不过神来……

（作者：胡遵远、任少松，原载“祖国网”2020 年 11 月 5 日）

第二十篇

金寨籍革命烈士吴国璋

——牺牲在异国他乡的抗美援朝英雄

2020年是中国人民志愿军入朝参战70周年。抗美援朝期间，著名革命老区、全国第二将军县、安徽省金寨县有一大批英雄儿女直接参加了抗美援朝战争。他们冒着零下30多度的严寒，在白雪皑皑的崇山峻岭中纵横驰骋、前仆后继，谱写了惊天动地、气壮山河的英雄史诗，以牺牲与奉献诠释了伟大的抗美援朝精神。据不完全统计，牺牲在朝鲜战场上的金寨籍烈士28位，平均年龄大约27岁。本文着重给大家介绍金寨籍革命烈士吴国璋。

吴国璋（1919—1951），安徽金寨人。1929年立夏节起义爆发后，参加童子团，翌年11月参加红军，1934年随红二十五军北上长征，在长征途中加入中国共产党。曾任第二十五军师青年干事，参加了鄂豫皖、川陕苏区反“围剿”和长征。后任八路军一一五师旅政治部干事、纵队组织股股长，冀鲁豫军区营长、团政治处主任、团长，东北民主联军副师长，第四野战军师长。参加了辽沈、平津、广西等战役。1949年被派往越南，参加援越抗法战争，任军事顾问团顾问。1950年参加抗美援朝，先后任志愿军三十九军副参谋长兼作战处处长、参谋长、第一副军长。1951年10月6日在朝鲜作战中牺牲，是朝鲜战场上牺牲的最年轻的副军级干部。

朝鲜战争爆发后，1950年7月4日，为增强东北边防，三十九军奉命结束河南漯河的生产整训，开赴东北。7月25日，到达辽阳、海城地区集结，编入志愿军第十三兵团序列。10月19日，三十九军作为首批参加抗美援朝的部队，跨过鸭绿江，入朝参战。当时，任三十九军第一一六师师长的吴国璋作为军事顾问，远在越南参加援越抗法战争，未能与三十九军大部队一同入朝。11月，吴国璋因身体原因及朝鲜战场的需要，离开越南返回国内。回到国内后，朝鲜局势一天天紧张起来，三十九军的战士们正在朝鲜战场浴血奋战。于是，吴国璋在身体没有完全康复的情况下，就奔赴朝鲜战场。

吴国璋入朝之后，任志愿军三十九军副参谋长。与军长吴信泉及军各领导交流后，他详细了解三十九军前线作战情况，便立即投入战斗指挥。此时，第一、第二次战役胜利结束，以美军为首的“联合国军”被迫退守“三八线”及其以南地区，利用既设阵地，在西起临津江口、东至东海岸200公里正面、70余公里纵深内，部署了13个多师，组成两道防线，妄图凭借临津江阻止中朝军队南进，以集结兵力，准备再次北犯。

为粉碎敌之防御，不给敌以喘息机会，志愿军首长决定发起第三次战役。三十九军在志愿军右翼突击集团编成内，担任对临津江新堡（元堂南）、石湖地段的正面突破任务，首先歼灭或驱逐当面南朝鲜军第一师，主力迅速占领梁佳岱、梧里洞以北及湘水里地区，割裂南朝鲜军第一师与第六师的联系，并切断南朝鲜军第六师向西南方向的退路，同时准备打击由高阳、议政府方向来援之敌。面对这样的情况，军长吴信泉召开会议，讨论决定以第一一六师配属炮兵第二十六、四十六团为第一梯队担任主攻；以第一一七师为第二梯队，紧随第一一六师左翼突击团过江，向仙岩里穿插，配合友军歼灭南朝鲜军第六师；第一一五师为预备队。吴国璋全程参与了此次战役的作战指挥。

指挥第一一七师打赢横城之战

1951年2月6日，三十九军召开作战会议，吴国璋与军长吴信泉、政委徐斌洲、副军长谭友林、副政委李雪三认真研究讨论三十九军在第四次战役中的作战部署。根据志司部署，首先以敌军冒进突出的中线右翼，即横城地区的敌军为进攻对象。在此阶段中，三十九军担任东线反突击集团战役预备队，其中第一一七师调归四十二军指挥，担负穿插迂回任务，配合正面反突击集团围歼敌人。为了保证作战顺利，吴信泉、吴国璋面令了第一一七师师长张竭诚，指出此次作战任务的艰巨性和重要性，要求其做好部队思想动员及战前准备工作，充分发挥三十九军勇猛快速歼敌的战斗作风。

2月11日夜，第一一七师奉命从上物里敌结合部的间隙进入战斗，沿药寺田、都仓村里、琴堡里向横城以北的夏日、鹤谷里实施穿插迂回，于12日7时前占领夏日、鹤谷里公路两侧有利地形，切断南朝鲜军第八师退路，并阻击横城北援之敌。第一一七师三四九团于12日1时进抵昆矣洞，先头第三营与敌遭遇，将敌歼灭，毙俘敌116人（包括美军10人）。6时30分，三四九团占领了鹤谷里公里两侧高地及大谷、陵谷等要点，按时到达了指定位置。三四九团五连进占大谷阵地时，击毁敌汽车7辆，俘敌43人（包括美军16人），而后击退横城援敌7辆坦克，炸毁1辆，并乘胜占领了303.2高地。三五一团在直插夏日途中，歼美军30余人；抵夏日时，发现公路上和东侧高地有大批美军。三五一团二营乘敌不备，勇猛地冲过公路，突然发起攻击，迅速夺占了公路以东 332.6 高地和下加云西北高地，毙俘美军 210 人，余敌被压缩在夏日公路附近凹地。三五一团一营将南朝鲜军第八师后撤之先头部队击退，夺占了 536.7 高地和夏日以北至新村以南的有利地形。12 日 7 时前，三五一团进至指定位置，切断了南朝鲜军第八师与美军第二师九团难逃的退路。第一一七师三五〇团在前进途中，歼逃敌南朝鲜军 1 个连，并占领 327.3 高地，保障了第 117 师侧翼的安全。

12 日 8 时，在飞机、坦克的掩护下，被困于夏日的美二师九团的 2 个营沿公路向横城方向突围。同时，横城之敌 2 个营，在航空兵、坦克兵的掩护下，出城接应南逃之敌。为了突围成功，敌军 2 个营向三五一团二营阵地发起进攻，二营凭借夺占的有利地形，打退敌人多次猛烈进攻。

10 时以后，战斗更趋紧张激烈。三五一团为减轻该团二营的压力，防敌从东面的上、下加云方向突围，遂令位于公路西侧的一营主动出击，连续占领 536.7 高地东南的 3 个山头，并先后击退敌人 7 次进攻，牢牢控制阵地，与敌形成了对峙局面。

此时，三四九团面对的考验同样严峻。横城之敌为接应夏日、新村美军突围，从 12 日 7 时 30 分至 11 时 30 分，先后以 2 个排至 2 个营的兵力，在飞机、坦克、炮火支援下，向 349 团阵地发起多次进攻，反复争夺 303.2 高地，均被击退。

敌南逃、北援未逞，南朝鲜军第八师的残部妄图由上草院里以南经琴堡里南窜。至 12 日 13 时，第一一七师将南逃残部压缩在夏日与鹤谷里之间的狭窄地段。17 时 30 分，残敌千余人、200 辆汽车，在 10 余辆坦克引导下，妄图冲过三四九团阵地南逃。第一一七师乘势全线出击，战至 21 时，将敌全歼。

第一一七师此次横城大捷，毙伤敌 850 余人，俘 2500 人，击毁与缴获敌坦克、汽车 200 余辆、各种炮 100 余门，圆满完成了上级下达的作战任务。横城大捷获得了中朝联合司令部的通令嘉奖。

第五次战役取得全面胜利

第四次战役结束后，敌企图扼守汶山、涟川、芝浦里、华川、杨口、元通里、杆城地区，抗击志愿军，以期实现其“在朝鲜‘蜂腰部’建立新防线”的企图。

为了粉碎敌人的狂妄野心，志愿军首长决心以 3 个兵团的兵力实施反突击。此时，三十九军归第九兵团指挥。此次战役，三十九军的作战任务是牵制华川、论味里、原川等地的敌人，保障第九兵团主力右翼安全。

根据上级整体的作战部署，吴国璋等令三十九军于 1951 年 4 月 22 日 17 时 30 分全线反击。第一一五师以 2 个连的兵力强袭 296. 2 高地，歼灭美军陆战第一师 1 部，突破了敌人防御；第一一六、一一七师分别向白积山、九云里、露积峰之敌攻击。经过几日的奋战，三十九军各部进展顺利，主力于 29 日进至春川东西一线，胜利完成战役保障任务。第五次战役第一阶段结束。

4 月 30 日，敌再次向中朝军队发起进攻，企图了解中朝军队动向，破坏中朝军队的作战部署，掩护其主力部队调整部署。在第二阶段中，三十九军作为第三兵团预备队，主要集结于春川附近地域，掩护友军向敌发起进攻。5 月 16 日，各集团军向敌发起猛烈进攻，战至 21 日，第五次战役第二阶段胜利结束。此役，三十九军歼敌 800 余人，圆满完成了上级要求的掩护任务。22 日，三十九军奉命北移至成川地区休整。

根据中央军委对入朝作战的志愿军将领轮休制度，第四次战役结束后，副军长谭友林回国。1951 年 6 月，吴国璋升任三十九军第一副军长，第一一七师师长张竭诚升任副军长兼参谋长。

英雄牺牲在异国他乡

三十九军在成川地区休整期间，敌被迫转入战略防御，并于 1951 年 7 月接受了停战谈判，但其毫无诚意，企图通过谈判来拖延、打乱中朝的部署。1951 年 8 月，敌发动“夏季攻势”，9 月又发动了“秋季攻势”，妄图以军事压力迫中朝军队就范，均告失败。在此期间，三十九军奉命归第十九兵团指挥，担任临津江两岸的防御任务。

此时，作为第一副军长的吴国璋正在为三十九军顺利完成防御任务作着积极的部署和准备，然而不幸的事情发生了。10 月 6 日，吴国璋在去平壤志愿军总部开会，乘吉普车返回军部途中，车至平壤东北的成川郡附近时，突然遭到美军飞机的空袭。吴国璋肋处中弹，不幸牺牲，年仅 32 岁。吴国璋牺牲时，警卫人员在他的衣袋里发现了一份染上鲜血的账单，账单上清楚地记录着他从志愿军后勤部门借的 100 元钱的开支情况，连几角几分都未遗漏。当夜，三十九军军直和各师召开吴国璋同志追悼大会。吴国璋同志牺牲后，军长吴信泉亲自将这位自红军时期就共同战斗的亲密战友送回国内，安葬在沈阳抗美援朝烈士陵园。

（作者：胡遵远，原载《皖西日报》2020 年 12 月 22 日）

第二十一篇

妇女排后代的“口述历史”

2016 年 4 月 24 日，中共中央总书记习近平到安徽省金寨县调研指导工作。霏霏细雨中，总书记瞻仰了金寨县革命烈士纪念塔和红军纪念堂，参观了金寨县革命博物馆。

在博物馆“坚持三年游击战”展区，讲解员满怀深情地介绍：“1934 年 11 月，红二十五军长征后，在金寨县金刚台上，活跃着一支特殊的红军队伍——妇女排，她们吃野菜、嚼草根、穿密林、卧冰雪，机智勇敢地同敌人周旋，克服了难以想象的困难，保证了革命红旗始终高高地飘扬在大别山上！今天，我重点向领导们汇报一下金刚台妇女排战士张敏的故事。”

总书记听了女战士张敏的故事，十分感动，关切地问这个同志后来的情况。

2019 年 7 月 20 日，当年分管金刚台妇女排的县委委员史玉清、排长袁明（又名袁翠明）、军医范明（又名范来香）及彭玉兰、方礼明、胡开彩、陈发新、晏永香（又名晏玉香）、张敏等女战士的后代，分别从全国各地来到先辈们当年浴血奋战的革命老区金寨，寻觅先辈足迹、继承革命传统，讲述自家先辈的光辉人生。

张敏的故事

女英雄张敏的二孙子曾祥有介绍了张敏的情况。

张敏 1904 年出生，1968 年病逝。1929 年 2 月，张敏带着 6 岁的儿子曾繁清随丈夫曾少甫参加革命。开始，她和娘家的哥哥张泽礼、嫂子晏永香等在商（城）固（始）边区的苏仙石、窑沟、杨山煤矿、汤家汇、铁冲等地开展革命活动。1935 年 6 月初，时任赤城县二区苏维埃主席的张泽礼，率领县游击队员转移到大别山金刚台一带，进行艰苦卓绝的游击战。不久，在金刚台组建了以张泽礼为书记的中共商南县委。根据当时红军伤病员的护理需要，县委安排晏永香下山动员红军家属上山当看护。后来陆续上山的女性约40余人，被编为一个排，即“金刚台妇女排”，袁明任排长。

平日里，她们一边躲避地方民团的一次次搜山，一边担负起为伤病员洗伤口、熬草药、补衣服、编草鞋、做饭菜的任务。1936年冬，金刚台下起了大雪，敌人趁机搜山，妄图一举扑灭大别山的革命火种。此时，张敏刚生下了一个可爱的女儿。这天得到情报，敌人又要来搜山。张敏知道，孩子的哭声极有可能把敌人引来，那么多的伤员和妇女排战友们将面临怎样的险境……看着刚出生6天的女儿，张敏毅然决然地把儿子支到史玉清那里去。过了不久，敌人果真来搜山了！张敏背着大家，含泪将女儿的小嘴紧紧地按在自己的乳头上……敌人走了，战友们安全了，伤病员们没事了，但这个刚刚来到人世才6天的幼小生命却永远地离开了亲人。当同志们看到这一幕时，都伤心地哭了起来。悲痛之余，战友们责怪张敏：“你为什么要这样做？为什么要把一个活生生的生命捂死？”张敏艰难地对着大家说：“敌情这么严重，万一因为她的哭声暴露了大伙，同志们怎么办？伤员们怎么办？我不能没有战友！”闻听这发自肺腑的话，战友们情不自禁地围着张敏，任凭泪水伴送小生命的离去。当史玉清带着张敏的儿子回来后，他看到妹妹紫青的脸蛋，一动不动，就问妈妈：“妹妹怎么了？”张敏哽咽地说：“为了大家，也为我们自己，我把你妹妹捂死了。这不是妈妈不爱她，也不是妈妈不想要她，是搜山的敌人逼的呀，你要记住，这都是血债呀！”袁明、史玉清等人从张敏怀中接过死去的女婴抱出洞外，在不远处用手扒了一个坑，将幼小的生命永远地留在了金刚台。

晏永香的故事

朱云丽（晏永香的外孙媳妇），受晏永香的后代的委托，给大家介绍了晏永香的感人故事。

晏永香，生于1904年，河南省固始县方集乡人。1929年随丈夫张泽礼参加革命，担任中共杨山煤矿支部秘密联络站交通员，为我党组织发动杨山煤矿工人起义做了大量工作，并在起义胜利后加入中国共产党。

1932年秋，红四方面军主力转移后，晏永香参加了赤城二区游击队，活动于商固边境。1935年夏，随游击队转移到金刚台上。商南游击队和妇女排在金刚台组建后，根据商南县委安排，她协助袁明负责做妇女排的思想政治工作。在金刚台游击斗争的艰苦岁月里，为了打破敌人的封锁，她曾多次冒着生命危险，下山为伤病员和妇女排的战友筹粮，和大家一起渡过了一道又一道难关。

1936 年冬，在一次反敌雪地搜山战斗中，她把十几位体力不支的女战士隐蔽好以后，自己冲出去，朝着战友们藏身的相反方向奔跑，故意引起敌人的注意，让敌人追了自己 10 余公里。最后在前无去路后有追兵的情况下，毅然跳下悬崖壮烈牺牲。

罗从观的故事

女红军罗从观的女儿周芳告诉我们说，她的母亲 1911 年出生在金寨县斑竹园村一个贫苦农民的家庭。那里是大别山三省交界之地，非常适合红军的生存与发展。母亲 1929 年参加革命，1930 年 2 月加入中国共产党，历任红四方面军红二十五军妇女排的班长、陂孝北区委书记，长期从事红军妇女工作。

1934 年冬，红二十五军奉命北上长征，罗从观留下来在大别山区坚持斗争。当时国民党纠集了大批军队和地方民团对苏区进行围剿，大肆屠杀红军家属和无辜群众。在残酷的环境中，妇女排和皖西北区委一行 50 多人来到了金刚台地区。这里是商城与金寨的交界地区，山高林密、岩陡路险，而且有 72 个山洞，很适合打游击。

一天上午，罗从观发现不远处有许多敌人在搜山，为了让区委的同志们尽快转移，她立即带领妇女排的同志进行阻击。当时敌人较多，而罗从观她们只有十几个人。情急之下，罗从观急中生智，站起来大声喊道：“一营向左、二营向右，等敌人靠近了再打！”敌人听到喊话以为遇到了红军主力，吓得连忙往回跑。

还有一次，妇女排又与敌人遭遇了，当时敌人见她们都是妇女，就没有把她们放在眼里。敌人得意扬扬地叫道：“弟兄们别开枪，抓活的，谁抓住就带回去当老婆。”那些当兵的一听立马蜂拥而上。说时迟那时快，只听妇女排排长袁明大喊一声：“打！”姐妹们朝着敌人一阵猛打，敌人一下子被打蒙了，连滚带爬地退到山下了。

罗从观她们在金刚台坚持了 3 年游击战争，收容了许多伤员，在缺医少药的情况下，采中药、住山洞，治好了很多红军伤员。许多红军战士都亲切地称罗从观“罗大姐”！直到新中国成立后，许多大军区的领导见到罗从观时仍然亲切地称“罗大姐”。

袁明的故事

金刚台妇女排排长袁明的女儿告诉我们，袁明出生于金寨白水河一个贫苦农民的家庭，家境十分穷困。由于袁明在家中排行老大，又是个女孩子，所以很小就开始帮助父母亲操劳家务。那时，封建意识还相当浓厚，女孩子连进祠堂的权利都没有，更不要说抛头露面了。但是，袁明为了穷人能翻身，置封建条规于不顾，小小年纪就参加了儿童团，并在 16 岁时加入中国共产主义青年团，19 岁时瞒着亲人参加红军离开了家乡。

袁明童年时曾被缠过足，拖着一双残疾的小脚，随着部队南征北战、奋勇杀敌，从没半点畏缩。三年游击战争期间，身为妇女排排长的袁明曾带着战友们与敌人周旋在金刚台的大山中。面对敌人的封山、搜山、烧山，面对缺衣无粮、甚至是几天喝不到一滴水的困难局面，他们依然毫无怯意顽强战斗，不仅出色地完成了任务，而且最大限度地保存了革命的力量。袁明非常怀念牺牲了的战友，她常对子女讲他们是如何与敌人周旋战斗的，讲述妇女排里唯一的一位男同志老李为了保护同志们而英勇牺牲的故事，教育子女不要忘了今天的幸福生活得之不易，不要忘了成千上万的革命先烈。

（作者：胡遵远、王亚丽，原载《党史纵览》2020 年 2 月）

第二十二篇

范明：红军中的“花木兰”

范明，1915 年出生在河南省新县陈店乡一个贫苦农民家庭，被人们称为红军的“花木兰”，她的故事至今仍然广为传颂。

崇尚英雄当红军

范明自幼聪颖，天真活泼、爱学好问。她最喜欢看皮影戏，尤其对花木兰从军、穆桂英挂帅这些女英雄的故事非常入迷，在她幼小的心灵中萌发了长大也要像花木兰那样女扮男装去参军的念头。

范明的家乡是我党组织建立和活动比较早的地区。大革命失败后，经常有一些革命同志走村串户、利用各种关系和机会宣传革命思想。听到“天下穷人是一家，团结起来有力量”“穷人要过上好日子，就要靠自己团结起来同恶霸地主、土豪劣绅作斗争”这些宣传后，12 岁的范明虽然不太理解，但是感觉他们说得对，她认为只有这样，穷人才有过上好日子的希望。

范明的堂舅吴文宝是个很有名的私塾先生。1928 年年初，吴文宝见范明聪明伶俐，就向范明的母亲提出让范明到他的私塾去读书。范明母亲欣然同意。于是，范明就成了他私塾里唯一的女学生。女孩子上学读书，这在当地是个破天荒的新鲜事。

1928 年 7 月，根据上级指示，工农革命军第七军和地方党的负责人在河南省光山县柴山保尹家嘴召开会议，决定将以湖北黄安、麻城农民起义部队为基础组建的工农革命军第七军改编为中国工农红军第十一军第三十一师。随后，创建了以柴山保为中心的鄂豫边革命根据地。范明的家乡成了苏区，吴文宝的私塾改成了列宁小学。范明在学校参加了儿童团，站岗放哨，宣传革命，配合妇委会开展拥军优属工作。她学唱革命歌谣并到群众中去教唱，在反复的宣传中她懂得了革命的道理，尤其是随着 1930 年她的姐姐范仕芝、哥哥范仕德先后参加了红军，范明参加红军的愿望越来越迫切。

1930 年 7 月的一天，范明家来了一位姓戚的红军战士，是范明母亲的一个远房舅舅，在红一军总医院当交通员。范明趁母亲去烧饭的机会悄悄地问："舅姥爷，你们医院可有女的当兵?""有，有几个女孩子当看护。"范明兴奋地说："我想去当红军，你带我去吧！"舅姥爷叫着她的乳名说："来香，如果你真的要去，我就带你到医院学医。"

范明高兴极了。她急忙跑到学校把书本拿回来，又偷偷地将自己的衣服、鞋子包好，藏了起来。吃过饭后，范明的母亲为舅舅送行。范明将包袱隐在背后，跟在母亲的后面。见舅姥爷与母亲道别下了山坡，范明就冲下坡跑到舅姥爷的前面，大声喊道："妈妈，我参加红军去了，到医院学医去了。"

范明的母亲被这突如其来的事情惊住了，她哭喊道："来香，不行啊！你年纪小，没有离开过家呀，妈不放心，你快回来！"范明边走边说："妈妈，你不要想我，过些时候我会回来看你。"范明的舅姥爷也说："孩子要去，就让她去吧，有我在，你放心好了。她到医院学医，将来当个医生不是很好吗？以后我会送她回来看你的。"范明的母亲是小脚，想追范明又下不了陡坡，只好抹着眼泪看着女儿渐渐走远了。

就这样，15 岁的范明来到了在黄安姜家岗的红一军医院，如愿参加了红军。

苦练医术强本领

1932 年 10 月，红四方面军主力离开鄂豫皖苏区西进。在党的领导下，皖西北地区又迅速组建了红二十七军，并组建了红二十七军医院，范明就在医院当医生。在敌强我弱的情况下，红二十七军转战边区 13 个县，钳制敌人 5 个师以上的兵力，经历大小战斗数十次，战胜了敌人的围追堵截。军医院随军行动，范明在战斗中抢救伤员，出色地完成了任务。

11 月底，红二十七军番号撤销，主力编入红二十五军，红二十七军医院改为红二十五军医院。范明刻苦钻研医疗技术，对伤病员满怀热情，工作负责，任劳任怨，受到了各方面好评。1933 年冬，红二十五军在皖西北红军总医院召开医务扩大会，范明作为"模范医务工作者"受到表彰。1934 年 1 月，她由共青团员转为中共党员，实现了多年的夙愿。

不久，范明担任红二十五军第一分医院院长，后第一分医院与红二十五军总医院合并，她又担任了总医院院长。范明深感肩上的担子很重、责任很大，但想到这是革命的需要，她便满怀信心、夜以继日地做好医院的各项工作，克服重重困难，千方百计救治伤员，为伤员搞好服务。

那时，由于伤员分散隐蔽，红军医护人员只能化装成老百姓去流动看护。有一次，范明到苏仙石便衣队躲藏的山林中看护伤员，遇到了一个紧急情况：一位战士同敌人遭遇后受重伤，子弹从腹部后侧射入、前侧穿出，肚子上留下一个大血洞，肠子都流出来了。当时什么医药设备都没有，便衣队员们认为救不活了，都准备棺材了。但是，范明下决心一定要救活他。她让伤员口服自己调制的草药稳住性命，然后用盐水清理伤口，用竹片竹夹等土工具将肠子推回腹部，用开水消了毒的细棉线将伤口缝合，最后用熬的南瓜瓤子汤和草药混合物覆盖住伤口消炎止血。范明硬是用这种土办法挽救了这位年轻战士的生命，使他重新回到战场。

救死扶伤不畏难

1934 年 11 月中旬，红二十五军战略转移后，鄂豫皖革命根据地进入了艰苦的游击战争时期。国民党派重兵对根据地进行反复“清剿”，疯狂杀害革命群众，很多地方都成了“白天不见人，晚上不见灯”的无人区。国民党实行移民并村、保甲连坐的政策，经济上严密封锁，妄图将大别山革命火种扑灭。然而，鄂豫皖边区的党组织和人民没有被敌人的嚣张气焰所吓倒，他们再次组建了红二十八军和地方武装，坚持同敌人开展游击战争。

当时的环境极为艰苦恶劣，有时整天饿着肚子。在岳西鹞落坪，红军战士几个月没有吃到一粒盐，主要靠野菜、野果充饥，甚至吃观音土。冬天特别难熬，没有棉鞋和袜子，范明和大家一样穿着草鞋，能找块旧布将脚包起来就很不错了。敌人不断“追剿”，红军不断游击转战。特别是夜行军，饥累交加，稍不留神就有掉队的危险。

1935 年春以后，红军总医院基本上不存在了，范明等 10 多名医护人员化整为零，分散行动。在流动性很大的游击战争中，这些医务人员的任务更为艰巨，困难也更多。打仗时，他们要到前线抢救运送伤员；部队休息时，他们要安置护理伤员。特别让范明犯难的是搞不到药品。为了抢救伤员的生命，她千方百计地收集民间单方，用中草药和土办法为伤员治疗，好在这些因地制宜的自制药品的医疗效果良好。

1935 年冬的一天，红二十八军手枪团在蕲春将军山与敌人遭遇，战斗十分激烈。一位伤员被抬了下来，由于失血过多脸色苍白，神情十分痛苦。范明掀起衣服一看，伤员肚子上有一条几寸长的口子。在同志们的帮助下，范明把自己炮制的阿片酊让伤员服下，接着为他清洗伤口、做手术。手术很成功，20

多天后伤员就康复归队了。范明望着他远去的身影，为自己能给红军多保存一份力量而高兴。

范明对工作尽职尽责，甚至把伤员的生命看得比自己的生命还宝贵。在飞旗山的一次战斗中，她冒着敌人的枪弹到阵地上抢救伤员。不料，敌人一颗炮弹打来，范明的头部受伤，她顿时失去了知觉。当同志们把范明救下来时，她手中还紧紧抓着绷带。

一次遭遇袭击，敌人见范明背上的草药包鼓鼓的，以为是钱财，拼命地追她。范明急中生智，将草药包丢在地上。敌人停住脚，打开包查看，范明乘机脱身。丢了草药包令她感到心痛，虽然草药可以再采，但需要花费时间啊！敌人走后，范明抱着侥幸的心理到原地寻找，没想到居然还找到了。

在艰难的游击战时期，范明和医务人员在鹞落坪的深山密林里搭了 20 多个棚子安置伤病员，办起了“山林医院”，一批批伤员从这里康复归队，重新加入战斗。

女扮男装传英名

范明不仅为部队的伤病员治病，也为当地的老乡治病。被医治好的老乡感激不尽，逢人就说红军女医生是位神医。这样，一传十，十传百，就传到了敌人的耳朵里去了。为了抓住红军的女医生，使红军伤员得不到救治，敌人一面贴出告示悬赏捉拿，一面派出便衣四处侦察伺机捕杀。范明为了掩人耳目、不被敌人发现，从 1935 年 5 月开始便女扮男装，随队伍一起，主要在赤南、蕲春、太湖一带活动。

平时，范明像男同志一样刚强勇敢，凡是男同志能做的事，她都尽力去做，再艰苦的工作她都拼命地干。一次，一位老乡突然发现了她有女孩子戴耳环的痕迹，感到很疑惑。范明机智地告诉他，自己家乡有男孩子穿耳朵眼当作女孩养的风俗，这位老乡信以为真。

由于当时伤员分住在各个村庄，医护人员每天都要翻越一座又一座的高山到一个又一个的村子治疗。这样时间一长，目标就容易暴露。一次，范明等红军在蕲春将军山活动时被敌人发现，敌人立即出动队伍搜山。听到枪声，范明赶紧背着医药包冲出村子上了山。将军山有大小山洞 70 多个，范明想到敌人肯定会首先搜山洞，那里去不得！她观察到一块大石头下面长满了荆棘，竟不顾荆棘扎人，钻进大石头下面藏了起来。敌人果然挨个搜山洞，有几个敌人还站在范明藏身的石头上边，向山沟树林中扔石头叫喊，“快出来吧，我们不杀医务人员！”“你出来吧，到我们这里来干，你要什么待遇就给你什么待遇，要多少大洋就给你多少大洋！”

范明听到后，心中骂道：“瞎了你们的狗眼，也不看看红军是什么样的人！”敌人在山上折腾了半天，一无所获，只得垂头丧气地下山走了。

1936 年秋，范明随便衣队送 3 名伤员到蕲春县仙人冲一位保长家安置。这个保长明里是为敌人做事，暗中却在保护我们的同志。保长将伤员隐藏在他屋后高山上的一个隐秘山洞里，让范明住在他家。一天傍晚，范明护理伤员回到保长家，刚准备吃晚饭，忽然听到有人问话。一听口音不对，范明知道是敌人来了。她赶紧从后门跑到山上。敌人四处搜查，在山下不断打枪，并用手电筒乱照。为了伤员的安全，范明拼命向山上山洞相反的方向跑去，最后在半山腰的一块大岩石边停下休息。此时，她又饿又累，实在跑不动了。敌人在山下闹了一夜，范明只身在山上躲了一个晚上。第二天早上，敌人悻悻地撤走了。范明没有立即下山，而是绕道去看伤员，看到伤员们安然无恙，她很是高兴。

范明在这位保长家住了半个多月，保长一直没看出这位医生是个女的。直到 1937 年 8 月，鄂豫皖边区实现了国共合作抗战，范明才恢复本来面目，重现女儿风采。很多同志大吃一惊，惊讶地说：“没想到范医生原来是个‘花木兰’！”

抗日战争时期，范明在新四军任医务所所长，后改做政治工作。中华人民共和国成立后，范明先后在华东军区后勤生产部政治处、南京军区后勤部工作。1988 年，范明荣获二级红星荣誉勋章，1997 年去世。

（作者：胡遵远、张帆，原载《党史文苑》2020 年第 6 期）

第二十三篇

父亲徐兴华与冼星海的战友情、音乐缘

每当听到著名的《黄河大合唱》，我都会回忆起父亲徐兴华和冼星海当年在延安抗日军政大学一起工作的情景。冼星海是父亲在抗大时期的老师和战友，也是父亲的音乐启蒙人。

父亲徐兴华是个放牛娃出身的红军老战士。1932 年 6 月，他在家乡安徽省六安县麻埠（今属金寨县）参加了红二十五军。1934 年父亲随红二十五军开始长征，在长征路上，父亲是宣传员“红小鬼”，爱编歌谣、爱唱歌，对音乐有着天然的亲和力。1935 年红二十五军长征到达陕北保安（今志丹县），与红二十六、二十七军合并为红十五军团，后归属中央直属红一方面军。1937 年抗战爆发后，父亲受组织调遣，到延安抗日军政大学学习、战斗和工作，先后任抗大直属队指导员、总校学员五大队宣传股长、太行陆军中学政治处主任等职。在八路军部队开展歌咏活动，是父亲经常性的工作之一。父亲生前一说起抗大的生活，总是那么津津乐道。他也常给我讲冼星海老师，也因此我从小就对冼星海的名字和他创作的歌曲充满了敬仰之情。

父亲告诉过我，当年八路军战斗频繁，生活非常艰苦和危险，但是崇高的革命理想给同志们注入了革命乐观主义的情怀。抗大的教学生活是团结、紧张、严肃、活泼的，课前课后，大家的歌声此起彼伏，群众性演唱抗日歌曲的活动也开展得轰轰烈烈。1938 年冬天，冼星海从敌占区来到延安任鲁迅艺术学院音乐系主任。父亲那时候担任抗大总校五大队宣传股长。一天，他接到上级通知：“明天，人民音乐家冼星海要到我们大队了解群众性歌咏活动的开展情况。”父亲知道后好高兴啊！这消息就像长了翅膀一样，在群众中迅速传开了。因为抗大教学员们唱的《保卫卢沟桥》《太行山上》等已经流传于全国的抗战歌曲，都是冼星海创作的。对这位群众非常熟悉，又没见过面的著名音乐家的即将到来，大家真是打心眼里欢迎。

组织上让我父亲负责冼星海的接待工作，这让我父亲既激动，又紧张，他心想："著名音乐家是什么样子？就凭我，一个十三岁参加红军的放牛娃子，对音乐一窍不通，能和音乐家接触上吗？"

父亲回忆说："那天是陕北高原上少有的好天气，五大队的同学们早早起来，把驻地柳树店打扫得干干净净。约莫九点多，冼星海同志来了。只见他三十岁左右，中等个头，不胖不瘦，身穿一套灰布八路军制服。他面带微笑，和五大队的干部战士们亲切握手。他看上去既像工人，又像农民，更像一名普通的八路军战士。"

父亲心想："原来著名音乐家和我们普通人一样啊！"不知怎的好像也不紧张了。五大队的同志们唱了几首歌以后，按照事前的准备，父亲怀着十分敬仰的心情向冼星海同志汇报抗大教学员开展群众性歌咏活动的情况："抗大经常充满革命歌声，特别是您作曲的《青年进行曲》《救国军歌》等歌曲，一唱起来，同志们就热血沸腾、士气高昂，许多同志都是高唱战歌奔赴抗日前线的呀！谢谢您，冼星海老师！"听到这，冼星海眼里露出兴奋的光芒。

"我们大都是农村出身的'土包子'，虽然爱唱歌，但不知怎样才能唱得更好……"父亲适时地向冼星海同志提出了请求。人民音乐家高兴地听完父亲介绍情况后，操着广东口音，先给大家讲怎样指挥唱歌。他谦虚地说："我唱得不好，主要是作曲和指挥。"他站起来，父亲他们也都站起来，跟着冼星海一招一式地学起了指挥唱歌。冼星海那认真执着的态度和有力的手势，给父亲留下了深刻的印象。听到抗大的同志们自己也想结合战斗生活学习写歌，冼星海同志非常赞同，他给大家详细地讲了"我们为什么写作，为什么唱歌"的道理，还教大家怎样写歌词，鼓励大家都来写。他说："写歌词要反映党的路线和政策，并符合艺术的要求，反映群众的呼声，抒发群众的感情，鼓舞群众的斗志。押韵不押韵是次要的，当然押韵更好。参加革命实践，密切联系群众，常写常练就能写好。"冼星海同志的一番话，让八路军战士们深受启发。

中午，冼星海和五大队的同志们一起吃的大锅小米饭、炖土豆，一点没有大音乐家的架子。当他听说我父亲在红军时期就喜欢用唱歌、编歌谣的形式来鼓舞部队、瓦解敌军，还一直带着把破二胡，走到哪儿就拉到哪儿时，对我父亲这种热爱音乐的精神大加鼓励。吃过饭，冼星海又给同志们由浅入深地讲了一些音乐知识。父亲清楚地记得，冼星海当时这样说："音乐是在人民中间产生的，要为人民所喜爱，为人民服务！"一席话表现了冼星海的人民观念，他真不愧是人民音乐家。这天，冼星海一直待到晚上才返回延安鲁迅艺术学院。父亲和五大队的同志们恋恋不舍地送走了他。1938 年那一次在延安抗大接待冼星海，成了父亲一生的美好记忆。

革命根据地的新生活，革命人民的思想风貌，丰富的民间音乐的滋养，以及为共产主义献身的崇高理想，激发起冼星海蓬勃的创作热情。他先后创作了《生产大合唱》《九一八大合唱》等大型声乐套曲，还创作了歌曲《反攻》《三八妇女节歌》《打倒汪精卫》等，在全国产生了巨大影响。特别是由光未然作词、冼星海作曲的《黄河大合唱》，由八路军战士在延安排练，上演以后，延安革命根据地的军民乃至全国人民都受到了巨大的鼓舞，增强了在中国共产党的领导下团结抗战到底的决心。冼星海的名字也在父亲的心里扎下了根。

在冼星海的启蒙下，父亲更加地热爱音乐。他反复地琢磨冼星海讲的音乐知识，并且也大胆地拿起笔来学习音乐创作。在抗大工作期间，父亲还找机会和在延安的贺绿汀、孙维世、塞克等革命音乐家接触，虚心学习写词作曲，学拉手风琴、弹钢琴。后来父亲写的歌曲《人民子弟兵》经塞克同志审词，金紫光同志帮助修改曲子，在延安《解放日报》上发表了。从此更加激励了父亲的创作热情，相继创作和发表了一些歌曲，也让父亲和音乐结下了不解之缘。解放战争时期，父亲在华北军政大学工作时，为《立功运动歌》填词：

“革命的热情火样红，
大家团结一条心，
为人民立功！
当一个人民战士最光荣，
跟着共产党，
跟着毛泽东！
努力学习，加紧工作，积极劳动。
勇敢战斗向前冲！”

《立功运动歌》作曲者不详，其歌词朴实无华、朗朗上口又容易记忆，曾在解放军野战部队传唱很久。这首歌曾发表在 1949 年《华北军大》一周年特刊上。如今，人们在《长征组歌》第十段“大会师”里，还能听到《立功运动歌》的铿锵旋律。

1940 年，冼星海被派往苏联工作。1945 年，他因病不幸在莫斯科辞世。闻讯后，父亲和延安的八路军战友们非常悲痛！父亲不能忘记，是冼星海给了他“音乐细胞”，给了他爱国的斗志，也给了他创作的激情和生活的力量。

新中国成立后，父亲被派到新组建的空军工作，长期在飞行师和航校从事思想政治工作。父亲一直牢记冼星海的话：“写歌词要反映党的路线和政策，并符合艺术的要求，反映群众的呼声，抒发群众的感情，鼓舞群众的斗志。押韵不押韵是次要的，当然押韵更好。参加革命实践，密切联系群众，常写常练就能写好。”他根据空军部队的战斗训练生活，创作了反映空军飞行人员精神面貌的歌曲《战鹰之歌》，在 1957 年获得了空军首届文艺汇演创作奖，20 世纪 50 年代这首歌曾在部队广为传唱。歌词是这样的：

“年轻的人民航空兵，
驾驶着钢铁的战鹰。
穿过云层，飞向高空，
好像那火箭一样地向前向前飞行！
保卫祖国，保卫和平，
坚决勇敢作战消灭敌人！
战鹰胜利向前进，
战鹰胜利向前进！
我们是人民的武装，
我们在战斗里成长。
强大的机群飞向前方，
飞过那高山飞过那平原飞过海洋！
沉着坚定，英勇顽强，
谁敢侵犯我们叫它灭亡！
战鹰胜利向前进，
战鹰胜利向前进！”

1964 年，父亲转业到民航沈阳管理局工作。在忙碌的工作中，他仍然以极大的热情开展群众性的歌咏活动，走到哪里，就把歌声带到哪里。1966 年，父亲为《毛主席语录》谱过曲。1976 年粉碎“四人帮”以后，父亲在兴奋之余，自己填词作曲写了《忆秦娥·欢庆胜利》。虽然我那时在南方当兵，并不知道父亲写的这首歌是否发表过，但是我觉得，它是父亲留给我的宝贵精神财富。

父亲和同是当年延安抗大校友的母亲张家蕙，闲暇时经常在家里深情地唱起冼星海创作的《太行山上》。受父母的影响，我们几个子女都从小喜爱音乐。像冼星海的《黄水谣》《保卫黄河》《二月里来》等脍炙人口的抗日歌曲，都是父亲母亲教我们唱会的。小时候，我们家每逢星期六晚上都要开家庭晚会，父亲母亲和我们兄弟姐妹轮流唱革命歌曲。家里总是充满了歌声、琴声、笑声，即使在 1962 年前后国民经济困难，我们经常挨饿的时候，也是一样。与音乐结缘，可以塑造人的灵魂，爱唱歌，爱音乐，使革命的乐观主义精神和热爱生活、不怕困难、不懈追求的情操，悄悄地在我们心里扎根。

每当有人问我父亲：“你的音乐老师是谁?”父亲都会自豪地告诉他：“是人民音乐家冼星海。他是我的音乐启蒙老师，也是我尊敬的革命战友！”

1986 年 12 月，父亲因患肺癌不幸去世。父亲虽然离开了我们，可他与冼星海的战友深情和音乐之缘，连同那个年代八路军的革命战斗精神，永远铭刻在我的心里。冼星海不朽的音乐作品永远鼓舞着我们前进!

（作者：徐海平）

第二十四篇

回忆父亲夏群二三事

1972 年秋的一天，我回部队，父亲送我到火车站。绿皮的火车已经缓缓地驶出车站很远了，我把头伸出车厢外朝站台望去，远远地仍然能模糊地看见一头白发的老父亲双手撑在站台的石墩上，眼睛望着我乘坐的这趟北上的列车而不愿离去……

这次我是休探亲假回家看望生病的父亲的。

1929 年立夏节起义之后，红色的火种蔓延鄂豫皖根据地，劳苦大众有了自己的队伍——中国工农红军。父亲 1930 年 9 月投奔红军，跻身于革命队伍的行列。那一年父亲 15 岁。父亲的青春在硝烟弥漫的战火中、在长征路上。父亲戎马一生，由于身体不好提前退休定居在巢湖，退休前在安庆军分区任司令员。

父亲是一个久经沙场的老战士，是一个有着战斗故事的老军人，身上留有多处枪伤留下的伤疤。但是父亲却很低调，从不对我们和周围的人讲他身经百战的故事。我们只能从他的战友和同事那里知道他的一些往事。

父亲对党的工作兢兢业业。记得父亲生前的一位战友对我说过，20 世纪 60 年代初的一天，原南京军区司令员许世友将军到安庆视察工作，在他到安庆军分区时，前来迎接他的是一位分区副司令员，许将军说："我来了，你们的司令员怎么不来见我呀？"那位副司令员说："我们司令员在江边检查防卫工事。"许将军不怎么相信立即直接去了江边，果然看见我父亲在忙着检查江边防卫工事。后来，在一次南京军区军事工作扩大会议上，许将军点名让我父亲站起来，并向全体参会人员表扬了父亲对工作积极负责的精神。

父亲对工作认真负责，也对战士们很关爱。记得有一次父亲带我去观摩民兵大比武，当走到一位女民兵战位前时，发现这位女民兵在发愁掉泪，父亲走上前去问清了原因。原来按照这次比武的要求，每位参赛人员要用 5 发子弹打掉 3 个放飞的气球，而这位女民兵用 4 发子弹打掉了 2 个气球，还剩 1 发子弹和1个气球没打掉，由于紧张不敢再打了。父亲听完后拿过她的枪，枪举球落，帮她打掉了气球，并对那位女民兵说：“小同志不要紧张嘛，你就把那个气球当作敌人去打，就会有决心和勇气去消灭它们了！”

父亲是一个艰苦朴素的人。在我的印象中，父亲永远都是穿戴着那套带有五星帽徽的军帽和领子上有两面红旗的军装。他常说：“我是一名军人，我就爱我这身军装。”

父亲还是一个公私分明的人。在父亲的办公室里只有一张普通的办公桌，一把木制的椅子和一个双门的文件柜。有一次，一位在地委工作的老战友来看他，发现他的办公室里布置得太简单朴素，回去后就让人给父亲送来了一对真皮沙发。这对沙发一直放在他的办公室里直到他退休。父亲退休临走时分区的工作人员要将这对沙发给父亲带走，对他说：“首长，这对沙发是你的战友送给你的，带回去留个纪念吧。”父亲严肃地说：“这是我的战友送给我在办公室用的，既然是送给我在办公室用的就应该是公家的财产，我怎么能把公家的东西带回家私用呢？”

父亲总是严己宽人，总是想着战士们，特别是那些为革命牺牲的烈士们和他们的家属以及后代。1968年，军区有一批不多的招女兵的名额，意向是领导干部家的适龄女性。当时我姐姐下放在桐城县，分区的参谋就把这个名额放到了桐城县，县武装部又把这个名额给了我姐姐。这事让我父亲知道了，父亲立刻打电话给县武装部部长，指名要把这个名额给武装部的一位因公去世的参谋的女儿。我母亲知道此事后责怪我父亲。父亲却说：“我在领导岗位上，不能有好事就给自家人。下面的同志有困难我能不关心吗？因公去世的同志家属我能不去关心他们吗？让他的孩子去当兵能减少他家的生活压力，也是给故人的安慰。”

新中国成立后，父亲几次回汤家汇，忘不了故乡情，忘不了报答父老乡亲。小时候常听母亲报怨父亲总接济老家亲戚，弄得我们自己生活拮据。

父亲戎马一生，临终遗愿将他的骨灰葬于金刚台脚下，回归他出发的地方。父亲的英灵与金刚台长存！

父亲虽然已经离开我们40多年了，但那些保留在他身上的红军的革命精神让我永远不能忘记。他对党忠诚、意志坚定，对党的方针政策坚决贯彻，对党的工作一丝不苟，对革命同志关心爱护，特别是他那一身正气让我们敬佩！父亲永远是我们学习的榜样！

（作者：夏群三子夏久海口述，毛世德次女毛庆荣执笔）

第二十五篇

身残志坚的红军战士

——怀念父亲汪新华

往事如烟，岁月留痕。父亲已经离开我们30年了，但他的音容笑貌却让我永远难以忘怀。每当翻阅父亲生前工作生活的照片和写给我的书信，看到父亲生前学习过的书籍，使用过的物品，父亲那刚毅的脸庞就会在我的眼前连连浮现，使我久久不能平静。

苦难的童年

父亲1917年11月出生于安徽省金寨县双河乡上店瓦房村。爷爷是农民，因家境贫寒，除租地主的几亩地外，冬天还要出去贩运窑货（就是用土窑烧制的坛坛罐罐），以维持生计。父亲兄弟姐妹七个，父亲在男孩中排行老三，上有两个哥哥，两个姐姐，下有两个弟弟。在20世纪二三十年代，中国共产党在大别山区开展活动时，爷爷带领大伯、二伯投身了革命，并参加了著名的立夏节起义。爷爷当时与领导大别山革命的一些领导人来往频繁，如当时的红二十五军军长徐海东与爷爷就很熟悉，因他们同时都做过窑工，爷爷就是在徐海东的影响下参加革命工作的。革命在部分地区取得胜利以后，爷爷担任了乡苏维埃主席，大伯、二伯也都参加了红军队伍。后来，二伯在战斗中牺牲了，爷爷在红军主力部队撤离苏区后，被敌人杀害了。大伯因在战斗中负伤，不能随主力红军转移，又不敢留在当地，怕被还乡团抓住，只好隐姓埋名流落他乡，解放后回乡不久就病故了。奶奶在我父亲十二岁时就去世了。两个姑姑都在十岁左右时卖给别人家当了童养媳。开始家里人还去看看，后来兵荒马乱卖给的人家四处飘零，也就不知去向了。据父亲讲，解放后曾托人打听过，都不见音讯。四叔是在七八岁时因病夭折的。五叔在爷爷被害时，才八九岁，因无人照料，就一直给一家地主当长工，解放后才从地主家出来。父亲八九岁时就给地主家放牛，没有上过一天学，爷爷为了能让父亲认识自己的姓，就在父亲左小臂上用朱砂刺了个蚕豆大的“汪”字，终身未褪。父亲小时候很苦，经常吃糠咽菜，衣服都是补丁摞补丁。给地主家放牛经常半夜才能入睡，五更天还没亮就要起床，把牛喂饱了好下地干活，每天还要割青草、为地主家干杂活。

在我记忆中，父亲讲他小时候的事中，有两件事我印象最深。

第一件事，在他七岁那年冬天，因家里租地主的田收成不好，除交上地主的租子外，家中已无粮度日。爷爷、奶奶只好带父亲兄妹几人，靠挖野菜和要饭来维持生命。有一天，奶奶带着父亲要饭，到了一地主家的门口，父亲看见有一盆米糠拌的鸭食还剩了不少，由于饥饿难忍，就悄悄走过去挖了一碗鸭食，不巧被地主家的人看见了，立即放出一条大狗，将我父亲扑倒在地，并在腿上狠狠地咬了一口，当时就鲜血淋淋。

第二件事，父亲九岁那年春节，去他姥姥家拜年，天气特别冷，漫天大雪淹过小腿。因没钱买鞋，奶奶用稻草打了一双新草鞋给父亲御寒。可是父亲却舍不得穿，怕雪浸透了新鞋不能穿了，就手提着鞋赤脚走了十多里山路到了他姥姥家。到家时两只脚都冻得失去了知觉，父亲的姥姥心疼得把他的两只脚抱在怀里直掉眼泪。

每当想起父亲讲述的苦难童年，我就完全理解，父亲为什么在小小年纪就毅然投身革命，并且那样义无反顾，即使在最艰苦的长征途中，在身负重伤生命垂危之际，都始终对党、对革命事业忠贞不渝。为什么父亲总是谆谆教导我，要努力学习，做个有文化有知识的人。因为，家境的贫穷和没有文化的痛苦，给父亲留下了永不磨灭的伤痕。

少年参加红军队伍

父亲在爷爷和大伯、二伯的影响下，于1929年夏天报名参加红军。因他当时个子不高，红军队伍领导嫌他年纪小不收他，但他软缠硬磨就是要去，最后那位领导说：“你能把枪举起来打一枪就收你。”结果父亲举起土枪放了一枪，目标没打着，自己却被枪的后坐力撞倒在地。那位领导说：“枪都拿不起来，怎么能打敌人？等长大了再来吧。”第一年没去成，父亲不死心，第二年又报名参军，红军领导见他态度坚决，只好收下他了。那是1930年10月，他才十三岁。开始父亲给当时任皖西北道区苏维埃政府主席吴宝才同志当勤务兵，后来又到部队当司号员、宣传员，长征时任红二十五军第七十五师二二五团共产主义青年团团委书记。

在红军时期，父亲先后负过三次伤。第一次负伤是在当司号员期间，因为司号员是始终跟着指挥员的，指挥员的指令都要通过司号员发出去，所以敌人听到号响就知道指挥员在哪里，就会集中火力打那里。一次作战，父亲吹响冲锋号，部队就开始向前冲。突然，敌人的一发炮弹打过来，落在距父亲不远的地方爆炸了，父亲顿时感到头部被重重的一击，血流满面。这次负伤还算幸运，弹片刚穿过头盖骨，被卡住了，当时救护条件也差，只是简单地包扎一下，止住了血，但是弹片却永远留在了父亲的头颅里。这块弹片给父亲的身体造成了重大创伤，每当工作劳累时父亲都会感觉头痛难忍，长期疼痛折磨，以致父亲的鼻子向一边歪斜。这块弹片伴随了父亲的一生，直到他去世后，才从他的骨灰中找出来。

父亲第二次负伤是在一次战斗中遇到敌人飞机轰炸，被炸弹炸伤的。那时红军战士谁都没有见过飞机，也不知道怎样躲避飞机轰炸，看见敌人飞机来了，父亲以为躲到树杈上敌机就看不见了，谁知道敌机扔下炸弹爆炸后，在树上同样很危险。那次战斗，父亲就是爬到树上躲飞机被炸伤了右眼，万幸的是没有伤着眼球，但眼皮被划裂了一个口子，缝了好几针。小时候，我们总是嘲笑父亲一个眼大，一个眼小，歪鼻子斜眼。后来我们长大了才知道，那都是战争的创伤破坏了父亲的容貌。

父亲第三次负伤是在长征路上，也是伤得最重的一次。那是1935年，红二十五军长征到陕南时，父亲在一次战斗中不幸被敌人的子弹打穿了右腿膝盖。那时红军打仗，为了鼓舞士气，震撼敌人，口号是“人倒旗不倒”。红军队伍发起冲锋，都要高举红旗，吹响军号，奋勇向前，如果旗手倒下了，后面的同志就要主动冲上去，接过红旗继续向前冲。那次作战，父亲身为共青团团委书记，本来不是旗手，但是看到旗手负伤倒地，就主动冲上去接过红旗继续向前冲，但不幸也中弹负伤。这次负伤，伤得很重，右腿被完全打断了，寸步难行。战斗结束后，红军队伍继续转移向陕北前进，父亲因为伤势太重不能随大部队行军，就与其他重伤员留在了当地，由乡亲们照料。

红军队伍走了以后，父亲在老乡家的地窖里躺了约半个月，之后白匪军对红军伤员的搜捕越来越紧，有几位红军伤员被敌人抓了去，都被杀害了，看护红军的老乡也同时遇难。为了防止父亲被敌人抓去，老乡在一个夜晚，悄悄地将父亲送到十几里以外一座大山的山洞里藏了起来。

在延安锻炼成长

后来红军又回到陕南地区活动，找到了父亲，将他送到了延安进行手术治疗。父亲的伤很重，右腿的膝盖骨被子弹打碎成十几块，又耽误了那么长时间，要完全恢复腿的功能是不可能的了。当时延安有一位很有名的外科大夫叫鲁志俊，他的意见是截肢。但是，父亲听说要截去一条腿，坚决不同意，因为少了一条腿就不能走路了，还怎样扛枪打仗干革命。鲁大夫被父亲的革命意愿感动了，他答应尽最大努力留住父亲的腿。手术进行得非常艰难，鲁大夫将父亲受伤的膝盖骨一块一块地拼起来，并将坏死的肌肉都挖掉，处理得非常好。手术后两个多月父亲就能下地了，每天拄着拐杖坚持锻炼，半年后父亲甩开拐杖可以自己行走了。虽然右腿比左腿短了两厘米，行走时会一瘸一拐的，但总算保住了腿，还可以为革命事业做工作，父亲已是很高兴了。父亲基本能下地走路之后，被分配到八路军一一五师政治部任干事，还做共青团工作。正当他全身心投入到新的工作中的时候，师医院的护士长因犯错误被调离了，组织上决定由父亲先去代理一段时间。

干护士长工作，对父亲来说可是个难事，既没有文化，更不懂医。可父亲想，既然干了这一行，就要横下心来干好这一行，于是，父亲开始琢磨护士长的工作，不懂就请教医生和护士们，很快就掌握了初级的护理技术。后来，父亲又调到中央警卫团休养所任护士长，一次恰巧碰到毛泽东到休养所打针，他听说父亲没有上过学，文化底子差，又没有接受过专门的医务培训，就马上写了张字条，让父亲去延安医科大学学习。

父亲在医科大学除了学习医疗技术，还要学习文化。那时学习条件相当简陋，教材是教员们自己编的，练习本极少，用完了就用树枝当笔，大地当纸，在地上写了涂，涂了写，直到记住了为止。学习医疗技术主要是跟在教员后面，边看边记边实践。后来先后当过国家卫生部部长的钱信忠、黄树则同志和国际援华医学专家马海德、米勒先生都当过父亲的老师。马海德是美国人，米勒是德国人，他们的医术都非常高。父亲说他内科方面的知识主要是跟黄树则老师学的，外科方面的知识主要是米勒先生教的。经过医科大学的正规培训，父亲的医疗技术有了长足的进步，懂得了许多医疗知识。毕业后，父亲被分配到中央军委和平医院，负责中央首长医疗保健护理工作。护理中央首长不仅平时要做好服务保障工作，关键时刻也要“挺身而出”。父亲说，他到和平医院工作不久，时任八路军总政治部主任王稼祥入院治疗，因手术大出血，急需输血，当时延安没有血库，全靠临时寻找对应血型的同志献血。恰巧我父亲是O型血，属万能血型，作为就近的医护人员，父亲主动提出献血，以保障首长的手术成功。但由于抽血过多，父亲当时就昏迷了过去，两天后才苏醒过来，很多天后走路腿还发软。

全面抗战期间，父亲都在延安，他对延安有着特别深厚的感情。小时候，父亲经常给我们讲延河、宝塔山，讲杨家岭、枣园，讲抗大、南泥湾，讲毛主席、周总理、朱总司令和其他中央首长在延安的工作生活情况。白求恩、柯棣华、米勒、马海德等著名的外国援华医学专家，父亲不仅听过他们的讲课，还与他们一起工作过。在中央和平医院的工作中，父亲在老医生和外国援华专家的带领下，医疗技术提高很快，逐步能独立进行工作了，因为当时正处在战争年代，外伤治疗任务最重，所以父亲对外科尤为钻研。先是跟在老医生和外国专家后面看，心记口背掌握理论知识，后来就自己动手给伤员做手术，边实践边提高。到了抗战后期，父亲的外科手术已做得相当好了，不仅能做腹腔、胸腔的外科手术，截肢手术也能独当一面了。

父亲在延安期间，不仅学会了医疗技术，掌握了能够为伤病员解除痛苦的技能，更重要的是亲自实践了延安精神。小时候，父亲给我们讲得最多的也是延安的故事。那时延安的生活艰苦，国民党对解放区实行经济封锁，父亲他们响应毛主席“自己动手，丰衣足食”的号召，自己开荒种地，自己纺织棉布做衣服。父亲说，不仅他们自己动手，像毛主席、朱总司令也都一样带头干。父亲说，他在延安不仅学会了纺纱织布，开荒种地，还学会了织毛衣，捻麻线，纳鞋底，钉鞋掌等。记得我小时候，我们兄弟姐妹六个人的衣服、布鞋、棉鞋很少在外面买，基本上都是父母给我们做的。一般讲织毛线是妇女的“权利”，但父亲也会织，这个技术也是父亲在延安学会的。我们儿时穿的毛衣裤等针织衣服，也都是父亲织的。父亲说他在延安得到的锻炼是多方面的，不仅亲自实践了自力更生、艰苦奋斗的延安精神，思想水平和革命觉悟也得到了很大提高，懂得了许多革命道理，从开始想吃饱饭而参加红军，到懂得了什么是“三座大山”和阶级压迫，到知道了为什么要坚决抗击日本帝国主义和建设美好的新中国，更加坚定了革命斗志和信仰。

转战大江南北

全面抗战胜利以后，我军为扩大队伍，粉碎蒋介石对我军的围剿，父亲等 12 名同志奉命组建晋西支队，父亲负责卫生工作。父亲说，部队组建那天，中央领导召集他们十二名同志谈话，时任西北局书记习仲勋对他们讲：“你们 12 个人到山西的吕梁山区去开辟根据地，建立武装组织，钱和粮靠你们自己去筹，兵靠你们自己去动员，枪靠你们自己去敌人手里夺，中央只给你们每人一匹马，每人两个通信员。”三十几个干部战士经过半年多的艰苦工作，终于在吕梁山区拉起了一支近千人的队伍，并开辟了一块新的根据地。到了 1948 年，晋西支队发展到了近万人，编入西北野战军第七纵队，并参加了徐向前组织指挥的解放太原的战役。

解放太原战役打得相当艰苦，前后打了六个多月，双方都投入几十万兵力。父亲说，他们部队负责攻打牛驼寨。那是位于太原城郊的一个制高点，谁占了牛驼寨谁就控制了太原城，太原城就会不攻自破。所以，敌我双方都投入重兵攻防牛驼寨。父亲部队是“三打”牛驼寨。第一次攻下牛驼寨，但尚未站稳就遭到了敌人的猛烈反扑，部队伤亡很大，不得不放弃牛驼寨。部队稍作休整后，又二次攻打，再战牛驼寨，接着敌人又反扑，牛驼寨再次失守。由于伤亡太大，战场救护任务很重，父亲亲自带着医护人员抵近阵地进行抢救。我军第三次攻战牛驼寨后，敌人的反扑更猛烈了，阵地上所有的树木都被枪炮扫平了，沟壕内外全是尸体，有我军的也有敌军的，因为没有时间掩埋，一方刚占领牛驼寨，另一方的反攻就开始了。为能尽快救护伤员，父亲他们就抵近建立救护所。那时正值冬天，尸体很快被冻僵了，父亲他们就用敌人的尸体在救护所周围垒成一人多高的人墙，来阻挡敌人的炮弹子弹。太原战役以后，父亲所在部队改为陆军第十九师，编入彭绍辉军长的西北野战军第七军。解放战争后期，父亲随部队又先后参加了解放西安、天水、兰州、成都的战役和西南剿匪斗争。

解放战争后期，国民党军队已成惊弓之鸟，解放军大军一到，敌人顷刻瓦解。但是隐藏下来的国民党残匪还是很难对付的。这些残匪都藏匿到老百姓中间，让你真假难辨，而且经常在夜间出来袭击解放军。父亲说，他们部队一位团长，也是老红军，就是夜间睡觉时遭残匪偷袭牺牲的。那样的危险，父亲也曾遇到过。一天晚上，父亲刚躺下就听到房顶上有响动，接着又传来揭瓦的声音，就在父亲准备掏枪的同时，院子里巡逻哨兵的枪声响了，一个残匪被当场击毙，从房顶上掉下来。此后，父亲晚上睡觉都非常警惕，床不能固定放在一个地方，每晚都要变动位置，防止残匪打黑枪。

1950 年朝鲜战争爆发，正在大西南剿匪的父亲又奉命投入到抗美援朝的战场。父亲说，接到入朝参战的命令很突然，因首批入朝的部队奔赴朝鲜前线时都没有来得及换冬装，有些南方过来的部队穿着单衣单裤就跨过了鸭绿江。激烈的战场加上冰天雪地的环境，使得不少志愿军冻伤了手脚，大批伤员下来急需治疗。父亲最擅长的就是做外科手术，正是朝鲜战场最急需的医护人员。那年十月，父亲接到命令便昼夜兼程，直接跨过鸭绿江投入到抢救伤员的战斗中。

大批战伤、冻伤的志愿军官兵，在前方救护所只是做了些简单的包扎，送到战地医院后，父亲他们要对每位伤员重新进行处理，几乎全部要进行手术治疗，轻伤员经过处理后就及时返回部队了，重伤员手术后还要转到国内治疗。父亲说，那时每天工作时间都在二十小时左右，少则做七八台手术，多则要做十几台手术。为了争取更多的手术时间，要尽量少吃少喝，经常在手术台连续工作十几小时，实在饿得渴得不行了，为能节省时间，戴的手术手套也不脱下来，就是将双手举起来，让护士喂两口水，缓解一下。父亲后来谈到这些情况时，总是深情地说，那时看到一个个血肉模糊的伤员推进手术室，他就非常难受，恨不得马上给他们解除痛苦，因为他自己就曾是一名伤员，他了解每个伤员都有求生的愿望，每个伤员都祈盼医生能给他们带来生的阳光，作为医生必须全力以赴挽救他们，把他们从死神那里拉回来，让他们早日康复重返战场。1953 年朝鲜停战后，父亲所在医院又担负了交换战俘的医疗工作。因被美军、韩军俘虏的志愿军官兵大多是伤员，交换回来后，先由父亲他们医院对其进行体检治疗，待病情基本稳定或康复后再送他们返回原部队。1954 年夏，为了加强人民空军建设，父亲所在医院又奉命改编为华东军区空军四五三医院。那时，祖国刚解放，沿海部分岛屿还被国民党占领着，而且还经常对大陆进行突袭骚扰，所以刚成立不久的人民空军战备任务很重。父亲所在医院从东北一下到了南方，各项供给保障还跟不上，又正值初夏，在北方原本穿的棉衣还没有来得及脱下来，就投入到新的作战准备之中，大家只好把棉衣里的棉花抽出来，当作单衣穿。医院刚安顿下来，我军第一次组织陆、海、空军联合作战的一江山岛战役就打响了，父亲亲自带着空军医疗救护队赴浙江沿海，随战救护伤员。战役取得了圆满胜利，但这次战役后父亲却病倒了，由于连续工作，父亲身体极度虚弱，加之原先头中的炮弹碎片一直未能取出来，父亲连续数十日头痛难忍，再也不能坚持工作了。战役结束以后，父亲即住院治疗。这次生病也使父亲过早地离开了工作岗位，出院后，父亲就离职休养了。

追思父亲的一生，他把毕生的精力都投入到了中国革命事业中，少年参加红军，历经枪林弹雨，身体多处负伤致残，在全国取得革命胜利后，仍然鞍马劳顿，继续转战南北，参加抗美援朝，奔赴东南沿海消灭国民党的残余势力，直至积劳成疾彻底病倒。父亲离休后，还继续发挥余热积极参加地方政府、人大、政协工作，努力发挥红军老战士和共产党员的先锋模范作用，直到生命的最后一刻。

父亲病故后，追悼会挽联上写着“近六十年干革命鞠躬尽瘁献毕生功垂史册，超千万次为同志救死扶伤已致残英名永存”，真实反映了父亲战斗的一生，革命的一生，光荣的一生。我为我的父亲骄傲，我为我的父亲自豪。他不愧为一位老战士，一位老党员，一位好父亲。他永远活在我心中。

（作者：汪淳）

第二十六篇

父亲口述的战斗人生

我小名廖春林，1943 年 3 月 7 日出生于延安人民医院。1949 年 3 月，我随父母的机关中央军委供给部，搬到了北京西郊半壁店的西营房居住。

1950 年秋季，我进入北京西郊万寿路的中直育英小学上学，成了一名小学生。

1956 年 7 月，我小学毕业了，老师叫每个学生从学校拿“毕业生登记表”，回家让家长帮助填一下。我看到登记表上有“家庭出身、父母的政治面貌、本人成分”等内容，我都不知道是什么意思。回到家，父亲帮我填完以后，我才了解到，我的家庭出身是革命军人，我本人成分是学生。我很惊讶，因为这时我才知道，原来父母亲都是共产党员啊！他们都参加过长征，爬过雪山、走过草地。他们都是为祖国的革命事业贡献了自己一生的伟大战士啊！这是我崇拜的英雄啊！但当时在我看来，父亲在机关里和工作人员相处平易近人、和蔼可亲，大家对他都很尊重，叫他廖老、廖老的。我看他也就是一个很平凡老头儿嘛。

填完登记表后，我就要求父亲给我讲他革命的故事。但父亲说：“咳，都过去了，那时很凄惨啊，牺牲了那么多战友，不谈了，不说了！”父亲很不愿意回忆过去的战斗故事，但拗不过我的软磨硬泡，最终还是向我讲述了他所走过的革命道路。

父亲原名廖肇珠，小时候上了三年私塾，然后在丁家埠当学徒，当时在丁家埠领导群众革命运动的是中学教员、地下党员曾振华，他提议店员、学生筹款去汉口买一些革命书籍。当时国民党统治下的报纸根本不允许提“共产党”三字，在农村也没有订阅报纸的人，加上我们地处山区信息闭塞，所以对“共产党”这三个字很陌生。曾振华私下就向父亲介绍说，共产党领导俄国工人农民起来革命，手拿锤子镰刀，打败了地主、资本家的白军，成立了红军，建立苏维埃政权已经十年了；他们给农民分配了土地，没收了资本家的财产，现在实行新经济政策，将来我们中国也要走这条路，等等。父亲初次听说世界上有共产党，很新鲜、很兴奋。他渴望了解革命书籍内容，于是积极协助筹款，让每个店员交一元，共筹集了七十余元，但除去两人路费和伙食费，剩下的钱买不了多少书。于是父亲就同经理商量，由店中又拿出了三十元（用铜钱计算），然后就去汉口买书了。当时国民党正在开始禁卖共产党的书籍，如果买书只准国共两党书籍各买一半，否则查出就没收。于是父亲将国共两党主要的书都买了一套。书买回来后，父亲抓紧时间将两党的书走马观花地看了一遍，然后作一一比较，认为孙中山主张的“节制资本，耕者有其田，联俄、联共、扶助农工”的三大政策，也是很好的。但是中国是个穷国，哪有那么多钱去收买全国的土地呢？那是遥遥长期的事。而中国共产党的主张就是直接没收地主的土地，分配给无地、少地的农民，人人有田种，人人有饭吃，人人有衣穿，没有贫富之分，那是多么好啊！父亲对平分土地这一提法热烈拥护，他经常暗中思索：“中国幅员这么大，土地这么多，为什么我们数代都‘地无立锥’呢？太不公平、太不合理了。不进行革命，不改革土地制度，在农村无田地和少田少地的农民永无翻身之日。”因此，他心中无比拥护共产党，盼望中国早日实现革命胜利。

1929 年 3 月下旬，本地武装发动了革命暴动。革命暴动后，红军主张保护工商业政策，可是店老板逃跑一空，红军指示父亲在店里继续维持营业。8 月，周围敌人严密封锁，交通断绝，无业可营。到 9 月，父亲说明情况后回家，即参加到革命洪流中去了。

1930 年 10 月，父亲被调到南溪乡南塘村筹集办理初级小学，也叫“列宁小学”。家里的远亲张少勋，有一个儿子叫“发子”，大名叫张泰升，当年 12 岁，也在村里的“列宁小学”上学。红军在这里建立了红色根据地，到处写标语、打土豪、分田地，打倒土豪劣绅闹革命，父亲在这里教学了大约一个月。

1931 年冬天，第二分行与麻埠道苏维埃银行合并，父亲到麻埠第一分行任会计。发子的父亲张少勋说：“我希望儿子能跟着你学点生意经，长大后能经商致富。”张少勋哪里知道，皖西北工农银行是正在组建中的红四方面军总经理处的一个下属部门，“发子”也就成了中国工农红军中的一名“红小鬼”了。张泰升随父亲到了位于麻埠街苏维埃银行第一分行，其实该银行是皖西北的地方银行，张泰升在财务科当了一名勤务员。财务科科长是父亲，起初张泰升是给父亲当勤务员，做一些端茶倒水、扫地铺床的杂务活，后来他在红四方面军总部保管科任保管员。

1932 年 8 月红四方面军撤出鄂豫皖苏区后，1933 年国民党几个师的军队就进剿我苏区，敌四十七师、敌五十四师进攻吴家店、牛食畈、茶棚、长岭岗、白沙河、上楼房等地区。敌六十四师、六十五师进攻流浪?、大毛坪、丁家埠、南溪等地，敌五十八师进攻商城、余子店、汤汇一带，针对革命人民群众实行焚杀、奸淫、掳掠、活埋等最残酷毒辣的手段。国民党军队和土豪劣绅地主武装实施的烧光、抢光、杀光“三光”政策，制造了广大的无人区和“万人坑”事件，使得在鄂豫皖苏区一百平方公里的地区渺无人烟。

父亲说：“由于小弟廖肇凤于1930年也参加了红军，家中还剩有父母、妻和弟媳及小孩共7人。主力红军撤走后，国民党匪军和地方匪军逐日清乡搜山，国民党匪军首先捕去三个小孩，我始终也不知他们的生死存亡，有人说是给活埋了，因为各处都有很多的‘万人坑’，又有人说他们被一个敌军官带到湖北去了。57岁的母亲在湖北省罗田县一带讨饭，有堂侄儿亲眼见过一次，但不知她死于何处。”

1937年1月21日当晚，父亲随供给部人员由临泽县城关突围，出东门后向南面沙滩突进。那是一个黑漆漆的夜晚，一场恶战刚刚结束。敌人在东门埋伏后用机枪对红军扫射。保管员张泰升和马夫两人一起赶着马，在冲天的火光中直奔城外。此时，天寒地冻，地上已经结起了厚厚的一层冰，一发炮弹炸了过来，马受惊了，趴倒在冰面上。任凭马夫的吆喝，它却怎么也不起来。马夫索性把布袋卸下，自己骑着马飞一般地逃了。张泰升只好一边用力提起布袋，一边拼命地向前挪动着脚步。这沉甸甸的布袋里装有黄金和大洋三千块，张泰升没有走多远，便再也提不动了，只好把布袋丢下，战友们把黄金、大洋和其他等贵重物品分开带上，边打边撤，在南河沙滩上行走了很久才脱离敌人的火力圈，后与接应总供给部的红三十军部队会合了。会合后，张泰升因为持有长枪，被分配到红三十军八十八师了。

1940年11月的一天，父亲正在窑洞里看材料，就听见门外院子里有人嚷嚷道：“大哥、大哥呀！你快出来一下，看我给你带谁来了。”父亲缓步走出窑洞，说：“你个廖国卿呀，你这大清早地嚷嚷个啥呢？”在院子里，父亲看见一个穿军装的人，个子不高，瘦瘦的，眼睛直直地看着父亲，父亲也觉得他有些面熟。忽然想起这不是老小（在安徽对最小的兄弟称呼）吗？父亲笑了笑，说：“哦！这不是老小吗？你怎么也参加红军了。”叔叔看到父亲笑的样子，才认出父亲就是他的大哥，说：“你怎么老了这许多？我都有些认不出来了。”

叔叔告诉父亲说：“在行军的路上，我有两次看到过你，一次是在刚离开鄂豫皖苏区时，一次是过草地时。因我看见你骑着马和首长飞驰而过，而我却抗着大枪在行军，就没来得及和你打招呼，所以我们就没有碰过面，你也就不知道我也参加红军了。”廖国卿说：“我经常跟随医生去干休所为团、师级的休养员检查身体，听说廖所长也是安徽汤汇人，看他的长相有点像大哥廖静民，就问他，你是不是有个哥哥也在红军里，叫廖静民。他说，‘我大哥叫廖肇珠呀，不知道廖静民是不是我的大哥呢？革命这些年了，也不知道他是否还活着。’我说，‘他要是改了名字呢？我看你们俩长相很像啊，又是金寨的老乡，你还是去看看吧，如果不是也就算了，如果是你大哥不是很好吗？你们就可以相认了。’可他就是不愿意去，说‘如果认错了人那多不好意思呀！’后来我拉他几次去认大哥，他都不去。今天在街上我又看见他了，就死活地也把他给拉了过来。”叔叔说：“我现在总政治部干休所工作，我们在十几年的革命斗争中，我俩还都健在，而且谁都没有负过伤，真是一个奇迹。”

1951 年父亲随老干部“根据地访问团”到达黄安县黄柴畈（原红四方面军的驻地）时，想起来在 1932 年红四方面军撤离鄂豫皖革命根据地时郑义斋部长说：“我们这次撤离可能不回来了，你把自己的一些红军币处理了吧。”父亲把几枚银币和铜币用布袋子装好，放到院子的一个茅厕里。父亲看见这个茅厕还在，还没有坍塌，只是长满了野草，就叫警卫员马文才到厕所里去挖银币，说“这是二十年前我埋的银币，看看还在不在”？马文才当时有点半信半疑，这么多年了，老头子还能记得？马文才按照父亲指挥的方向开始挖，不一会儿就挖出一小袋东西，布袋已经腐烂了，几块银元也粘在一起了。马文才取出银元后，高兴地说：“这老头子记性还真好啊，这都过去十几年了，记忆还这么清楚。”因为这包银元是部队的经费，所以回到北京，父亲就上缴给组织了。

父亲时常在家里说：“我 1929 年参加革命，跟着共产党、毛主席，到 1949 年，终于亲眼看到中国共产党推翻了压在人民头上的‘三座大山’，建立了中华人民共和国，全国人民当家做了主人，对剥削压迫阶级实行了专政。我们要永远跟着中国共产党走，把社会主义革命和社会主义建设以至共产主义进行到底。”

（作者：廖加毅）

第二十七篇

革命的一生

——怀念刘殿英烈士

刘殿英，原名刘殿应，1914 年 5 月 23 日出生在安徽省金寨县汤家汇镇一个贫农家庭。1929 年参加红军，1931 年加入中国共产党。在革命战争年代，曾先后担任过排长、连长、营政委、团长、旅参谋长、军分区参谋长、司令员等职。新中国成立后历任西北军区气象处处长、新疆维吾尔自治区林业厅副厅长等职。1956 年 6 月 28 日，刘殿英在去基层检查工作时，不幸被反革命分子杀害，时年 42 岁。

一

刘殿英出生时，正值旧中国战乱频繁，广大劳动人民生活困苦时期。贫困的家境，迫使他 7 岁就参加劳动，无法上学读书。为了生存，他们一家人拼命干活，其父一半时间在家劳动，另一半时间在外给伐木厂做工卖力，两个哥哥则利用农忙后的冬季给别人烧木炭、烧石灰、打柴以及去铁匠棚做工。然而在那样的社会条件下，全家人辛苦劳动却难以糊口。1929 年地主收回刘殿英家所租田地，全家人生活更无着落。在万般无奈的情况下，其母与大嫂出门行乞两个多月，这在少年刘殿英的心里留下了难以忘却的印记。在艰难的生活中，刘殿英饱尝艰辛。他虽然对阶级社会谈不上多深刻的认识，但不平等的社会现实却令他对剥削阶级充满刻骨仇恨。

1927 年，大革命失败后，国民党反动派气焰嚣张，加紧了对共产党人和革命群众的镇压。反动军队夏斗寅部开进大别山区镇压革命运动，到处向老百姓征粮派草，将大批青年拉去当兵。农会主任王成贵、刘殿赐（均系地下党员）看事不妙，为了不让这些青年进入反动军队当“炮灰”，将刘殿英及十余名青年送到河南商城县较为进步、纪律严明、对革命表示同情的西北军吉鸿昌部之混成旅当兵。刘殿英因年纪小被编入该旅三团学兵连当士兵。1928 年后，刘殿英先后任学兵连班长、副排长。在和红军游击队一年多的“交战”中，该团不但不打红军，反而经常以“打仗”为名故意丢散大批枪支弹药，使红军实力得到补充。1929 年该团在河南商城之苏心石起义，从此，刘殿英就正式加入了红军。

二

1931 年 12 月，刘殿英经周应会、陈结两同志介绍，光荣地加入了中国共产党。在山间的一个小茅屋里，刘殿英举起右手向党庄严宣誓：“不怕牺牲，永不叛党，为共产主义事业奋斗到底!”从此以后，他更增强了杀敌斗争的勇气和信心。此时，刘殿英任红十师二十八团机炮连排长。经过大大小小无数次战斗的磨炼，刘殿英同志的指挥才能逐渐显露。1932 年 1 月，他被提为该连副连长，不久又升为连长。同年 3 月，在安徽六安县苏家埠一战中，机炮连协同兄弟部队共同作战，消灭国民党军陈调原部 4 个旅。部队武器弹药得到大量补充，全军士气高昂无比。

1932 年 8 月，因战略原因，红四方面军开始了大规模的战略转移。由安徽西部开始经河南、湖北、陕西南部等地区行军作战。在敌人的堵击、追击、夹击下，红四方面军总指挥徐向前率部沉着应对，粉碎了敌人的围追堵截，在子午镇消灭追敌一个旅。刘殿英在枣阳镇战斗中光荣负伤，他忍受着巨大的伤痛，坚持了 3 个月的行军作战，未向困难低头。

1935 年春，红四方面军的第二次长征开始了。与红一方面军会师后，由于张国焘的分裂主义路线，红四方面军再次南下草地。1936 年春，张国焘制造分裂失败。红四方面军北上，三过草地，进入甘南，到达陕北。这时已进入冬季，在山城堡会战之前，刘殿英调入红十二师三十六团任副团长。在孟城堡会战中率部参战，消灭了胡宗南部丁廖师后，西安事变爆发。1937 年初，他被调到红四军随营学校学习。不久，红四军接受了援西任务，刘殿英由学校调到军部任侦察科长。援西失利后，在甘萧镇原县部队进行了四个月的休整，他才真正开始较为系统的文化学习。

三

七七事变后，抗日战争全面爆发。红军改编为八路军，东渡黄河赴华北与日寇作战。三八五旅奉命留守边区，刘殿英被调至该旅任政治部教导员。

1938 年 1 月，刘殿英到延安抗大第四期一大队一队学习。该年秋调至四大队任组织干事，随后又调到二大队十队任政指工作。

1939 年 1 月，总政组织华北考察团，刘殿英担任该团政治助理员。在这期间，考察团不但胜利完成了考察任务，而且直接参加了多次和日寇的战斗。刘殿英亲眼看到了日寇“三光”政策给中国人民带来的巨大灾难，更坚定了抗击日寇的信心，提高了对敌斗争本领。1940 年夏，在延安休整准备去新四军考察时，由于发生皖南事变，考察团使命结束，全部干部编入军政学院第三队学习。1941 年春，刘殿英毕业被分配到军委三处任四科科长。1942 年秋，调到边保司令部任队列科长，同年参加了第一次整风运动。

1943 年 1 月，边保司令部改编为警备第三旅司令部，开往定边整训练兵，组织决定由刘殿英领导的小组整顿第八团工作，经过三个月的勤奋工作，整顿任务顺利完成。该年 4 月他返回本部，担任旅司令部二科科长，1944 年担任作战科长，直到 1945 年仍在旅司令部工作。在这三年时间里，部队进行了三次大练兵及紧张的整风学习，在“自己动手、丰衣足食”的大生产运动中，不仅圆满完成打盐生产任务，还参加了安边、宁条梁的反顽军作战任务，为粉碎国民党反动派的反共高潮作出了积极贡献。刘殿英不光在练兵中表现突出，而且生产工作中积极肯干，获模范称号。

四

1945 年秋，刘殿英担任警三旅七团团长。1946 年春，经过在盐池县冬季练兵大演习后，他率部开往陇东大风川，一边生产，一边做战斗准备。同年秋，刘殿英率七团粉碎胡宗南匪军封锁，到泾河北岸迎接王震部队返回边区，在太平镇与敌人大战两天，胜利完成接应任务。为防止敌人突袭延安的阴谋，七团随即开进鄜县，保卫延安大门。彭德怀亲自检查七团阵地，给七团的战备工作以较高评价，全团指战员受到莫大的鼓舞。1947 年春，警三旅奉命赴关中打击胡宗南部有生力量，经过 3 个月的运动作战，全歼敌三六八团。战斗中刘殿英指挥坚决果断，充分调动了战士们的杀敌士气。敌人不甘失败，组织了 6 个旅，以多于我军 6 倍的兵力向警三旅实行包围，七团刀林关与敌人血战一日，使全旅顺利突围。

1948 年 3 月 2 日至 6 日，警三旅参加宜川战役。随后警三旅继续西进，攻克了西府各县。在这次连续作战中，刘殿英双耳失聪，被送往延安医院，经 5 个月的治疗恢复了健康。1949 年 1 月康复出院后，刘殿英被调往陇东军分区司令部任参谋长。同年 8 月，担任陇东军分区司令员。9 月，由陇东军分区调到武都军分区担任司令员职务。

五

1950年秋，武都军分区与岷县军分区合并，刘殿英被调回二兵团司令部分配新的任务。经过练兵和大规模的兵团作战，刘殿英在战术及指挥联合兵种的能力上大有提高，已经成为我军一名优秀的中级指挥员了。1950年10月，西北军区空军司令部（原航空管理处）成立气象处，上级决定刘殿英任气象处处长。1954年春，西北军区气象处转归西北行政委员会领导，由此刘殿英结束了自己25年的军旅生涯，来到地方，由兰州迁移到西安。年末，大区级机构撤销，刘殿英改任中央北京气象学校校长。1955年10月，他来到新疆，任自治区林业厅第一副厅长。

刘殿英来新疆工作后从不居功自傲，而是全身心地投入边疆的建设事业中。他没有官架子，与下级之间关系融洽，为工作打下了良好的基础。艰苦朴素是刘殿英保持了几十年的优良作风。来到新疆后，他更是严格要求自己，无论是车子、房子他都先人后己，从不铺张浪费。他以国家利益、集体利益为重，为能使自治区林业事业迅速发展起来，整日忙碌，甚至经常工作到深夜。他更是关心基层工作，1956年6月，他先后到哈密、奇台县林管站森林经营所检查工作。6月27日他因胃溃疡急性发作，住进奇台县医院，28日被反革命分子杀害。久经考验的中国共产党员、无产阶级的忠诚战士刘殿英就这样与世长辞了，他光辉战斗的一生将永远被人民群众铭记在心。

（作者：张斌）

第二十八篇

怀念父亲傅德胜

2003 年 1 月 29 日，我曾写过一文悼念刚去世 9 天的父亲。我写道："当我走进院子的铁门，仿佛您就坐在门厅透着玻璃望着我；当我坐在客厅里，仿佛您仍然坐在我对面的沙发上；当我坐在餐厅里吃饭，仿佛您依旧坐在您常坐的靠窗的那把椅子上；当我走进浴室，仿佛又看到您正坐在椅子上浸泡您那双浮肿的双脚；当我把着楼梯扶手上楼时，仿佛您缓慢地走在我的前面，并执意不让我搀扶您……"无论我走到哪里，都有您的身影，都有您的气息，都有您的声音。爸爸我太想念您了，在梦里我听到您在喊："晓煜，起床了，吃饭了……"我猛睁双眼才知是梦、是幻觉，我禁不住放声大哭……

深切的怀念

1907 年，我的父亲傅德胜出生在安徽省金寨县大别山区的一个贫苦家庭。父亲生活在一个大家庭里。他的祖父、祖母有三个儿子：大儿子成家，有四个孩子，三男一女；二儿子、三儿子尚未成亲。父亲就是这个大家庭中的长子长孙。

父亲的祖父母租种地主五亩山地，每年交租五石粮食。在年成好时，除交租外，粮食可够全家吃两到三个月，年成稍差时，还不够交租。家中的生活只能依靠父亲的祖父及二叔在地主的纸坊帮长工，父亲的父亲也外出打零工，所挣仍不够温饱与还债，驴打滚的债务压得人喘不过气来。父亲的祖母常带着年幼的父亲讨饭。有一年春节，天上飘着雪花，父亲的祖母带着父亲讨饭到一大户人家，衣衫褴褛、冷风中瑟瑟发抖的祖孙二人，丝毫没有激起他们的同情，他们扔出一个菜团子，随后放出一条狗，父亲虽在狗前抓到了菜团子，但这种屈辱却在年幼的心灵上刻下了对那个黑暗社会的憎恨。倔强的父亲再也不愿去讨饭，他盼着自己快点长大，用自己的双手养活自己和家人。

在父亲10岁时他的祖父母相继病逝，11岁时他的父亲病故，只剩下两个叔父，因无法照顾家中许多人口的生活，只好分家。祖父母租种的土地由此时已结婚的二叔父家继续租种，三叔父去外面帮长工。父亲的弟弟跟着母亲讨饭吃。没有多久，为了还债父亲的母亲被迫卖身改嫁，父亲的妹妹只有几岁也卖给人家做了童养媳。父亲和他们弟弟两个才10岁左右的孩子便给地主家放牛、养猪，受尽屈辱。有一次父亲赶着牛去看他们弟弟，只见弟弟光着脚板，冻得呜呜直哭，他教弟弟将双脚伸进牛粪里取暖。每当回忆起苦难的童年，我都会看到父亲那双湿润的双眼……

父亲曾回忆1924年他在南溪、丁家埠一带一个地主家打活，经常挑背竹炭、纸、毛竹等物品去金家寨、商城、叶家集、燕子河、斑竹园、古碑冲等地方往返送货，这时就已经有人在农民中间传播革命思想。1925年，共产党在多地组织发动农民进行反帝反封建和减租减息斗争，组建农民协会。1926年春天，父亲在他三叔父的影响下也参加了由共产党领导的农民协会，当时农协的领导人有詹谷堂、周维炯、漆德玮等，这些人大多都是有文化的知识分子，都是受党组织派遣来发动革命的。时过50年，父亲仍清楚地记得他们向农民宣传的“二五减租、劳资合作、联俄联共”“打倒帝国主义、打倒封建军阀、打倒土豪劣绅，坚决支持北伐军”等口号。

1927年蒋介石发动“四一二”反革命政变后，国民党来了一个团“剿匪”、清党清乡，就是剿灭共产党和农协。很多党员和农会积极分子被杀害了。由反动地主组织的民团更是猖狂不已，抓捕、酷刑、残害、焚烧无恶不作。农协退到山里，党组织也转入地下。父亲也到山里躲藏数日，后下山回到地主家。地主知道父亲也参加了农协，但不知父亲是秘密交通员，看在父亲干活踏实、为人厚道又不是头目，警告父亲以后不要参与了，没有向民团告发，父亲躲过一劫。

其实在这异常严峻时期，父亲仍为地下党组织和农协做交通员，同时他也做好了牺牲的准备。父亲说，由于革命形势突变，国民党对共产党人实施大屠杀，在这一时期农协根据原来一些地主投机分子混入造成损失的教训，不再吸收那些骨子里反农协或剥削压榨农民的富人，只吸收进步的贫苦农民。

1927年入冬后，各地农协在残酷斗争面前开始反击，从地主武装和民团手中夺枪，并成立了自卫队，父亲也加入了自卫队。1928年春，面对国民党军队的烧杀抢掠，自卫队只有少量武器，只能扛着土枪，拿着大刀、梭镖与敌人斗争。1928年3月，父亲由自卫队（此时又称为赤卫队）选拔到基干连。1928年4月，加入中国共产主义青年团。1929年5月，队伍改编为独立团，参加了立夏节起义，起义后正式入列中国工农红军第十一军第三十二师。1930

年 5 月，父亲光荣地加入了中国共产党。

难忘的教诲——雪山坟

70 年代初，我入伍来到步兵一一五师炮兵团加农炮三连当兵，当时连队在营房外面的山上进行冬季野外施工，每天上山抡大锤打炮眼，放炮炸石头，然后把石头用筐抬走。东北的冬天天寒地冻，室外温度零下 30 多度，连队各方面条件非常艰苦，这对于刚走出校园和家门的我来说，感觉很难适应。父亲为了让我在困难条件下磨练自己，争取当一个好兵，在我探亲回家的时候，给我讲述了他在红军长征时亲身经历的一段往事：

"1936 年的红军长征时，我（指傅德胜）在红四方面军十师二十八团一营三连任连长。我们连队里有个姓孙的小勤务兵，个子不高，白净的瓜子脸，弯弯的眉毛，水灵灵的一双大眼睛，特别机灵勤快。他常往返于各级首长之间，传达上级的命令及指示，消息很灵通，全连一百多人都喜欢叫他'小连长'。

在红军翻越党岭山雪山前夕，'小连长'拽着连队炊事班长老康说：'老班长，你得给我们准备好青稞炒面啊！'当时 50 多岁的老康风趣地说：'你管我叫什么？''叫你老班长呗！'他睁大眼睛。'不！你得管我叫爷爷才行。'炊事班长老康神秘地笑着，心里甜滋滋的。'小连长'狠狠心说：'叫爷爷就叫爷爷，只要你给我们全连准备好吃的就行！'

党岭山海拔有 5000 米，山上终年积雪，空气稀薄。当时，红军在长征途中缺衣少食，连队已经很长时间没有吃上一顿饱饭了，体力消耗得非常严重。我们腹内无食，身着单衣，赤脚穿着草鞋，用破狗皮裹在脚上当袜子，就算是最'优越'的了。要爬过这座雪山，困难可想而知。

连队翻雪山这一天，正赶上山上飘起了雪花，西北风一吹格外地寒冷。我和'小连长'跟着队伍，顶着风雪一步一步艰难地向山上迈进。开始时，他还跑前跑后，帮这个同志拿枪，到另一个同志面前鼓励一番。后来山越来越高，空气越来越稀薄，他也有些力不从心了，脸色开始变得越来越苍白。我急忙帮他取下身上背的脸盆和简单的行李，扶着他慢慢地向山上走。快到山顶时，他终于支撑不住倒下了，大口喘着气。战士们纷纷围上来，有的要背，有的要抬。他用手向大伙摇晃着，断断续续地说：'我不行了，大家争取过去，……我看不见革命的胜利……打败蒋介石，让全中国人民过好日子！'我望着这位朝夕相处的小同志，想起在不久前的一次战役中，我带领连队冲锋时，不幸头部负了重伤，当我被抢救苏醒后，护士告诉我：'若不是这个小同志，你早没命了。你不吃，他也不吃；你昏迷不醒，他一直也未合眼守护你……'我的眼睛模糊了，泪水伴着雪花流到了脸颊。小孙！小孙！战友们一阵急促的呼唤，把我从遐思中惊醒。我再低头看去，小孙已经闭上了眼睛。我强忍住悲痛。全连战士也都静静地随同我捧起一捧捧洁白的积雪，将他掩埋在高高的雪山之巅，形成了一座洁白的雪坟。

部队又出发了，我们恋恋不舍地最后望一眼那洁白的雪坟，向前走去。我边走边想：是什么力量促使这12岁的孩子参加革命呢？是什么东西鼓舞我们前进呢？那就是对人民的爱、对敌人的恨，是为了铲除人间的不平，是为了求得全人类的解放！我们默默地踏上了征途，心情比脚步更沉重，那洁白的'雪山坟'，深深地埋在我的心上……"

父亲讲的这个"雪山坟"故事，使我的心灵深处受到了强烈的震撼，我知道他讲这个故事的目的就是教育我，让我明白红军小战士虽然年龄比我还小，却有那么勇敢坚强的革命精神和革命意志，而我们现在连队条件虽然有些艰苦，但和他们红军长征时的条件相比已经好太多了。我深深地感悟到，当年老一辈红军战士们在那种艰难困苦的情况下，能为了革命事业、为了解放全中国，不畏艰难险阻，不怕流血牺牲，前仆后继，就是因为具有坚定的革命信念、顽强的革命意志、正确的奋斗目标，这就是父辈传承给我们的宝贵精神财富，也是鼓励我后来不断努力前进的源泉和力量。

父亲与枪的故事

在20多年艰苦卓绝的革命战争期间，父亲曾经先后7次身负重伤。非常凑巧的是，他的第一次负伤和最后一次负伤，全是因为枪的原因。真不知这种巧遇是历史的安排，还是命运的巧合。

父亲第一次负伤是在1929年底。在一次攻打地主民团武装的土围子时，由于敌人占据的围墙高而结实，而红军刚成立不久，缺枪少弹，又没有重武器，一个连队当时只有十几支步枪，所以几次进攻都没有攻进去，牺牲了不少战士，其中有一名拿枪的红军战士也牺牲在土围墙前。当时连里先后安排几名战士想抢回这支枪，但不是负伤就是牺牲了，枪也没有抢回来，这时部队下达了撤退的命令。连长将连队集合起来，问："谁敢去将这支枪抢回来？"我父亲勇敢地站出来说："我是共青团员，我去把枪抢回来。"他不顾敌人的枪林弹雨，在战友们的掩护下，机智灵活地冲到了围墙下，将枪抢了过来，可在往回撤的途中不幸中弹负伤，但他依旧顽强地把枪带回了连队。

父亲的最后一次负伤是在1948年辽沈战役前。那时他担任东北军区军械部一处处长兼佳木斯军械库主任，当时军械仓库里的枪支弹药堆积如山，有日军的“三八大盖”“歪把子机枪”，有苏军撤退时留下的苏式武器，还有缴自国民党军的美式装备，各种各样的火炮弹药，如同一个万国军火库。经历长期革命战争考验的他，深知枪支弹药对前线的重要作用，知道它是决定战争胜利的重要保障。为了保证前线的需要，他身先士卒、严格管理，哪里危险就到哪里去，以高度的革命事业心、责任感，夜以继日地战斗在一线。不幸的是在一次检查一批运往前线的枪支时，旁边的一名战士不慎将一枚日式炸弹碰炸了，当时这名战士就牺牲了，旁边的父亲也负了伤。这也是父亲革命生涯中最后一次负伤，是为了给前线运送枪支而负的伤。

父亲虽然已经离开我们很多年了，但是他的光辉革命经历，让我们始终不能忘怀。我们永远怀念他。

（作者：傅绍杰）

第二十九篇

穆沟口，父亲险些与红军失之交臂

1996 年 4 月 1 日，我的父亲马云峰最终没能等到红军长征胜利六十周年纪念日的到来，走完了人生的最后征程。值得欣慰的是，父亲在病中写完回忆录《征途漫漫》，以此纪念自己于 1935 年 4 月 2 日重返红军队伍参加长征，跟随红二十五军到达陕北。父亲是长征的亲历者，也是长征中的幸运者，他险些与长征失之交臂，却以最短的路程最先到达陕北……

1932 年秋，父亲离开家乡安徽省金寨县，随红四方面军十一师三十三团向川陕转移，血战漫川关突围后，在陕南柞水县肖家台野猪沟口战斗中他不幸腿部负伤，被安置在一个叫末沟口的村庄中的村民家中养伤。那一年父亲 18 岁。部队给房东熊明祺留下一些银元后就开拔了。父亲望着逐渐远去的战友们的背影，心里涌出一种难以名状的失落，不知道自己今后的命运会是什么样子。

末沟口非常闭塞，外面的消息很难传进来。父亲在山沟里一边养伤，一边帮房东放牛。随着腿伤的逐渐好转，父亲心中对红军的思念也一天比一天强烈，白天放牛时在想，晚上躺在炕上也在想，想念部队里亲如兄弟的战友们，想念家中祖母、父母和弟弟妹妹……父亲四处打听红军的消息，渴望着有一天能重新回到红军队伍中。有一次，父亲一连走了好几个月，一路上翻山过河，去了许多地方，后来没了盘缠，只好一边讨饭流浪，一边到处打听消息，却始终得不到红军的音信。红军难寻，又不敢贸然回安徽老家，父亲只好又回到熊家放牛。

1935 年 4 月初的一天，熊明祺的亲戚来到熊家，说有军队到了曹家坪。父亲听说后惊喜万分，生怕错过机会，忙跟熊明祺说了一声，撒腿就往曹家坪跑。他一口气跑了二十几里路，赶到曹家坪一看，只见镇里镇外驻满了军队，士兵的八角帽上缀着红五星，真是两年多来日思夜想的红军！再一打听，是鄂豫皖来的红二十五军，还是自己家乡的队伍。父亲毫不犹豫地投入到红军的怀抱，就如同游子重新回到家中一样。班里战友就像亲兄弟，看到父亲除身上穿的破衣服和脚上蹬的草鞋外一无所有，纷纷拿出自己的衣帽被单、鞋袜碗筷等物品，使父亲感到了革命大家庭的温暖。归队红二十五军后，父亲被分到二二五团一营三连一排二班当战士，几天之后，便参加了九间房战斗。同年 7 月，父亲随红二十五军从长安沣峪口出发西征，踏上了继续长征的路程。

父亲到了老年，常忆往事，尤其难以忘怀他重回红军的经历，每当说起此事，总是感慨万分。父亲去世后，为了整理和充实父亲的回忆录资料，在母亲谭新华的支持下，我开始寻访父亲生前战斗和生活过的地方。末沟口是父亲人生经历的一个命运转折点，被我列为重点。

为了考证父亲当年在陕南养伤的具体位置，我查看了陕西省分县地图，却始终没找到末沟口。柞水县曹家坪附近有“穆沟口”和“东磨沟”两个相近地名，从地理位置看，穆沟口位于柞水县曹家坪镇南约十公里处，正好在当年红四方面军从凤凰嘴以东至曹家坪的行军路线上，更符合父亲回忆录的描述。

2006 年夏，我到兰州出差，借机寻访了父亲当年养伤的穆沟口。柞水县位于西安市南约 100 多公里处，有高大险峻的秦岭相隔，交通非常闭塞。7 月 6 日，我先从西安乘火车到柞水，车站前很荒凉，没有客运汽车，我只好包乘一辆私人轿车到穆沟口村。穆沟口位于柞水火车站东约四十公里，曹家坪南约十公里处，夹在两山之间，一条金井河将村庄分为东西两半。河西稀稀拉拉住着熊姓三四户人家，其余四姓二十多户都住在河东，房子大多都是土坯房。因为还得赶火车，时间紧，我匆匆拍了几张照片就离开了。

2014 年 1 月 3 日，我的母亲谭新华去世。为了完成父亲诞辰一百周年画册，我和老伴郭平英第二次寻访穆沟口。6 月 21 日，我们从延安乘火车到达西安，23 日一早，我们从西安客运南站乘大巴穿越秦岭隧道，到达柞水县城，再转乘长途客运车，中午时分到达穆沟口。此时的穆沟口村已改名为金星村，村里新盖了许多房子。我们跨过金井河上的独木桥来到河西，遇人便打听熊明祺，没想到第一个被问的正是熊明祺的侄子熊启志。

父亲的回忆录提到过，熊明祺当时大约二十四五岁，有两个很小的孩子。熊启志告诉我们，他叔叔婶婶早已过世，现在只有小儿媳冯光芝在村里。熊启志带我们找到冯光芝，我们一起拍了合影。

父亲在回忆录中还提到，穆沟口的河对面住着一个红军伤员，姓李，安徽霍邱人，被安置在一个徐姓人家。山背后也有一个红军伤员，姓什么想不起来了。父亲有时和他们一起放牛、耕地，一起烧玉米吃，无忧无虑地谈红军、聊革命、说家乡，尽情地开心说笑。能和红军战友在一起，那时几乎成了父亲的精神支撑。

我问熊启志是否知道这两个红军伤员，熊启志说知道，他告诉我，住在山背后的红军伤员姓王，湖北人，新中国成立后当过生产队长，大家都叫他王队长。改革开放后，为避开地质灾害，山背后的村民整体搬迁到山前，王队长也把家搬到了河西。河对面的红军伤员叫李根斗，一直住在徐家，终生未娶，后来住进敬老院，活了九十多岁。两个人都终老乡野。王队长和李根斗伤愈后没有重返红军队伍，也没有回归家乡故土，两人都留在红军安置他们养伤的偏僻的山沟里，默默度过了一生。好在“文革”结束后，王队长和李根斗都被民政部门确认为红军失散人员，享受到老红军的荣誉和经济补贴。

乘车返回经过曹家坪时，我们下车拍了好几张照片。曹家坪是父亲重归红军的地方，也是父亲走上长征路的起点，因此成为父亲人生经历中的一座纪念碑。

晚上回到西安，我不禁思绪难平：当年 3 个红军伤员留在穆沟口养伤，只有父亲一人离开了这里，跟随红军长征到陕北，并在之后参加了抗日战争和解放战争。而王队长和李根斗却一头扎在了这个偏僻山沟里，一生都没有走出来。初始相同的境遇，后来却走向不同的归途。深思细想，父亲能重返红军可以说是万幸。若不是红二十五军进军陕南曹家坪，若不是房东的亲戚将红军的消息带进封闭的深山沟，父亲恐怕也要在这个小山村放一辈子牛。父亲离开穆沟口回归红军又属必然。父亲养伤时虽然只有 18 岁，但参加红军已有两年多，大大小小的战斗经历了十几次，还曾两次负伤。他早已认定，红军是穷人自己的队伍，要想翻身解放，只能跟着红军走。他怀着坚定的信念，四处打探红军的消息，始终没有放弃。父亲常给房东一家人讲革命道理，熊明祺也明白，只要有机会，父亲必将跟随红军远走高飞。

回到北京后，我有幸在旧书店买到一本柞水县党史办公室编辑的《红四方面军在柞水》，书中记录了 1932 年 11 月红四方面军向川陕转移，途经柞水县时的历程。据书中记载，红四方面军于 1932 年 11 月 23 日在肖家台野猪沟口与敌军交战，11 月 24 日到达马家台，11 月 25 日离开马家台继续北进。令我兴奋的是，书中竟然有 13 篇文章讲述了红四方面军伤员在柞水养伤的情况。1932 年 11 月下旬，红四方面军途经柞水县境时，准备北进翻越秦岭，将行动困难的伤病员安置在柞水县村民家中。据柞水县党史办公室不完全统计，共有 63 名伤病员分散安置在沿途的 12 个乡内，其中安徽籍伤员有 30 多人，占了多半。63 名伤病员中，有两人因伤重牺牲，其余伤员痊愈后，大多数归队红二十五军，部分返回鄂豫皖原籍，部分落户柞水，还有两人被拉了壮丁。遗憾的是，本书所列的《中国工农红军第四方面军西征途经柞水县掉队伤员名录》中安置红军伤员的村庄，竟然没有穆沟口，父亲马云峰与王队长、李根斗的名字及其在柞水的经历也没有收录在内。显然是在调查统计时被遗漏了，可见穆沟口有多么偏僻。

为了完成父亲马云峰和母亲谭新华的回忆录和纪念画册，我们花了十多年的时间到各地收集素材和资料，先后两次寻访了陕南柞水县穆沟口村。迢迢数千里的行程，硝烟散尽后的战场与山村，还有辛苦收集到的宝贵资料，使已经远去的父母离我们越来越近，也使我们更加懂得父母当年的选择与坚持。

我们希望我们的后辈不要忘记，曾有成千上万的志士仁人，为了中国人民的解放事业而流血牺牲。在陕南柞水县的土地上，至少有十多名金寨籍红军伤病员，在当地人民的掩护照料下恢复了健康，不管他们后来是回归红军继续参加革命斗争，还是在当地落户，或是返回金寨原籍，他们同样都为人民作出过贡献。

（作者：马立国）

第三十篇

回忆父亲吴作汉

随着岁月的流逝，记忆中往事逐渐模糊，多少曾经津津乐道的趣事，也都慢慢淡漠了。都说时光是冲刷一切印记的流水，虽然柔弱无形，却在日复一日打磨着记忆中存续的痕迹。几十年间经历的人、物、事，大都在记忆库中淡化、消逝。然而，并不是所有事物都受此规律支配。时间越久远，记忆反而愈加清晰的事也不乏其例。犹如大浪淘沙，沙退之后，留下的是金色的精华。有关父亲的记忆，在我脑海中并未因时光流逝而淡化，相反，时间越久越清晰，并且随着时间的推移，呈现出不同光泽的火花。

父亲吴作汉是个平凡的人。年轻时在革命队伍中父亲有个绰号叫“大个子”，但实际上，我记忆中的父亲是清瘦并偏矮的。也许是岁月的磨砺，父亲的身板并不显出多少刚武，极为平常，平常到放在人群中就是一个十分不起眼的老人。幸好父亲那时有一身军装衬托。在一身“国防绿”的映衬下，父亲陡然间就会平添些许英武之气，即使是提着菜筐去买菜，旁观者也会看出“这是一个老红军”。在家中，父亲忙忙碌碌的事情也不会比柴米油盐的范围大多少，如果一定要有的话，无非就是再多出个看看报听听广播之类。家里的一台黑白电视机，是父亲最后几年才添置的大件。父亲对生活条件的要求不高，穿衣只穿军装，新旧无所谓，日常饮食也极简单。早年他曾有抽烟喝酒的嗜好，后因身体原因，在医生和母亲的强烈要求下也戒掉了。一次我的同事到我家，看到父亲一身旧军装，胳膊上套着旧套袖在剁鸡食，惊诧地问我，你父亲是老红军还干这个？其实，父亲岂止是干这个，在家里，父亲就是个多面手，与母亲一道勤劳地操持着这个家。20 世纪 80 年代初，父亲曾念叨过冰箱这东西最实用，家里应该买一台。但那个年代冰箱既是紧俏商品又是高档电器，父亲对冰箱的向往没有实现。后来父亲的身体每况愈下，直至父亲去世，也没有实现这一愿望，想起来真是一件憾事。

父亲是个重情义、率性善良的人。他少言寡语不善言谈，即使在平时闲聊的时候，父亲的语言也朴实直接。对于我们，父亲却绝不吝惜语言，对我们苦口婆心，肺腑之言说了不知多少回。父亲不单单是谆谆教导，还有身体力行。“文革”期间忆苦思甜，父母用挖来的野菜给我们做过“忆苦饭”，父亲甚至还张罗要给我们打草鞋，幸而当时没有找到稻草，很难想象真要是让我们穿上一双草鞋会产生怎样的轰动效应。父亲对待亲朋也有自己的观念和方式。当年，老家的情况是父亲最惦记的。我印象中，几十年里父亲对老家的亲友是有求必应，鼎力相助。当时我们家因人口较多也并不十分宽裕，即便如此，父亲都是始终如一，无论是谁，只要有求，必伸援手。家里来了客人，只要接近饭时，父亲必定是要留客吃饭。我上中学时，老师到我家例行家访，与父母攀谈后，父亲决定留客以表达对老师的尊敬。老师即感骇然，大概在几十年的从教生涯中，在学生家中被留客吃饭也许从未经历过，但父亲一旦作出决定即使老师再强调理由推辞也无济于事，甚至于父亲将脸沉下来，以命令的语气令老师只能“就饭”。1966 年我家搬到干休所，原单位派了几个战士帮助搬家，也不例外地被父亲留客，战士以纪律为由推辞，引得父亲用一句“你是谁，我是谁”，让战士再无理由谢绝。放在今天看，此举也许会引发一些人的联想，但父亲的出发点一点也不复杂。

父亲没有读过书，粗浅的文化也是戎马生涯中学的。然而，我却听到父亲完整地咏诵毛主席的诗词“久有凌云志，重上井冈山，千里来寻故地，旧貌换新颜”，还有朱老总的“太行浩气传千古，留得青山吐血花”等，甚至还有铁人王进喜的“大雪当炒面，天南地北来会战，誓夺头号大油田”，这其中是否蕴含着父亲对领袖的尊崇，对英雄的赞誉，抑或是借此抒发胸怀？

我当兵不久，曾接到父亲的亲笔信，内容虽然记不清了，但其感情之切切、期望之殷殷跃然纸上。想起来，这是我辈难得的待遇（仅此一次）。因文化水平的原因，家中写信的任务照例都由留守子女中年长者担任。信的内容一般都由父母口授。父亲亲自动笔，可见用心良苦，语重心长。

父亲内敛、持重，并不意味着感情世界的平淡。父亲一生经历的坎坷无法用简单的语言文字概括，无数次艰难困苦、死里逃生的经历铸就了父亲充满传奇色彩的一生。色彩不光是灿烂的，更多的是悲壮和血腥。用父亲的话讲，“当年一起出来的 60 多人只有我一个人回来了”，其他人，包括我的一个亲叔叔都牺牲在不知名的地方。就连父亲的父母一家九口，也在红军长征后不久，惨遭国民党杀害。如同无数先辈一样，父亲深知当今来之不易，有极强烈的愿望让下一辈了解历史，保持和发扬传统。对自己的过去，父亲最为自豪的是，一辈子没有离开过党，一辈子没有离开过军队，一辈子没有做对不起祖宗的事。哪怕是在最艰难的时刻，跟党走的信念从未动摇过。父亲把历史和传统看得很重，曾是那么殷切地希望我们了解历史，尊重过去，可惜我们那时正处在懵懂无知时期，只把这些无比珍贵的活的历史当作有趣的故事，听听也就是了。这曾让父亲着急，伤心，无奈。待我们意识到这些有多么珍贵，一切都过去了。

父亲一生没有轰轰烈烈的事迹，唯有踏踏实实，默默奉献。听母亲讲，父亲在工作岗位上从来都是兢兢业业、身先士卒。父亲所在单位搞营建，父亲都是亲自上阵，手推肩扛，全然不像个领导。父亲认为这很正常，工作就应该这样干。

60 年代初，父亲退休了，没有原因，不给理由，组织决定。母亲多次唠叨："父亲退休后心里憋闷，很长一段时间不爱说话。"可以想见，从轰轰烈烈到无所事事，从投身事业到赋闲在家，压在父亲心里的巨石是多么沉重！

80 年代，军队搞整顿，退休的老同志按规定不能再穿军装。决定下来，在老同志中引起巨大波澜。父亲也很在意这件事。对父亲这样一位一辈子只认军装的老红军说来，军装是任何其他服装都无法替代的。就连我们，打记事起，父亲就是一身军装。我无法想象父亲套着个中山服、西服，抑或是其他什么时髦衣服会是个什么样子。父亲的内心当然比我想象的更激荡，无法割舍是十分自然的事。一天，我爱人神秘兮兮地跟我讲，早晨起来见到一个场景：父亲将一副红帽徽、红领章端端正正地摆在客厅的茶几上，立正良久，眼睛凝视着不愿离开。片刻，面对红色的帽徽、红领章郑重其事地举起右手敬了一个军礼。随后，将领章、帽徽认真收起。我顿时骇然，慨叹，同时又感到遗憾：我似乎窥见父亲丰富的内心世界，我感悟到红领章、红帽徽在父亲心中的位置，我遗憾未能目睹这一感人的场景。也许，父亲在这个时刻不是去告别心中的圣物，不是追忆承载着历史硝烟的荣誉。也许这是一个历史时代的终结，是一个老军人向真正老百姓的转变。父亲要将这一切存在心里。他的衣装上不会再缀有红帽徽、红领章，但在他心中，红星红旗都永远存在。

在我心中，父亲的一身军装无论是新是旧都是最恰当、最合体的衣着。那身"国防绿"撑起了一个老军人极富内涵的形象，即使是到了花甲之年，一身军装也会让人精气神附体。父亲对军装的挚爱，也使我们做子女的铭记心上。父亲去世后，全家人毫不犹豫地以一身"国防绿"、红帽徽、红领章陪老人家踏上最后的路程。

父亲是个信念执着的人。父亲有一个执着的观念：男儿就是要当兵，当兵最锻炼人，最出息人，要当兵就当一辈子。我们兄妹 6 个，还真按父亲的理念走下来了，甚至连我们的爱人绝大多数也都有从军的经历。我当了 8 年兵复员回家，父亲对此很有看法。幸而在我工作公安局，一身警服（父亲则一律称之为军装）多少算是些弥补。1976 年春节，在部队的几个兄弟一起休探亲假回家过春节。父亲对此十分高兴。几年了，全家终于又获团聚，兄弟几个向父亲汇报在部队的工作学习情况，其乐融融地交流、畅谈，说些成长的过程和遇到的趣事。父亲很兴奋，和我们在一起时还唱起红军时期的歌曲。这歌曲以前也听父亲唱过，现在知道，这是红军时期广为传唱的《打骑兵歌》。在这个时候，父亲和我们确实高兴。父亲饶有兴致地讲了不少趣事后，郑重其事地说，我们家已经有 5 个党员了，可以组成一个支部了，说得我们都笑了。但我们都知道，父亲是认真的，此事理所当然。革命军队的起家法宝之一就是“支部建在连上”，党员无论何时何地都不能脱离组织，“支部建在家庭”也就理所当然了。

父亲是个正直清廉的人。母亲讲，父亲一生最看不惯也不能容忍出现损害国家利益的事情。五六十年代，父亲工作单位有许多空闲土地，家属们纷纷地搞些小自留地，我们家也种了一些。秋天收获之后，父亲却将耕作的果实上交组织。此事是我们与母亲闲谈时得知的。那是有一次我们问母亲：父亲上过报纸吗？母亲就讲了这件事，并且对当年此事被报纸刊出颇为自豪。要知道当年一个人的名字和事迹不论大小，能变成铅字在报纸上登出来，是一件比较轰动的事。

父亲对我们的要求最让我们铭记的是这一方面：可以不当官，可以平凡，但绝不可以犯明知故犯的错误。除了政治上不糊涂，更要在经济上和生活作风上把握好自己。我们作为子女，走上工作岗位后，都有成就，遇坎坷，但在父亲最看重的两个方面，可以都引以为荣地得出结论，我们没有让父亲失望，没有辜负父亲的嘱托。如今，我们这一辈也多已退休，有了几十年人生经历。回想起来，父亲的教诲不可谓不令我们行有所遵。更重要的，是父亲一身正气对我们无形的浸润。我们引以为珍贵的，就是父亲留给我们的精神财富，对此，我们会始终坚持，乐此不疲，并用自己的方式将其在现在的形势下发扬光大。我们坚信，父亲最看中的、最欣慰的，不会是我们中间谁当了多大的官，谁发了多少财，而是他的子女没有让他失望，没有损害他一生的信仰。

30 年了，父亲终于叶落归根，回到了魂牵梦绕的故乡。愿父亲在天之灵安息。

（作者：吴东林）

第三十一篇

老红军张泰升的战斗人生

张泰升（又名张太升），安徽省金寨县南溪镇人。13岁时参加红军，先后3次过雪山草地，参加了北上抗日、西路军西征，历经了抗日战争、解放战争、抗美援朝以及1958年台海炮战。他是一位久经沙场、南征北战，为人民立下了汗马功劳的老红军。

少小离家当红军

张泰升1918年出生在河南省商城县南溪乡曹畈村（现属安徽省金寨县南溪镇）一户农家，排行第三。由于家中自有的耕地还不到1亩，为了让全家8口都能有口饭吃，父亲张少勋只得去向地主租地耕种。一年到头，起早贪黑地干，除了向地主交租外，家里所剩无几，一年的辛苦只能勉强填饱肚子。张少勋瞅着这个刚刚来到人世的男婴，内心涌出一股期盼，期盼着这个孩子将来能给贫寒之家带来好运。于是，识字不多的张少勋便给儿子起了名字叫“泰升”，乳名“发子”。“泰”“升”“发”这3个字，寄托着张少勋一家对美好生活的期盼和向往。

8岁时，发子便被父亲想方设法送进了村子里的小学堂。整天和土地打交道的张少勋知道：儿子要想从这块贫瘠的土地走出去，要想以后能出人头地，不念书是不行的。

在小学堂里，发子认识了一位叫作廖静民的教书先生。27岁的廖静民是张家的远亲，他特别喜欢活泼好动的发子，经常给他讲大山外面的故事。不过，年幼的发子并不知道，他的这位“亲戚老师”是中国共产党的一名秘密党员。

发子在小学堂里念书的时候，正是鄂豫皖革命根据地蓬勃发展的时期。一批批头戴八角帽、身穿土蓝布军服的红军战士，开始频繁进出曹畈以及附近的几座山村。大别山下，到处可以看见迎风招展的红旗，到处可以听见声震云霄的嘹亮歌声。红军打土豪、分田地，让劳苦大众翻身得解放，许多村民纷纷报名参加红军。发子的爸爸、妈妈参加了农会，二哥张泰均参加了红四方面军，成为一名司务长。年纪尚小的发子，也和小学堂里其他孩子一样，高高兴兴地加入了儿童团。

1929年底，红四方面军成立了皖西北银行。次年，根据父母的安排，年仅13岁的发子，便跟随着教书先生廖静民，离开了家乡，来到位于槐树湾响山寺附近的皖西北银行财务科当上了一名勤务员。廖静民担任财务科科长，发子的主要工作，就是给廖科长端茶倒水，做些勤杂事务。张少勋之所以要儿子跟随廖静民前往皖西北银行，除了信任这位远亲外，也希望儿子能在银行里学点生意经，长大后能经商致富。不过，张少勋并不太清楚，皖西北银行其实就是红四方面军总经理部（即后勤部）的一个下属部门，而自己寄予了颇多希望的发子，从此就成了中国工农红军这支英雄队伍里的一名“红小鬼”。

历尽艰辛去长征

1931年底到次年5月，徐向前、陈昌浩领导的红四方面军在鄂豫皖地区，接连打了几场漂亮的歼灭战。1932年7月，蒋介石调集50多万人马向红四方面军发起规模浩大的“围剿”。为保存实力、争取主动，红四方面军主力主动撤离鄂豫皖革命根据地，向四川、陕西边界地区转移。临行前，张少勋特地从南塘村赶到槐树湾看望儿子，父子俩依依惜别。

红四方面军在川陕地区站住脚跟后，迅速与川东游击军会合，部队很快就由3万人发展到8万人，并扩编为5个军。1935年3月，为配合中央红军北上抗日，红四方面军根据中央指示，于3月29日攻克苍溪、阆中一带，火速造船100余艘，抢渡嘉陵江，随后开始了伟大的长征。

长征途中，张泰升随部队南下北上，爬雪山过草地，历尽艰辛。他和战友们常常是忍着饥寒与疲劳，与围追堵截的敌人展开周旋。

夹金山雄峙于四川甘孜、阿坝和雅安3地的交界处，海拔4000余米，山上气候恶劣，积雪终年不化，山下的宝兴河波涛汹涌，涛声如雷霆万钧，久久地回荡在九天之外。来到夹金山脚下，战士们抬头仰望着高耸入云的大雪山，只见雪连着天、天连着雪，一个个都十分兴奋。然而，这样的兴奋很快就被刺骨的严寒给驱散了，不大一会儿，身穿单衣的战士们就开始打起了哆嗦。为防寒，部队特地给每名战士分发了几颗红辣椒，叮嘱大家在挨冻时放进嘴里嚼上几口。

由于夹金山每天下午都是狂风呼啸、冰雹满天，因此要想翻山，必须赶在中午的12时之前。张泰升把红辣椒塞进了上衣口袋，咬紧牙关、打着寒颤，随部队一起向山顶奋力攀去。“大家注意了！一定要跟上前面的队伍，脚千万不能停下！”从队伍的前方，不断传来这样提醒的声音。爬到半山腰时，突然，张泰升的眼前一片雪白，仿佛置身于浓浓的雾气之中，什么也看不清了，周围的战友们也都转眼之间消失得无影无踪了。后来才知道，这是“高山反应”的一种典型症状——“雪盲”。他努力摸索着向山顶爬去，嘴里一阵阵地往外冒着酸水，一阵恶心之后，便栽倒在了雪地上。等张泰升醒过来时，他发现自己已经随着部队登上了夹金山的山顶。一问才知道，原来自己是被战友们给抬上山的。

下山时，战士们排起长队，沿着光滑如镜的冰面，朝山下径直滑去。张泰升往夹金山的两侧望下去，所见的只有万丈深渊。他心里一阵哆嗦，但也顾不得多想，就鼓起勇气，再深深地吸一口气，朝着山下奋力滑去。滑在他身边的，是一位背上背着大铁锅的炊事员，由于滑偏了方向，这名炊事员一下子滑入夹金山旁边的深渊之中，转眼间，便消失得无影无踪……

党岭山是折多山的主峰，海拔 5470 米。这里气候异常恶劣、山高坡陡，当地的藏民称这座山是鸟儿也飞不过去的“神山”。部队要翻越这座高山，必须花费两天的时间。张泰升和战友们爬至半山腰时，夜幕降临了，党岭山寒气袭人。徐向前总指挥发出了“就地宿营”的命令。

战士们用大刀砍下山上的野树枝，在山坡上搭起了帐篷，点燃了一堆堆篝火。大家围聚在篝火前取暖。张泰升和战友们一起，就着冰水，吃起了糌粑。

尽管想尽了驱寒的办法，还是有一些战士没能熬过寒冷的长夜。天色微明时，张泰升发现，雪地上已经横七竖八地躺倒了不少的战友，他们都是被冻死的。临出发前，泪流满面的张泰升与战友们一起，用积雪将这些死去的战友掩埋了起来，并在堆起的大雪堆上，放置了一顶红军的八角帽。

刚刚往雪山顶上爬了没多久，突然，山顶上猛地下起了“暴雪”。“遇到雪崩了，大家注意!”话音未落，“暴雪”便凶狠地砸了下来。一些战士因为躲闪不及，瞬间便葬身在了大雪之中。而从雪崩下捡回一条性命的张泰升，很快又受到了“雪盲”的困扰。不过这一次，有战友给他出了个好主意：解开绑腿，系在腰间，再让前面的战友牵着爬山。就这样，张泰升被安安稳稳地“牵”过了党岭山。

过草地时，红军将士们更是遇到了多次生死挑战。这里一会儿烈日炎炎，一会儿雨雾交加；一会儿晴空万里，一会儿狂风呼啸。草地上到处是深不可测的烂泥潭。行军中，后面的战士只能紧跟着前面战士留下的脚印前进，稍不留神，踏偏了草皮，就会立即陷入充满恶臭的沼泽中去，只要陷进沼泽，任凭你有天大的本事，也别再想一个人拔出腿来。张泰升好几次碰上了这样的“倒霉事”，都是靠着战友们的救助，才脱离了危险。然而，不少战士没有这么幸运，踩入沼泽后，还没等战友们反应过来，整个身体便在刹那间被泥潭吞没，再也出不来了。

太行山上打鬼子

1940 年 5 月，张泰升被分配到驻扎在太行山区的八路军一二九师总部炮兵团，担任三营九连的一名炮兵排长。

同年 8 月，为粉碎日军对华北抗日根据地的“扫荡”，争取华北战局朝着更有利的方向发展，八路军总部决定：组织 105 个团约 40 万人的兵力，向华北日军占领的交通线和据点发动一次大规模的破袭战。这就是历史上赫赫有名的百团大战。张泰升所在的一二九师总部炮兵团参加了这场规模空前的大战。

8 月下旬，战斗打响了！总部炮兵团接到命令：全力支援步兵攻打榆次县城。榆次县城是西北地区一处重要的战略枢纽，汾河的支流潇河贯穿其间。在强大炮火的支援下，八路军很快便占领了城门，日军丢弃城门后，全部龟缩到了炮楼里。张泰升指挥战士们向日军的炮楼展开了猛烈的炮击，但由于火炮平架在地面上，几发炮弹射出后，躲在炮楼内的日军，却毫发无损。眼看步兵就要发起新一轮的进攻了，怎么办？情急之下，张泰升便和战士们一起，将火炮抬到了狭窄的城楼上，这样，躲藏在炮楼里的日军，就彻底地暴露在八路军的火炮之下了。随着火炮发射时发出的巨响，日军的炮楼土崩瓦解了。

在攻打太古县城时，由于炮弹越来越少了，上级指示张泰升：一定要百发百中，绝不能浪费炮弹。张泰升于是和战士们一起，乘着夜色将大炮悄悄推行到距离日军炮楼仅有数百米远的高粱地里。然后，大家把高粱地悉数铲平，瞄准目标，狠狠地向日军的炮楼轰了出去。谁知这第一炮，竟然是颗“哑弹”，炮弹径直地从炮楼中穿了过去。不过，令大家高兴的是，这颗“哑弹”尽管没有爆炸，却将炮楼打穿了一个大窟窿，炮楼在一阵摇晃之后，轰然倒塌。

百团大战历时 3 个半月，八路军共进行了大小战役 1800 多次，击毙日伪军 2 万多人。这场大战，成为中共领导的人民军队在抗战期间独立发动的规模最大、时间最长的一场经典战役。

挺进中原见乡亲

解放战争打响之后，八路军一二九师被整编为中国人民解放军晋冀鲁豫野战军，刘伯承任司令员，政委是邓小平。1945 年 9 月至 11 月，蒋介石调集大批军队向解放区发动了疯狂的进攻。在刘伯承和邓小平的指挥下，晋冀鲁豫解放区军民奋起还击，先后取得了上党战役和邯郸战役的胜利，歼敌2.5万多人。张泰升参加了这两场战役，战役结束后，他被提升为晋冀鲁豫野战军第二纵队炮兵营副营长。在此后一年多的时间里，张泰升一直随主力部队转战于陇海铁路周边地区，并先后参加了多场重大战役。

为“把战争引向蒋管区”，1947年6月，中共中央发布命令：刘邓大军4个纵队共13万人马，由鲁西南出发，千里跃进大别山，“将一把钢刀插进敌人的心脏”。

张泰升所在的二纵主力部队奉命发起了对商城的进攻，在攻克了商城之后，二纵犹如秋风扫落叶一般，势如破竹，攻城略地，浩浩荡荡地向着大别山挺进。1947年，晋冀鲁豫解放军主力部队一举突破黄河天险，前进到了黄泛区的北侧。

刘邓大军的挺进行动被蒋介石发现后，赶紧调集了大批军队围追堵截。遍地齐膝的污泥，加上天空中敌机的轰炸和低空扫射，使部队的行动遇到了难以想象的困难。此时，刘伯承一句“狭路相逢勇者胜”的豪迈口号，极大地鼓舞了士气。战士们冒着生命危险，在泥泞和积水中并肩携手，艰难地跋涉前进；而张泰升则沉着地指挥着大家，将火炮抬过头顶，雄赳赳地蹚过了这片泥海。

越过黄泛区，部队挥戈南下，经过数次战役后，顺利进入大别山区腹地。考虑到山地作战的需要，张泰升根据上级命令，指挥战士们将大炮全部埋进了大山中。再往前走，就是张泰升小时候经常玩耍嬉戏的挥旗山和老虎山了。“终于回家了！”离家乡越近，骑在马背上的张泰升心里就越不是滋味——是啊，自己打小离家，已经有整整17个年头了。家中的亲人们，你们可都安康？

行至曹畈村头，张泰升按照习俗下了马，牵着缰绳步行走进了村，只见家家户户门窗紧闭，村子里也见不到一个人。这是怎么一回事呢？后来张泰升才知道：原来，见村头来了这么多的军队，不少村民还误以为又是国民党军来抓壮丁了，纷纷躲藏了起来。

张泰升凭着记忆找到了自己的家，家还在原先的地方，甚至连房门前的老树也依然挺立着。他悄然走近家门，轻轻地拍了拍房门，问：“老乡，请问这户人家是不是姓张啊？”这时，一位面色惊慌的老农从房中走了出来，他看着眼前这位牵马的“大官”，点了点头说：“这户就姓张，‘老总’要找谁呀？”

看见这位老农，张泰升的眼睛一下子就潮湿了，他一把抓住老农的手，激动地说：“爸，是我，我是泰升啊！”可张少勋迟疑着，半天也不敢说一句话。良久，他才怯怯地问：“‘老总’，你说你是泰升，我可不敢认哪！如果你真是泰升，那你说说看，你的小名叫什么？”张泰升听罢，忙说：“爸爸，我就是当年的发子啊！”说话时，他的声音不住地颤抖着。

父子俩的谈话，把张泰升的小弟从屋内吸引了出来。见门外的“老总”自称是自己的哥哥，小弟便说：“我哥哥小时候曾经被马蜂叮过，左腿上有一块疤，你如果真是我哥哥，就把腿伸出来让我们看看。”张泰升连忙把左腿伸了出来，父亲和弟弟瞅见了那块伤疤，3 个人当即抱成一团，放声痛哭。

村里的乡亲纷纷走出了家门，张泰升站在高地上，大声地对群众说：“乡亲们，我们就是当年的工农红军，大家不要怕，南塘已经解放了！”

进入大别山后，部队首长考虑到张泰升是当地人，有利于开展地方工作，便将他从二纵炮兵营调入金寨县武装大队担任副大队长。1948 年春，金寨县武装大队与商城县武装大队合编，组建成金商大队，张泰升又受命担任了该支队参谋长。淮海战役结束后，张泰升奉命返回第四野战军，并协助组建了湖北省军区炮兵营，张泰升任营长，直至中华人民共和国成立。

（作者：胡遵远、张忠平，原载《党史纵览》2019 年第 1 期）

第三十二篇

父亲但远嵩的长征故事

我们的父亲但远嵩，安徽省金寨县槐树湾乡人，1914 年出生，1929 年在家乡参加革命。1930 年在其大哥但远从、表哥皮定均的带领下，加入了红军。1932 年红四方面军实行战略转移，从鄂豫皖革命根据地转移到四川。根据党中央的指示，为了配合红一方面军的长征，策应和迎接中央红军，红四方面军于 1935 年 3 月 28 日挥师西进，强渡嘉陵江，开始了长征。父亲时任红四方面军第九军电话排长。长征途中，红四方面军三过雪山草地，激战无数，于 1936 年 10 月在甘肃会宁与红一、红二方面军胜利会师，长征胜利结束。作为长征的亲历者、幸存者，父亲每每想起那艰苦卓绝的岁月，回想起那些长眠在长征路上的亲密战友们，内心总是波澜起伏不能自已。

在父亲的后半生，随着年事渐高，他右脚有两个脚趾经常不明原因地红肿疼痛，穿袜子穿鞋子都很困难，一般要使用消炎药外敷才能缓解。父亲偏瘫已三十多年，以卧床为主，很少走路，穿的袜子和鞋子都是全棉软底，轻巧透气，除了指甲有些畸形，脚趾的外观也看不出明显的异常。为什么会经常出现不明原因的红肿疼痛呢？有一天，趁着他精神好就问了他。父亲说这是过草地时落下的病根。

1935 年 8 月中旬，父亲随部队进入了生死莫测的大草地。茫茫草地一望无涯，到处是水草、沼泽、泥潭，根本就没有路，人必须踩着草甸向前走，战友们有的拄着棍子探路，有的几个人相互搀扶着，一天走下来人都筋疲力尽。

过草地的第三天下午，突然下起了大雨，电闪雷鸣，走在父亲前面的小严，没踏稳草甸，脚下一滑，陷进了沼泽，由于恐惧他拼命地挣扎，结果一下子淤泥就陷到了大腿。见状，父亲立即将手中的棍子头递给他，这时疲惫不堪、身体虚弱的父亲，使出全身的力气，试图将战友拉出来，没想到不仅没把小严拉出来，自己也陷下去了。在这生死攸关的时刻，几位四川籍的战友围了上来，他们迅速地解下自己的绑腿带，向父亲和小严扔过来，并让他们绑在各自的身上，几个战友小心翼翼地拉着，缓缓地移动着，终于将两人拉了上来。

得救后的父亲，感觉右脚趾异常疼痛，仔细一看，右脚的两个脚趾被满是泥浆的草鞋勒破，皮肉翻了过来，鲜血和着泥浆往下流，虽然疼痛，但他并没在意，只是撕了一块小布条简单地包扎了一下，夜里脚趾就红肿了，人也发烧了。

部队连续行军，整天在泥沼里走，很快脚趾就感染溃烂并露出了白骨，由于缺医少药，只能用盐水洗洗，这在当时已经是最好的治疗了。看他行走不便，战友们抢着帮他背武器装备。就这样凭借着坚强的意志力，年轻旺盛的生命力，反复感染溃烂的脚趾，终于在两年后愈合了。父亲常说，如果不是战友情、同志爱结成的巨大力量支撑下来，自己早就陈尸草地了。

长征路上，在红九军的队伍里，人们时常看到一位络腮胡子的红军战士，挑着一根扁担，一头是大铁锅和炊具，另一头是背包和一个六岁的孩子，孩子长得瘦小，衣衫补丁摞补丁，可长着一双机灵的大眼睛。这就是炊事员老赵。他是四川人，参加红军时家里已没人，于是就带着唯一的儿子加入了队伍。行军时，他挑着几十斤重的担子，部队休息了，他要架锅烧水做饭，忙个不停，最后才吃饭，收拾好炊具才能照顾孩子和休息。第二天他还要早起做饭，保证部队的行军打仗。

部队过草地时，有的同志带的是青稞麦炒面，有的来不及磨成面带的是青稞麦。当时的环境大家都明白，多省一点粮食，就多一点生存的希望。同志们都尽量节省，但即便如此，准备的干粮没几天就吃完了。茫茫草原，渺无人烟，这么多部队，粮食没了，只能靠野菜、草根、树皮充饥。

有一天，到了宿营地，同志们挖了野菜交给老赵。大家又渴又饿，等了好一会还没见老赵来喊开饭。忽然，传来了孩子凄惨的哭叫声，父亲和几个战友急忙跑过去一看，老赵口吐白沫面色发青，已经不能说话了，只是眼睛一直看着孩子，手里攥着野菜。这时大家都明白了，老赵是野菜中毒了！原来每天挖的野菜草根，老赵必先尝，没问题再煮给大伙吃，以确保安全。同志们试图将老赵嘴里的野菜给弄出来，可已经来不及了。父亲握着老赵的手，流着眼泪说："你放心，我们一定把孩子活着带出草地。"这时，老赵脸上露出了一丝不易察觉的笑意，并永远地闭上了眼睛。

眼看快要走出草地，老赵却倒下了！孩子扑倒在老赵怀里撕心裂肺地哭起来。6 岁的孩子看到了如此血雨腥风的战争，经历了如此惨烈而悲壮的生离死别，小小年纪是如何承受的，现在的人是无法想象的。

随后父亲和战友们轮流背着孩子，大家互相鼓励互相帮扶，靠着吃野菜、树皮、皮带、枪背带，终于第三次走出了茫茫草地，九死一生幸存了下来。孩子被送到了后方医院，在此后残酷的战争中逐渐成长为我军的一名高级指挥员。

小时候，母亲就告诉我们，父亲的右眼看不见东西，只有光感。这是因为长征过雪山时，长时间白雪反光刺激加外伤所致。

当年过草地前后都要过雪山。而大雪山是一座连着一座，有几千米高，山下是峡谷森林，山上是终年积雪，有的地方厚达几十米。雪海茫茫望不到尽头，好多天都看不到一片没有雪的土地。红四方面军在历时一年多的长征中，翻越海拔 4400 米以上的雪山就有 5 座，其中梦笔山和夹金山都是两次经过。

父亲印象最深的是翻越党岭山。党岭山位于现在的四川甘孜藏族自治州，主峰海拔 5400 米，终年积雪不化，气候变化极大，时而狂风漫卷，时而暴雨如注，时而冰雹雪崩。当地老百姓这样说："爬上党岭山，如进鬼门关，若无大圣胆，难以再生还。"可想而知，翻越党岭山绝非易事。

我们大部分战士都是从南方北上，很多人都已是衣衫褴褛，根本没有御寒的衣服，也没有粮食。经过连续的行军打仗，同志们极度疲乏。寒冷、饥饿、疲惫、稀薄的空气一起侵袭着这支坚强的队伍。

这天父亲的部队来到山脚下，只见山上冰封雪锁，山势陡峭。雪山上万里无云，阳光灿烂，白雪反光强烈，使人无法睁眼，父亲红肿多日的眼睛更加疼痛。大家跟着前面部队蹚出的冰雪路，沿着崎岖蜿蜒的雪路一个紧跟一个行进。越往上走山势越陡，积雪越厚，空气越发稀薄，连呼吸都感到困难了。好多同志因为疲劳饥饿而坐了下来，这一坐就成了冰雕，永远地留在了那里。

部队到山顶时起风了，风越刮越紧。顷刻间狂风大作，翻卷着大片的雪花，并夹杂着冰雹，小的如黄豆，大的如小馒头，根本就无法躲避，许多人被砸得头破血流。父亲的第一反应就是要保护好通信设备，于是赶紧从背上放下设备抱在怀里，并弯下腰用身体挡住冰雹。忽然一个碗口大的冰雹砸到他头上，他一个踉跄，脚下一滑，滚到了几十米外的一个山沟里，他坐在沟里，头上流着血，摸摸怀里的设备安然无恙，他就放下心来。这时传来雷鸣般的响声，震撼大地，父亲抬头一看，雪崩了！就在刚才父亲滚下山沟的地方，走在那里的上百名战友顷刻间被大雪吞噬了。望着瞬息万变的雪山，部队接到命令"迅速下山，不准停留"。下山的路上，战友们互相搀扶互相帮助，终于战胜寒冷、饥饿和死亡，翻过了这座神秘诡异的党岭山。下山后父亲的右眼就几乎失明了。

在党岭山下，父亲遇到了皮定均。皮定均双眼湿润地看着父亲，哽咽着说，父亲的大哥之前在一次激烈的战斗中，为了掩护大部队突围，率领一个营的战士阻击敌军，在子弹打光而又负伤的情况下，与敌人展开肉搏，被敌人残酷地杀害了。皮定均告诉父亲，他的大哥是一个有智慧、有思想、骁勇善战、意志坚强的红军指挥员，为了革命事业奉献了自己宝贵的生命。我们的大伯牺牲时年仅25岁。

父亲当年参加红军时，家族中的兄弟、堂哥、堂弟共25人和他一起入伍，走进革命队伍。长征胜利到达延安时，仅剩6人。19位亲人牺牲在雪山、草地以及与敌人的激战中。他们牺牲时，多数还是花季少年，最年长者是父亲的大哥。

追忆那段峥嵘岁月，当年的红军战士是靠着钢铁般的信念，钢铁般的意志，才战胜了数万敌军的围追堵截，征服了人迹罕至的雪山草地，克服了常人难以想象的艰难险阻，胜利完成了震撼世界的万里长征，谱写了一曲惊天地泣鬼神的英雄史诗，为后人留下了一笔巨大而又珍贵的精神财富！

（作者：但祖建、但春燕、但红红）

第三十三篇

红色家风代代传

家风无言，却可以奠定一个人一生尊崇并延续的做人做事的基本原则。我的父亲骆斌于1917年10月出生在安徽省金寨县双河镇皮坊村王家湾的一个贫苦农民家庭。父亲出生时家中无田地，全靠爷爷给地主当长工养家糊口，过着吃了上顿没下顿的日子。在父亲2岁时，我的姑姑被送给别人当童养媳；3岁时大伯病死；6岁时奶奶被卖改嫁；7岁时爷爷病死，从此父亲成为孤儿。后经骆姓族长商定，过继给一个远房的叔叔当继子，才勉强存活。立夏节起义时父亲13岁，参加儿童团站岗放哨。父亲15岁参加红军，跟随红二十五军长征，先后参加抗日战争、解放战争、抗美援朝战争，跟随共产党为新中国的成立转战南北。父母用自己不平凡一生谱写的红色家风，成了儿女们最好的教科书。

父母的婚姻是组织安排的。在父亲的回忆录中关于他和母亲的婚姻是如此记述的："1950年6月28日，经领导介绍、组织批准，我和宋毅同志在广州结婚。"父亲和母亲结婚前并不相识，更谈不上自由恋爱。母亲是在新中国成立初期那个激情燃烧的岁月，被组织介绍给父亲的。父亲和母亲是先结婚再建立感情，到父亲去世时，已经扩展至四代23人的大家庭。父亲和母亲一路相伴走了65年，他们一直是以同志互称。父亲这一生都拥有"好人"的名声，这是他几十年用坚韧、正直、厚道、善良、豁达的性格赢得的尊称，而作为家里总管的母亲则具有贤妻良母特性和女强人的特质。父亲传导给我们的是宽厚胸怀，母亲教给我们的则是做人的道理。

敬畏之心是我家教育的主旋律

每个家庭教育都有自己的风格，敬畏之心是我家教育的主旋律，对我们的影响是终生的。

我们兄妹 4 人当兵的第一个月，父亲寄给了我们一张泛黄的纸，这是我们的家史。父亲在家史的结尾处要求我们：“你们现在是伟大的中国人民解放军战士，肩负着保卫伟大的社会主义祖国，巩固无产阶级专政的重任。为此，希望你们努力学习毛主席著作，彻底改造世界观，树立完全彻底为人民服务的思想，发扬一不怕苦、二不怕死的共产主义精神。另望你们在 1971 年积极努力争取加入共产主义青年团，争当五好战士，年终向伟大领袖毛主席报喜，向我们报喜。”

父亲经常说：“我很知足，1932 年当红军时，斗大的字不识几个，家族一起参加红军的共 5 个人，到全国解放时只有我自己还活着。战争年代有多少战友在我身边倒下，如今我衣食无忧，儿孙满堂，儿女们在各自工作岗位上都有着出色的表现，遵守党纪国法，孝顺父母，我很欣慰。”他要求我们要珍惜先辈用鲜血换来的来之不易的幸福生活。我们在父母的熏陶下都勤奋努力，不懈奋斗，在各自的工作岗位上都作出了应有的贡献，到了孙辈们，他们全是文化人，4 个研究生、2 个本科生，其中还有 3 个是海归。

父亲从不让我们享受“特权”

小时候一件记忆深刻的事情至今仍印在脑海里。那是 1962 年的一个周日，当时父亲在湖南民航局当政委，我也只有四五岁。利用周日，父亲要去较远的地方修理全家的鞋子。我知道后非缠着要跟随不可，作为家中唯一的女儿，从小父母就格外地疼爱我，父亲经不住我的纠缠，只好带上我。于是父女二人便骑自行车出门了，当时父亲的车技不太好，加上我又在车上，父亲格外紧张，一个不小心，在一个大下坡的地方，我们父女二人双双从自行车上跌了下来，父亲的手臂和膝盖全都摔破，自行车摔得不能骑，我大哭起来。父亲在万般无奈之下一边狠狠地批评我，一边不顾自己伤痛，查看我受伤的情况。当时，很小的我非常不理解父亲为什么要骑自行车带我，为什么不用小轿车呢？长大后才慢慢了解了父亲，才明白用公车办私事是父亲坚决不会许可的事情。

好家风不是需要长期的“润物细无声”

父亲和母亲对我们兄妹的政治思想、道德品质、行为规范等方面要求很严格。从小教育我们要艰苦朴素，不能跟别人比吃比穿，要比思想比进步。我们当兵前穿的衣服都是大的穿了小的穿，小的穿了再小的穿，一直到不能穿后扎成拖把用。记得有一年，父亲一个老战友到我家来，在院子里碰见一个身穿打着补丁衣裤的小孩子，便问："小朋友，骆斌家住在哪儿？"我弟弟一听是找父亲的，便飞奔回家相告。事后这位叔叔说，"真不相信这是你们的孩子"，并"批评"我母亲，"老骆是一方父母官，孩子的穿着多少要注意一点影响吧"。

"文化大革命"期间，父母都是"被打倒对象"，"靠边站"、抄家、批斗、游街是常态。每次批斗、游街回到家后，父亲就像什么事都没发生一样，依旧坐在书桌前，读毛选和马列主义著作，并时时用红蓝铅笔在重要章节处作注解。一次"造反派"将父亲和母亲拉去同台批斗，走时父亲身上穿的是抗美援朝时发的军棉衣，在台上批斗时"造反派"发现父亲穿的是军装，便将军棉衣白里子向外给父亲反穿上，五花大绑"坐飞机"，并让父亲双膝跪地接受批斗。父亲回答说："棉衣反穿可以，但是跪下来坚决不行，我没有反党！没有做对不起人民的事情，为什么要跪下来！"母亲想不通，我们为了新中国的解放和建设事业奉献了自己的一切，为何要受如此屈辱？父亲豁达地说："这只是暂时的，要相信党，这种现象不会长久，终会改变的！"

社会需要的是正能量，需要弘扬正气。在我的一个笔记本里，抄录了一封1975年3月30日父亲写给我的信，信中父亲是这样要求我的："除政治学习以外，我希望你抓紧业务知识学习，这是你终身的革命事业，对技术要精益求精，可以说你现在刚刚入门，只走了一步，以至一步还不到，无论如何要深钻、深研，不能只求过得去，不求过得硬。你现在还年轻，正是用功的时候，千万不要自己混过去了，此事你要特别注意！还有一件事，在这里特别向你提出来，引起你的注意，你在党和上级的培养、教育下，提拔为干部，要谦虚，不要骄傲，要以干部的标准严格要求自己，不能目无同志、目无组织、目无领导，如果这样就要跌跟头，就要造成自己的失败，我们要遵照毛主席教导的'虚心使人进步，骄傲使人落后'来要求自己，一切按照'三大纪律''八项注意'办事，不能有一点松懈麻痹。"

对于第三代，爷爷奶奶仍严格要求

父母在日常生活中的一些朴实无华的言语之中常常道出了为人处世最基本的人生观、价值观。在他们的二孙子骆坤上大学之际，父母给孙辈写了一封信，里面提出"八点要求"：

"爷爷、奶奶向你们提几点要求，希望你们在学习和今后工作中注意：

一、在你即将迈入大学校园、接受高等教育时，应明确学习目标，遵守学校各项制度和纪律，学好本领，将来报效祖国。学习不是为了升官发财，学好本领是为人民服务，做一名合格的人民勤务员。

二、克服好高骛远的思想，脚踏实地，对任何事情不能无所作为，要严于律己。社会知识是汪洋大海。学习是无止境的，只有努力学习才能增长各种知识。

三、鹏鹏、雁雁、晶晶、翔翔、坤坤、伟伟你们要发扬红军艰苦朴素的光荣传统。要有艰苦奋斗的精神，一切事情都要自力更生，在生活上不要和他人比吃、比穿、比花钱，要牢记你们是老红军的后代。

四、团结互助，相互学习，取长补短，克服存在的不良缺点，发扬优点，在学校争取做个‘三好学生’。

五、要以雷锋为榜样，做一个敬老爱幼的模范，对人要谦虚有礼貌，对待任何事情不要耍小聪明，要做到务实为本。

六、在网上千万不要交往男女朋友，切记切记，你们现在正是求知的时候，年纪还轻，千万不要过早交往男女朋友，以免影响个人前程，要记住先立业后成家。

七、父母为你们学习有成操尽了心，省吃俭用，起早贪黑，不顾劳累，心血都用在你们身上了，要知恩图报，报答父母的养育之恩。

八、爷爷、奶奶年纪都大了，对你们也尽不了力，路靠自己走，业靠自己创，希望你们牢记心中，切切记住就行了。

爷爷：骆斌，奶奶：宋毅

二〇〇四年七月一日”

家风对一个家庭来说至关重要，对后代的成长、家庭的和睦有着举足轻重的作用。“栽什么树结什么果，撒什么种子开什么花。”我的父母在信仰的背后种的是敬畏的种子，正因为有了敬畏之心的教育，才使我们这个大家庭乃至几代人几十年如一日，并延续成为一种优良传统一直传承下来。

（作者：骆惠萍）

第三十四篇

祝树茂和汤月萍的革命人生

父亲祝树茂和母亲汤月萍生在旧社会，都是苦出身。他们跟着共产党闹翻身、求解放，先后参加了工农红军和新四军，经历过战争考验，为赶走日本侵略者，推翻旧社会，建立新中国作出了贡献。他们的革命精神和光荣传统，是留给后人的宝贵财富。我们永远感恩他们，永远怀念他们。

走进红军队伍

父亲祝树茂 1903 年 10 月生于安徽省金寨县油坊店乡河口村。小时候，爷爷对他管教很严，家里来了亲友不准小孩见面，不准小孩偷懒。父亲 7 岁开始放牛，16 岁在私塾读了一年半书，17 岁时，接连两年发大水，庄稼无收成，生活日益穷困，父亲无法继续上学，只得在家务农。那个年代军阀混战，当地秩序混乱，一年种的粮食才够半年吃，就靠帮人家扛木头挣工钱、打野菜度生，家里两三个月都没有盐吃，生活清苦。

那是 1929 年，六安县独山农民暴动。11 月，农民暴动要攻打麻埠镇，保甲长抽壮丁给保安团站岗，父亲家被摊派出很多钱。因家里贫困拿不出，父亲当晚即被抽去放哨。半夜枪响，放哨的四个壮丁吓得四散而逃。父亲慌不择路，不辨东西，跑进苏区，巧遇在苏区做事的表兄马宗贵。表兄问明情况后对他说：“农民暴动的队伍是共产党领导的，要反帝反封建，打倒土豪劣绅，帮助穷人闹翻身求解放……”表兄的一番话使父亲知道了起义队伍是穷人自己的队伍，在父亲的心中点亮了一盏明灯，也埋下了一颗革命的种子。

1930 年春，金寨县建立了苏维埃，父亲参加了赤卫军，支援前线，为红军抬担架、送粮草。在接触中，父亲见红军官兵平等、亲如兄弟，很是羡慕。此时，家乡地主劣绅被打跑，穷人分得了土地，父亲觉得扬眉吐气。很多青壮年参加了红军，军属家中的田地有人代耕，潜藏于父亲心中对旧社会和地主恶霸的仇恨，令他从麻木状态中清醒，萌生了反抗意识和参加红军保卫胜利果实的念头。

1932 年 3 月，父亲随红四方面军总部担架队参加苏家埠战役，攻打韩摆渡。之后，又跟随旷继勋军长率领的红二十五军七十三师二一八团和六安独立团顺淠河北下，直取淮河南岸重镇正阳关。巧取正阳关后，部队折向西南，直捣霍邱县城。但遗憾的是，父亲因连续三个月的行军打仗，风吹雨淋，导致腿受风寒，行走困难。他不甘心却又无奈地离开队伍，回家休养。返回的路上，腿沉重，心更沉重。

7 月上旬，攻入霍邱县城的红军被困。自湖北浠水、蕲春北上驰援的红二十五军七十五师，从父亲家乡路过。这时父亲的腿疾已愈，立即邀带了一批伙伴，跟上了队伍。父亲身体结实，被分配到二二四团机枪连二排五班当了机枪手。

八九月间，在反击敌人第四次“围剿”战斗中，他们为掩护红四方面军主力向鄂东北地区转移，边打边撤。9 月下旬经过家门口，听说爷爷去世，父亲心中无比悲痛，本想到爷爷坟前去祭奠一下，无奈战事紧急，害怕再次掉队，只得含着眼泪跪在路旁，面朝爷爷新坟的方向磕了三个头，便立即起身，跟上队伍走了。

11 月，部队离开了皖西，进入鄂东北，战斗一天比一天紧，生活一天比一天苦。但这些对于“苦水”中长大的父亲，算不得什么。他觉得做什么事都不容易，不受苦中苦，就没有甜上甜。唯一使父亲迷茫不解的是红军内部的“肃反”扩大化，那些发过牢骚，讲过怪话，或者是违反过一次纪律，丢掉过一个枪支零件的人，或者几个人聚在一起讲过话的人，弄不好就被扣上了“反革命”帽子。那时父亲唯一能做的就是保护好手中的机关枪。

步入政工行列

父亲从事政治工作是从 1935 年 10 月在红二十五军七十五师二二三团政治处担任地方干事开始起步的，1936 年 12 月进入红十五军团教导营政治队，经过一年时间的学习深造之后步入正轨。那次学习可以分为两个阶段。第一阶段是理论课，“两耳不闻枪炮声，一心只读革命书”。学习的内容有文化课、政治常识课、军队政工业务课等。他在政治队第三队，大家推选他当学习小组长。能够到军校学习，是他没想到的事，父亲心里很高兴，很珍惜上级对他的关心和培养。担任小组长一职，更增加了他的学习动力和责任感。他如饥似渴，全身心地扑在学习上，勤学苦练，孜孜不倦，每月发的零钱，全部用于购买笔墨纸张和蜡烛。一分耕耘一分收获，父亲通过学习，首先文化水平有了提高，其次是理论水平得到提升，对历史常识和中国革命运动史有了较多了解，从而进一步认识了党的伟大、抗日民族统一战线方针的正确，对革命前途有了远见，充满了信心。同时他也懂得了加强军队思想政治工作的重要性，了解了军队政治工作的一般内容与一般工作方法。第二阶段是实践课，1937 年9 月改为随营学校后，学校跟随八路军一一五师开赴抗日前线，参加了平型关战役的支前工作。平型关战役结束，又参加扩军工作。到 12 月学习结束时，父亲对重返部队从事思想政治工作已信心满满。

回部队后，父亲被分配到一一五师三四四旅六八八团三营一连担任政治指导员。不曾想，到任后就遇到了部队思想混乱、开小差较多的棘手问题。头炮要打响就要把这个问题解决好。运用在教导营政治队的所学所得，并经过分析，他认为出现这些问题，主要是新成分多，思想复杂所致。解决这个问题，第一是要把党支委一班人和党员思想认识解决好，充分发挥党支部的战斗堡垒作用和党员的模范带头作用。第二是加强思想政治教育工作，利用作战、训练间隙见缝插针，或召开全连军人大会或召开班务会或开展谈心活动，反复宣传、学习、讨论八路军的性质、宗旨、任务和我党提出的抗日民族统一战线方针，提高大家的思想认识，进行“国家兴亡，匹夫有责”的爱国主义教育，进行“敢于吃苦，不怕牺牲”的革命英雄主义教育，还要将这些教育贯穿于军政训练过程中去。通过这些教育活动，激励全连树立起“抗日光荣、吃苦光荣、牺牲光荣、逃跑可耻”的正气。第三是对干部实行分工负责制，对少数思想不稳定的战士，责任到人，平时多关心、多谈心、多引导，做好他们的思想工作。战斗行军紧急情况下，必要时也可采取看兵的办法，从而杜绝了开小差的问题。

部队对政工干部要求很高，不仅要能“坐而论道”，而且要能“起而行之”，即不仅会做思想政治工作，而且能身先士卒、模范带头、冲锋在前。在身先士卒、模范带头方面，他从没含糊过。1938 年1 月下旬，在河北省平山县温塘伏击日军，结束战斗后敌人突然增援，父亲所在连掩护二营撤退后，他又带一个班掩护本连撤退。1939 年2 月，父亲调到一营任组织干事，每次战斗都和连队一起冲锋陷阵。6 月中旬，在山东省曹县东南的苗堤圈痛击扫荡县政府的日军，一营突入敌人阵地，把鬼子打得鬼哭狼嚎，鬼子仓皇逃跑时遗留了一门火炮在阵地上，他发现后立即带上4 名战士，抢在敌人组织反击之前将火炮拖了回来，受到了团首长的口头嘉奖。这是父亲在抗日战争中的出彩之笔，但他却很少提及，更不向人炫耀。

会做群众工作也是政工干部必备的本领。他起步于地方干事，又在一一五师随营学校参加扩军时得到过淬炼，对做群众工作已经比较熟悉。1938 年 10 月，六八八团回太行山，他被留在河南省清丰县草帽新庄留守处，带领 2 名战士执行扩军任务。这是要与地方党政和群众打交道的工作，他已轻车熟路，很轻松地就完成了任务，两个多月即扩军 300 多人，后编为一一五师冀鲁豫支队二大队二营，他自己则回到二大队一营当组织干事。

经历多次负伤

父亲从枪林弹雨中走过，曾多次负伤，其中有两次重伤，他记忆深刻。那两次重伤，再加身上还有一块弹片，给他留下了严重的后遗症。

1938 年 6 月，八路军一一五师三四四旅六八七、六八八两个团驻山西长子地区整训，他当时在六八八团三营一连任指导员。6 月底，日军第一〇八师团主力沿晋城至曲沃公路西进，驰援同蒲铁路南犯日军。他们奉命南下至晋城以西地区截击日军。7 月 6 日，日军一部乘汽车，另一部骑兵西犯。上午 10 点多，日先头部队到达上、下黄岩，主力进入沁水东南町店附近休息。六八八团占领下黄岩以北松树岭、东屹坨一线的高地，分别担任袭击町店和上、下黄岩日军的任务，在战斗中他的肺部受了重伤。

还有一次，在战斗中他的腰部被子弹打穿，伤口感染，高烧不退。恰赶部队军情紧急，出发时便把他留在了一户老乡家中。这户老乡见他病情危重，立即去请来了一位医术精湛的老道医为他诊治。经过半个多月的精心治疗，再加上老乡的悉心照顾，终于奇迹般地将他从死亡线上拉了回来。大难不死，他非常感激那户老乡和那位老道医，也与中草药结了缘。从此，他时时处处留心搜集中草药的各种秘方、偏方、单方，记了满满一大本。一般头痛脑热、跌打损伤之类的小病小恙，已用不着上医院了。

后来随着年龄的增加，抵抗力的减弱，他重伤留下的后遗症越来越严重。在阴冷潮湿或是闷热的天气，经常痛得直不起腰，睡不着觉，走不了路，给父亲带来了很大的痛苦。国家对伤残军人有优抚政策，要求伤残人员申请评残，但他却不愿申请。母亲埋怨他傻，他却说："与那些牺牲的战友相比，我能闯过鬼门关，已经很知足了。命还在，自己能够扛，不想再给国家增加负担。"

为伤病员服务

1941 年 3 月，父亲被分配到三四四旅休养所任政指，这对他又是一个新的挑战。他二话不说，自信只要虚心向大家学习，与大家一起努力，没有过不去的“火焰山”。当时，休养所刚建不久，接收伤病员较多，医护人员不足，药品器材缺乏，物质条件很差，伤病员意见很多。不管伤病员态度如何，他都认真听，不生气，不嫌烦。为了取得伤病员的信任，他甚至还亲自为伤病员送饭递水，做些照顾伤病员的具体工作，逐渐取得了伤病员的理解和配合，稳定了伤病员的情绪。

1943 年 2 月，父亲到苏北军区涟东县地方休养所任政教。休养所接收伤员较多，又处在日、伪、顽交错的三角地带，需要在周围二三十里的埋伏圈内分散照顾治疗，工作量之大，困难之多，可想而知。父亲以身作则，工作深入细致到位，伤群关系融洽，工、伤人员保密观念和自我保护意识很强，每次出现敌情都能应对自如，平安无事。

这个所后来划为新四军第一后方医院第一所，接收伤病员六七百人。这时物资供应跟不上，捉襟见肘；医护人员缺乏，手忙脚乱，难以尽如人意。从战场上下来的伤病员心情不好，都带着“火药味”，有少数脾气暴躁的，自恃“没有功劳有苦劳”，稍不遂意就火冒三丈，张口就骂，抬手便打。政工人员整天疲于往返病房说服解释，但仍免不了摔碗筷等现象发生。为解决这些“豆腐掉到灰堆里，吹不掉拍不得”的头痛问题，他健全完善了支部大会、党小组会制度，还创造性地建立了“伤病员管理伤病员”的群众组织。这些伤病员多是一个部队或同一个战场下来的同生死共患难的战友，通过自我管理工作更好开展，管理更为有效，不良现象很快就不见了。

父亲在五年多为伤病员服务的一线工作中，兢兢业业，认真负责，任劳任怨，作风民主，与伤病员打成一片，甚至自己带病仍坚持工作，从未离开过岗位。在面对敌人经常“扫荡”的恶劣环境下，未出过差错，保证了伤病员的安全，避免了次生伤害，他感到很欣慰。

保持革命本色

父母一生都保持着艰苦奋斗的精神。在苏州时，父亲将一张摇椅拆开，改成两张躺椅，供两人使用。他还自己动手制作了小木马送给幼儿园。到六安后，父亲又将搬家时用过的包装箱木板和其他一些废木料拼凑起来，制成了大衣柜和碗橱、木凳等家具。这样既添置了家具，又节省了开支，还无声地给子女们进行了勤俭节约的教育。

父母对子女要求很严格，教育子女不能有优越感，在外面不能打父母的牌子。他们也从没有为子女们升学、工作的事向组织提过要求。“文化大革命”

号召知识青年上山下乡，下放到农村劳动锻炼，我们四个符合下放条件的子女全都下放到农村。后来三个先下放的符合招工、征兵条件离开了农村，一个后下放的女儿，恢复高考后考上大学离开农村。

1989 年 2 月和 2009 年 2 月，祝树茂和汤月萍先后在六安病逝。他们相濡以沫，携手走完了革命的一生。

（作者：俞德江，系祝树茂和汤月萍之女婿）

第三十五篇

缅怀父亲谢立才

我的父亲谢立才原名徐胜才，参加革命后改名谢立才。1919 年 10 月 21 日出生在安徽省六安市金寨县南溪镇南溪村一个贫苦的农民家庭，家里共九口人，没有一分地，只有四间草屋。父亲出生以后，全家靠爷爷徐秉烈和大伯徐义元、二伯徐胜鳌磨豆腐、做挂面等小生意度日，生活较苦。因为家里穷，上不起学。父亲不足 7 岁就放羊、放牛，10 岁上山打柴，11 岁下地种田、干农活。

1930 年 4 月，中国工农红军第一军东进皖西，5 月中旬，在南溪将中国工农红军第十一军第三十二师改编为中国工农红军第一军第二师。1932 年，红二师在父亲的家乡建立了鄂豫皖中华苏维埃政府，实行土地革命。1934 年，15 岁的父亲参加了革命，先后在皖西中华苏维埃政府童子团、新四军第四支队司令部、淮南路西藕塘第四支队第九团、新四军第二师第四旅第十一团、淮南独立旅、甘泉山支队、华东野战军第六纵队司令部、解放军第二十四军等部队随军作战。他多年在前线参加战斗，一步一个脚印，历任通迅员、副班长、班长、副排长、排长、副连长、连长、副营长、营长、副参谋长、参谋长、副团长、团长、第二十四军司令部直属政治处副处长等职。

父亲去世后，我在和母亲一起整理父亲留下的照片时，发现许多照片虽然已有些破旧和受潮的痕迹，但不少照片至今仍非常清楚，照片里的父亲以及父亲的老首长王必成、皮定均、万海峰等依然看上去那么的可亲可敬。

看着父辈们这些照片，仿佛真切地触摸到了那段令人难忘的历史，父亲讲述他与王必成、皮定均伯伯交往的事，也仿佛犹在耳边回响。

1946 年，父亲所在部队从安徽淮南根据地撤出，转移到苏北盐阜地区，与华东野战军第六纵队汇合，父亲被任命六纵司令部警卫连连长，从而认识了王必成、江渭清、皮定均等首长。同年 12 月，第六纵参加第二次涟水保卫战，给国民党军第七十四师以沉重打击，共毙伤敌军 4000 余人，完成了阻击任务。

但敌人在飞机大炮的掩护下，大举反扑，涟水失陷，当时父亲所在的部队弹药打光了，伤亡很大，仅六纵就有4000多名指战员血洒疆场。付出了这么重大的伤亡代价，在六纵的作战史上是前所未有的，尤其令王必成司令员痛心的是，有些部队被困在城里未能及时撤退突围，绝大部分指战员都壮烈牺牲了。

在这种敌强我弱的形势下，我部主力守城部队都先后撤走了，但王必成司令员仍注视着涟水城内的冲天浓烟烈火，死盯着不动。过了很久，父亲只好叫警卫人员和纵队司令部参谋人员，强行将司令员带走。这时，王老虎（王必成司令员的外号）开始发威了："谁敢动我，谢连长，你胆子不小呀！我现在命令你，叫他们赶快放开我，不然，老子把你小连长撤了！"当时父亲也火了，保卫司令员的安全，是父亲的责任。父亲瞪着眼，对着警卫员喊："还不快把王司令架走……"最后，父亲带领纵队司令部警卫连，掩护纵队指挥所的其他首长以及机要、通信等人员撤下来，保证了纵队首长的安全。

1947年5月，六纵挥师北上，来到沂蒙山区，参加著名的孟良崮战役。六纵隐蔽在鲁南敌后，15日早上，突然从敌第七十四师背后杀出，迅速地占领了敌人进退的唯一通路——垛庄。经过三天三夜的激烈战斗，于18日上午攻上了芦山，下午拿下了孟良崮高地。国民党在华东战场上，"五大主力"之一——美式机械化装备整编第七十四师及第八十三师一个团共三万多人全部被歼灭，敌师长张灵甫被击毙，国民党军重点进攻山东、歼灭我华东野战军的计划彻底失败。

在这次战役中，父亲率领纵队司令部警卫连，圆满完成纵队指挥所的掩蔽和警戒工作，保证了纵队首长的安全，并抽出兵力帮助打扫战场。

孟良崮战役结束后，父亲找到他的老乡、纵队副司令员皮定均同志，他当时分管纵队警卫连工作，父亲要求到前线打仗。皮定均热情地接待了他，与他畅谈了很久，并对他说："我们现在打仗，就是要推翻国民党蒋介石反动政权，中国共产党、毛主席才是穷苦人民的大救星，我们解放军是穷人翻身求解放的自己军队。"这次谈话使父亲懂得了为谁当兵、为谁打仗等许多革命道理，也使父亲坚定了革命信念和意志，认清了革命的前程。

皮定均了解父亲的家庭和社会情况后，知道父亲是个地道的农民，"大字不识几个，但胆子大，打仗厉害（敢闯、敢打、敢拼）不怕死，枪法也好"，所以非常不想让父亲走。但父亲坚决要求上前线，皮定均被父亲的决心所打动，最终同意父亲上阵杀敌，并鼓励父亲说："到前线打仗，好！"并嘱咐父亲要关心战士，做好连里工作，之后安排父亲到第十八师第五十三团。

后来我父亲参加了淮海、渡江、长山列岛等一系列战役。1949年10月1日，中华人民共和国成立，父亲所在的第二十四军移师上海，承担保卫上海和杭州湾的任务。

在长期的征战和艰苦岁月中，我父亲与老首长王必成、皮定均、万海峰等结下了浓厚的革命情谊。在那战火纷飞的年代里，无数的革命前辈，为了一个共同的信念，不惜流血牺牲，才换来了国家今天的昌盛。作为后辈的我们，实在不该把这些历史忘记，更不能因为这些前辈的离去，而使他们用鲜血写成的历史和记载他们功绩的勋章也随之湮没在历史的长河中。如今望着照片中一张张熟悉的面孔，再看看伟大祖国今日发展取得的成就，我倍感自豪，同时我也更加怀念为中国的解放事业、建设事业作出毕生奉献的红军、新四军前辈们。

（作者：谢军强）

第三十六篇

永远的信念

——追忆老红军文名乐

在中国共产党的领导下，1929 年立夏节起义的烽火照亮了商南大地。在现今安徽省金寨县吴家店镇东高山，还不满 17 岁的叔祖父文名乐，也和他的伙伴们循着起义的枪声参加了起义后刚成立不久的红军队伍。

听祖父讲，当时叔祖父和父母兄弟正在吃午饭，门外路上有人大喊："文名乐，走，参加红军去!"叔祖父听到后就放下饭碗冲出家门，和伙伴们说了几句话，就冲着屋里喊道："爷、大，我当红军去了!"他的父母听到喊声，就端着饭碗追出来，一边嚼着还未咽下去的饭菜，一边哭喊着："儿啊，不能去啊，不能去当兵啊……"但叔祖父头也没回，就这样和他的伙伴们穿过屋旁的小竹林，沿着山间的小路向着成立红十一军第三十二师的斑竹园走去。这一去就是 26 年，直到 1955 年才回到家乡，这时才知道他的父母因为过度悲伤，后来得了不治之症，不几年就先后去世了。他的二弟和四弟，也追随着他的脚步参加了革命。二弟至今杳无音讯，不知所终，四弟牺牲时还是个孩子。他家的房屋也被国民党反动派烧过一次又一次。

参军后，叔祖父因为听话、干活勤快、善走山路，不久就被安排在师部做传令兵，后来由战士升为班长、排长。在商城白雀园"大肃改"中，他的许多领导和战友都被错误地杀害了，他也被怀疑，遭到逮捕和审问，但他职位不高，又没有文化，侥幸捡了条命。

在鄂豫皖苏区最后一次反"围剿"中，他身负重伤。部队转移后，他被藏在一户农民家养伤。当时缺医少药，国民党士兵又搜查得紧，只得以倒插门女婿的身份养了大半年伤，居然活下来了。后来这户农民看他憨厚，红军部队又不知去向，真心希望他假戏真做，就做他家的上门女婿。但叔祖父不干，千恩万谢地辞别帮助他养好伤的恩人，坚持要找寻部队。

几年时间里，他要过饭，做过长工，打过短工，卖过豆腐。后来红军变成了八路军，又变成了解放军。他找到革命队伍时，原来的编制序列没有了，原来的熟人也没有了，没有人认识他，也没有人知道他的革命经历，他只得从头开始。后来他所在的部队改编成了湖南公安部队，派驻衡阳，他被分配到中国人民银行衡阳市支行做保卫工作。

1981 年的暑假，叔祖父突然回来探亲。这时，他年事已高，已经退休了。以前我对他的了解只限于祖父的描述和他一年一次或几年一次的书信。虽然他后来在部队里学了些文化，但文化程度还是很低，所以书信写得很短、很粗糙，也没有寄回过照片。因此他这次回来，我感到非常的高兴，也非常的激动。

他瘦高个，耳朵很背，但人很精神。我和他一起生活了一个多月，他和我们睡一样的破板床，吃一样的土灶烧的粗茶淡饭，和我祖父一样下地干活，和老邻居一起拉家常，就像一个地道的农民，没有一点老红军、老干部的架子。我和他一起到小河沟里洗衣服，我问他参加革命的经历和发生的一些革命故事，他总是淡淡地说："那都是过去的事情，没有什么好说的。"

暑假结束，我离家回校。他帮我提着行李，送了一里多路，还把他穿的一件白衬衫送我，要我好好读书，好好做人。可惜这件白衬衫后来弄丢了。这次探亲回去后，不几年他就病故了。

当年金寨有十万英雄儿女参加革命，只有少数人当了将军、当了领导，更多的是埋骨他乡，杳无音信，能够活下来的人都很不容易。他们抛头颅、洒热血，跟着共产党闹革命，目的不是为了升官发财，不是为了个人过上好日子，而是为了一个信念——建立一个独立、民主、富强、人人都过上好日子的新中国，实现共产主义。无论何时何地，这是他们永远的信念。这样的信念正是我们今天所自豪所传承的红色基因，正是习近平总书记所说的"不忘初心、牢记使命"的思想内涵。

（作者：文道福）

第三十七篇

史沫特莱：把光辉足迹留在大别山上

2020年是中国人民抗日战争胜利75周年。在这样一个特殊的年份里，我们不禁回想起那段硝烟弥漫、战火纷飞的峥嵘岁月。实际上，中国人民的抗战，并不仅仅是为了民族的胜利而战，更是为了整个世界反法西斯的胜利、维护公平正义而战！同时，中国人民取得抗日战争的全面胜利，也与全世界爱好和平的人民的积极帮助和国际友人的大力支持密不可分。本文的主人公——美国进步作家、著名记者和社会活动家艾格尼丝·史沫特莱女士，就是其中杰出的代表。

史沫特莱出生于美国密苏里州的奥斯古德，早年当过侍女、烟厂工人和书刊推销员，曾在《纽约呼声报》任职。1918年因声援印度独立运动而被捕入狱6个月。1919年起，侨居柏林8年，并积极投身印度民族解放运动。1928年12月来华，在中国一待就是12年。

到中国后，她广交朋友。抗战期间，她目睹日本对中国的侵略，向世界发出正义的声音，她的《中国红军在前进》《中国人民的命运》《中国在反击》《中国的战歌》等著作，向世界宣传了中国革命斗争，成为不朽之作。她亲自护理伤员，组织医疗活动，用行动唤醒有良知的人们。她走访了中国华北、华中的大部分地区，用热情召唤更多的国际友人，一同为中国抗战出力。

1938年1月，史沫特莱到汉口，她以英国《曼彻斯特卫报》记者和中国红十字会工作人员的身份，一边救护伤员和难民，一边报道中国抗战，并向世界性组织呼吁救援。史沫特莱以她火热的心吸引着来华的外国人士，这些人虽然身份不同、政见不同，但是在史沫特莱的带动下，都积极地为中国抗战出力。在汉口，史沫特莱多次访问美国大使馆，向大使和武官们介绍八路军的情况。她多次接触的约翰·戴维斯、弗兰克·多恩、史迪威和陈纳德，后来都成为影响美国制定对华政策的重要人物。

史沫特莱把大部分时间和精力都用在为中国红十字会募捐、宣传中国伤兵的英勇事迹和所处的困境上。在汉口，美国和英国大使馆、标准石油公司、国民党的高级官员，都曾在她的动员下提供过捐助。从抗战初期开始，史沫特莱就在为救助伤员奔走呼吁，1938 年，包括柯棣华在内的印度援华医疗队来华，都是史沫特莱奔走呼吁的结果。

1938 年 11 月，史沫特莱在云岭新四军军部，起草一份给红十字会的详细报告，但她认为自己的真正使命是向上海和香港宣传新四军医疗队。她为上海的《密勒氏评论报》写了一系列文章，后由《曼彻斯特卫报》转载，详细报道了新四军的处境和对药品的需求。她私下还求助过一些英国朋友，以及美国红十字分会。次年春天，可观的援助纷至沓来。在中国同事眼里，史沫特莱就是一位了不起的女英雄。

把光辉足迹留在大别山上

史沫特莱是抗战以来亲临大别山腹地的第一位国际友人，受到金寨各界人士的热烈欢迎。

9 月 25 日傍晚，史沫特莱路过第二十一集团军司令部所在地古碑冲，还没来得及喘口气，就应邀即兴给安徽学生军作题为“第二次世界大战对中国抗战的影响”的演讲。

9 月 26 日，在省政府会客厅，她与国民党安徽省政府主席廖磊进行了长谈，详细了解抗战以来广西军队的战斗经历和抗战意识、安徽政治经济文化各方面情况。随后，她不停地走访、参观金寨的许多地方，也多次接受新闻界的采访。

一个宁静的下午，《大别山时报》的青年记者李洛在一个古树成荫、野花芬芳的山洼中，轻轻走进一间用石灰粉刷得洁白的草房里，见到了这位杰出的国际民主友好人士。

史沫特莱身材高大，浑身呈现着一股革命战士所特有的英雄气概。一双眼睛炯炯有神，显露出深沉、智慧、敏锐的光芒。弯月一般的双眉下，让人窥见她那慈祥、无私、善良的内心世界。她动作敏捷利落，谈吐豪爽明朗。要不是那银灰色的短发和双眼间深陷的皱纹，很难看出她已经是年近 50 的人了。她有一种令人肃然起敬而又和蔼可亲的气质，谦和大方、光明磊落，正直机敏、刚毅果断。

李洛进门时，她正在聚精会神地工作，打字机发出“哒哒哒哒”的声响。

当翻译方练白向她介绍了李洛采访的目的后，她立即面带笑容地和李洛热情握手，表示欢迎。然后，就李洛提出的问题，谈了诚挚而中肯的意见。她说："中华民族是一个伟大而坚强的民族，永远不会为敌人所屈服。中国人民只要能接受中国共产党和毛泽东主席提出的抗日主张，全国上下团结一致，反对投降，同心协力，抵抗日本帝国主义的侵略，就一定能获得最后的胜利。"

她略加思索后，又用坚定的口吻说："动员广大工农群众的力量，依靠劳动人民的坚强组织，动员全国的人力和物力，加强抗日民主统一战线的组织和领导，是抗战胜利的重要保证。"她细心地观察着这位年轻"同行"的反应，尽量做到和颜悦色，以期减少李洛初次采访外国人时显露出的拘谨和紧张。

与她握手告别时，李洛又壮着胆子打开随身携带的记录本，有些腼腆地请她题词留念。她面带慈祥的笑容，提笔写了一行饱含热情又极有意义的话："你是中国年轻的一代，要为祖国的解放事业战斗到底！"

这一次采访，令李洛既高兴又收获满满。离开史沫特莱后，李洛唱着山歌返回报社。途中，他忽然感到大别山的杜鹃花分外艳丽，深山幽谷里的松柏更加挺拔青翠，史沫特莱那高大端庄的形象和铿锵有力的话语，让他久久难以忘怀。

9 月 27 日，安徽省妇委会和省青抗负责人朱澄霞、刘芳、易凤英等几位同志专门拜访史沫特莱，征求她对安徽青年工作和妇女工作的意见。她很诚挚地说："中国青年是典型的青年，中国青年长远的眼光和高度的政治觉醒除了苏联，是其他国家所比不上的。抗战以来，安徽的青年更表现突出。"对于从事妇女工作的同志，她寄予了很大希望，鼓励大家说："妇女工作虽是最艰苦的工作，但是只要能耐性地坚决地努力，是有伟大前途的！"

9 月 29 日，在金家寨包公祠后山的一座大茅草棚里，安徽省动委会组织省青抗、省妇委会、第三十五工作团、妇战团、广西学生军、抗敌青年剧团、少宣团、《大别山日报》社、中原出版社等社会团体的代表和各界知名人士 100 多人举行欢迎大会。那些充满青春活力的年轻人的歌声，显示出中国人民抗战必胜的坚强信念和革命的乐观主义精神。当史沫特莱进入会场时，场内顿时响起一片春雷般的热烈掌声。

史沫特莱含笑频频点头，以锐敏的眼光环视会场，接着，她发表了坦诚恳切的讲话。她说："中国的抗战并非仅仅是为了民族解放而战，而是为整个世界反法西斯的胜利、为维护正义和平而战……凡世界上爱好和平的国家，对中华抗战皆甚同情，或予以援助。本人此后将把中国的英勇抗战及大别山的各方面表现与进步，宣扬国际……中国人民定能取得抗日战争的最后胜利！"这段坚定有力的讲话，赢得了经久不息、如山洪暴发般的热烈掌声。

会后，她和大家一起吃大锅青菜饭。她吃得津津有味，并意蕴深长地说："你们的青菜饭，比廖主席（指廖磊）请我吃的酒席要香得多。因为那种酒席是用穷人的血和汗换来的，我不愿意吃！"

饭后，史沫特莱观看了青年团和少先队为她专场表演的抗日救亡歌舞节目。每当看到精彩情节时，她总是情不自禁地报以掌声。这些，都可以看出她对中国人民的深厚感情。

9 月 30 日，《大别山日报》发表了《欢迎国际友人——史沫特莱女士》的评论，赞扬其世界反法西斯的伟大精神。

10 月 3 日，她应安徽省妇委会的要求，为该会正在筹办的《妇女月刊》题词。在题词中，她阐明了妇女解放与抗日民族战争的关系，希望妇女们在战争实践中学习锤炼，增长才干、不断进步。她热情地赞扬了战斗在大别山的女同志，并留下了"在敌人的后方为了她们祖国的自由而贡献出她们全部的心力"这段题词，后于 11 月 15 日发表在《妇女月刊》创刊号上，广大妇女深受教育和鼓舞。

在金寨期间，史沫特莱为了解安徽妇女工作情况，还专程访问了省妇委会，与妇女干部们亲切交谈，并参观了妇女洗衣社和难民纺织工厂。应省妇女问题研究会的邀请，史沫特莱作了关于世界妇女运动的演讲，并认真地将演讲稿整理成一篇题为《世界妇女运动的动向》的文章，由振风翻译，登在《妇女月刊》上。后来又应《中原月刊》的邀请，撰写了《目前欧洲战局》一文，刊于《中原月刊》。

史沫特莱在金寨停留了 1 个多月，10 月 28 日，她带着对大别山人民的深刻印象和友好情谊，离开金寨，西行前往鄂豫地区采访。她在金寨期间所发表的演说和文章，对促进安徽人民抗战，激发青年、妇女的工作热情，争取世界爱好和平人士的广泛同情和大力帮助，都有着极其重要的意义和作用。

把自己的一切都献给了中国人民

1941 年，史沫特莱因病回到美国后，仍然表现出对中国抗战事业的关注与支持。她到处讲演、撰写文章，介绍中国抗战的真实情况，为中国抗战募捐。她在《中国的战歌》一书出版后，又开始写作《伟大的道路——朱德的生平和时代》。

1945 年 8 月，在美国旧金山出席联合国成立大会的董必武拜访了她，并带给她撰写朱德传记所需要的一些材料。

1949 年，史沫特莱在麦卡锡主义的反共潮流中被称作苏联间谍，被迫流亡英国。

1949 年 11 月，她准备取道英国来华。在英国，她把完成朱德传记当作首要任务。不久，她的健康因胃溃疡出血而恶化，仅靠牛奶维持生命，可她仍然不肯放下《伟大的道路——朱德的生平和时代》书稿的修订工作。

1950 年 4 月，她在致友人的信中写道："由我的著作而获得的全部收入，不论来自何处，全归中国人民解放军总司令朱德将军所有，由他按照他的愿望处理——那就是说，建设一个强大和自由的中国。如果中国大使馆来人能为我的遗体唱一遍中国的国歌——'起来'，我将不胜感激。由于我的心灵在这个世界上除了中国任何地方都未能找到安宁，我希望我的骨灰能和死去的中国革命者同在。"

1950 年 5 月 6 日，史沫特莱因病在英国伦敦逝世，终年 58 岁。

1951 年 5 月 6 日，在她逝世 1 周年时，中国为她举行了追悼大会和隆重的葬礼。她的骨灰被安放在北京八宝山革命烈士陵园的苍松翠柏间，一块大理石墓碑上用金字镌刻着朱德总司令为她撰写的碑文："中国人民之友美国革命作家史沫特莱女士之墓。"

（作者：胡遵远，原载《钟山风雨》2020 年第 2 期）